JOSEF EINWANGER

DAS GLASZIMMER

Das Buch zum Film (mit Romantext)

Herausgegeben von
Hans-Jürgen van der Gieth

Wir bedanken uns bei Robert Marciniak von der Firma *lieblingsfilm* sowie bei Alexandre Dupont-Geisselmann und Florian Schönleber von der Firma *farbfilm-verleih* für die freundliche Unterstützung bei der Realisierung dieses Buchprojektes. Wir danken vor allem für die Interviews und die Fotos vom Filmset und aus dem Film.

Bibliografische Information der Deutschen Bibliothek
Die Deutsche Bibliothek verzeichnet diese Publikation in der Deutschen Nationalbibliografie; detaillierte bibliografische Daten sind im Internet über
www.dnb.de abrufbar.

www.l100verlag.de

1. Auflage, Kempen 2022

Nach der neuen deutschen Rechtschreibung

Lektorat: Hans-Jürgen van der Gieth, Kempen
Gestaltung: Inside Grafik, Kempen
Bildnachweise:
S. 194: Einfahrt Auschwitz – Stanislaw Mucha; S. 195: Wochenspruch NSDAP – unknown; S. 198: Portrait Hitler –creative commons; S. 205: Fackelzug zur Machtergreifung Hitlers –unknown; S. 222: HJ beim Schießunterricht –unknown; S. 232: Hitler in Paris –unknown; USS Arizona –unknown, retouched by Mmxx; battalion commander – Max Alpert; Nordfrankreich, Panzer VI (Tiger I) – Scheck; Raising the flag on Iwo Jima – Joe Rosenthal; 1944 NormandyLST clean – Chief Photographer's Mate (CPHOM) Robert F. Sargent, U.S. Coast Guard; Raising a flag over the Reichstag – Yevgeny Khaldei; Nagasaki bomb 9 August 1945 – Charles Levy; S. 235: Volkssturm armband – Militaryace; S. 236: Volkssturmmann mit Gewehr – Falkowski; S. 237: Königsberg, Volkssturm – unknown; S. 243: Berlin, Posten beim Bau einer Straßensperre – unknown

Druck: ALWO druck Arretz GmbH

Vertrieb: BVK Buch Verlag Kempen GmbH, www.buchverlagkempen.de

Printed in Germany

Best.-Nr.: L16, ISBN 978-3-947984-15-2

„Wenn sich die Bösen verbinden, müssen sich die Guten zusammenschließen; sonst werden sie einer nach dem anderen fallen, ein erbarmungsloses Opfer in einem verächtlichen Kampf.“

(Das Zitat wird dem irisch-britischen Schriftsteller, Staatsphilosoph und Politiker Edmund Burke zugeschrieben.)

Inhaltsverzeichnis

Vorbemerkungen des Herausgebers 7

Roman 13

1. Ein Raum voller Ratten 15
2. Der Trommler trommelt, die Jungen rennen 19
3. Was steckt im Sack? 22
4. Erster Schulbesuch 27
5. Ein kugelrundes Geschenk 33
6. Besuch beim Ortsgruppenleiter 37
7. Das verzaubernde Glaszimmer ... 41
8. An Wunder muss man glauben 45
9. Der zerstückelte Hitlerkopf 49
10. „Lieber Herr Adolf Hitler" 52
11. Runen 57
12. Kreuz und Pein 60
13. Ein huschender Schatten am Fenster 66
14. Geheimkammer in der Watteschachtel 71
15. Das Geheimnis 73
16. Birkenkreuz am Kriegerdenkmal 76
17. Bomben statt Mehl und Zucker 81
18. Drachensteigen 86
19. Ein Abschuss 90
20. Hitler hat den Krieg begonnen 93
21. Eierdieb 96
22. Leckere Schokolade 98
23. Franz – und das Verhängnis 101
24. Mutprobe 105
25. Brandstiftung 107
26. Schlechtes Gewissen 110
27. Woher die Fliegerschokolade? 113
28. Papas Hüttenlager 117
29. Von Karri verfolgt 120
30. Holzgewehr gegen Bordwaffe 123
31. Der Volkssturm und die Wuwa 127
32. „Hitler ist tot" 132
33. Deserteur gesucht 136
34. Felix sucht Tofan 141
35. Erlösung 143
36. Weißer Stern und schwarze Gesichter 146
37. Kaugummi und die neue Freiheit 153

Was ich noch sagen will 156

Interviews 164

Josef Einwanger 164
Xari Wimbauer 168
Lisa Wagner 172
Hans Löw 176
Hannah Yoshimi Hagg 180
Luis Vorbach 184
Philipp Hochmair 188

Die historischen Ereignisse hinter der Glaszimmer-Geschichte 193

- Nationalsozialistische Weltanschauung 194
- Rassismus / Antisemitismus 194
- Führerprinzip 195
- Lebensraumschaffung im Osten 195
- Die Person Adolf Hitler 198
- Hitler: Vom Versager zum Tyrannen 199
- Frühes Versagen – Hitlers Kindheit 200
- Zum Künstler berufen – Hitlers Jugendzeit 202
- Festungshaft und Parteikarriere – Hitlers Aufstieg bis 1933 203
- Das dritte Reich – die Zeit der nationalsozialistischen Herrschaft 205
- Nationalsozialismus in allen Lebensbereichen – Die Gleichschaltung 206
- Dunkelstes Kapitel der NS-Herrschaft – Die Judenverfolgung 207
- Kindheit und Jugend im Nationalsozialismus 208
- Neue Erziehung für neue Menschen 210
- Hitlers Erziehungsvorstellungen 211
- Vom Wert des Sportes 213
- Kraft des Selbstvertrauens 214
- Charakterbildung 214
- Ausbildung von Willens- und Entschlusskraft sowie Pflege der Verantwortungsfreude 215
- Weltanschauliche Bildung und Erziehung 216
- Aufgaben und Ziele der Schule 218
- Geschichtsunterricht im Dienste des NS-Regimes 219
- Hitlers Meinung über Lehrer 220
- Umerziehung der Lehrer 221
- Hitler-Jugend 222
- Reichsarbeitsdienst (RAD) 223
- Der Zweite Weltkrieg 224
- Angriff auf die Sowjetunion 228
- Wehrmacht und Vernichtungskrieg 230
- Der Volkssturm – Hitlers letztes Aufgebot 232
- Der Führer ruft den Deutschen Volkssturm auf 234
- Treu dem Reich 236
- Volkssturm gegen Hitler 238
- Chronik des 2. Weltkriegs 243

„Nie wieder Krieg!“ – Schlussbemerkungen 246

Zum Autor 248

Vorbemerkungen des Herausgebers

Ich schreibe diese Vorbemerkungen zu Beginn des Monats März 2022 – und damit wenige Tage, bevor der Druck dieses Buches erfolgen soll. Ein Buch, das das Schicksal von Menschen in der Endphase des Zweiten Weltkriegs zum Thema hat. Und nun ist ein Krieg in Europa entbrannt, gar nicht weit von uns entfernt: Der Angriff russischer Truppen auf die Ukraine. Von Berlin bis Kiew sind es gerade einmal rund 1.200 Kilometer Luftlinie.

Diesen Krieg, diesen Überfall auf ein unabhängiges Land, haben die meisten von uns nicht für möglich gehalten. Er trifft die Menschen in der Ukraine in seiner ganzen Brutalität, in seiner absoluten Sinnlosigkeit. Wir empfinden mit den Menschen, mit den Familien, die sich in Kellern und U-Bahn-Schächten vor den Bomben und Raketen zu schützen versuchen, deren Heimat zerstört wird, die aus dem Land flüchten, die um ihr Leben fürchten. Siebenundsiebzig Jahre nach dem Ende des Zweiten Weltkriegs erleben wir eine seitdem nicht mehr dagewesene Bedrohung unserer Weltordnung, unserer Werte, unseres Menschseins.

Gerade der aktuelle Krieg in der Ukraine zeigt, wie wichtig es ist, sich mit den historischen Ereignissen auseinanderzusetzen und dabei aus den Fehlern der Vergangenheit zu lernen.

In den letzten Jahren ist das Interesse von Kindern und Jugendlichen (die heutige Jugendgeneration wird gerne als Gen Z oder auch Post-Millennials, mit der man Menschen, die zwischen 1995 bis 1997 und 2010 bis 2012 geboren wurde, bezeichnet) an geschichtlichen Themen, und hierbei vor allem an der Zeit des Nationalsozialismus, deutlich gestiegen. Einer Anfang 2022 veröffentlichten Studie zufolge interessiert sich vor allem die Generation der 16- bis 25-Jährigen besonders stark für diese

Epoche. Dabei käme die Beschäftigung der jungen Leute mit der Nazizeit beinahe einer Art Mutprobe gleich. Die NS-Verbrechen würden bei ihnen eine Mischung aus Faszination und Angst auslösen. Eine Rolle spielt sicherlich auch, dass die heutige Generation sich völlig frei von Schuld fühlt für die Verbrechen der Nazis und dadurch unbefangener damit umgehen kann. Schließlich würde auch die Zunahme an populistischen, antidemokratischen Entwicklungen in verschiedenen Staaten der Erde das Interesse an der NS-Zeit befördern. So hilft es der heutigen Generation, nationalistische, rassistische und antisemitische Tendenzen als eine Bedrohung für sich selbst wahrzunehmen und als Gefahr einschätzen zu können. Bei den allermeisten Jugendlichen führt die Beschäftigung mit der NS-Vergangenheit zu einer deutlichen Distanzierung von dieser Zeit bzw. dem damals vorherrschenden Gedankengut. Wenige allerdings lassen sich von den Großmachtfantasien und der nationalistisch geprägten Weltanschauung der Nazis berauschen.

Gefühle sind geschichtsmächtig und geschichtsträchtig. Nicht nur Menschen werden durch Gefühle miteinander verknüpft, auch die Natur, die uns umgebenden Dinge, Situationen und somit auch historische Ereignisse. Gefühle stiften Beziehungen, lassen Menschen mit- und nachempfinden, provozieren Konflikte. Sie führen zu Solidarität und Hilfsbereitschaft, aber auch zur totalen Ablehnung, zu Aggression, Aufstand und Revolution. Ebenso lassen sich Menschen durch Gefühle manipulieren und instrumentalisieren, wobei die „Richtung“ der Aktivität zunächst völlig offen ist: ob zur Unterstützung des Guten oder aber auch des Bösen. Die Bandbreite der durch die Begegnung mit Geschichte erzeugten Emotionen ist groß. Ob es sich um bloße Neugier oder echtes Interesse handelt, oder ob Mitgefühl, Trauer, Wut, Begeisterung und Solidarität entwickelt werden: Sie alle können durch eine Auseinandersetzung mit Geschichte erzeugt werden. Und dass diese Gefühle umso stärker zum Ausdruck gebracht werden, je emotionaler ein Ereignis vermittelt wird, ist unbestritten. Jedenfalls haben Gefühle für die Wahrnehmung und Beschäftigung mit historischen Themen eine herausragende Bedeutung.

Durch sie werden Menschen, gerade junge Menschen, zu einer Auseinandersetzung mit historischen – und natürlich auch politischen – Ereignissen motiviert.

Durch die Erfahrung gerade in den letzten Jahrzehnten kann nur bestätigt werden, dass Interesse von Kindern und Jugendlichen für Geschichte nur dann wirklich geweckt wird, wenn sie emotionalisiert. Das heißt, die jungen Menschen müssen sich auf irgendeine Weise mit dem Thema, vor allem mit den agierenden bzw. betroffenen Menschen identifizieren können. Wenn sie also nachvollziehen, ja vielleicht sogar nachempfinden können, wie es den Menschen in der damaligen Situation ergangen ist, wie sie sich gefühlt, was sie erlitten haben. Und dies erreicht man in der Regel nicht über eine rein auf Fakten beruhende Beschäftigung. So wurde erst durch das Schicksal der Familie Weiß in der amerikanischen Fernsehserie „Holocaust" aus dem Jahre 1978 in Deutschland die Gräueltaten der Nazis gegenüber den Juden von einer größeren Öffentlichkeit wahrgenommen – und vor allem auch für Jugendliche als wichtig erkennbar. Ebenso war es auch mit dem Film „Schindlers Liste", der durch die Identifizierung mit den handelnden Personen eine Beschäftigung mit dem menschenverachtenden Handeln der Nazis erlebbar und bewusst gemacht hat. Filme wie „Die Weiße Rose", „Der Pianist" oder „Das Leben ist schön" und zahlreiche andere sind weitere Belege dafür, welch große Wirkung die Darstellung von Einzelschicksalen gerade auf junge Menschen hat.
Neben Filmen sind es natürlich auch Tagebuchaufzeichnungen, Erzählungen, Romane, die entweder fiktiv sind oder auf wahren Ereignissen beruhen und die den Verfilmungen häufig zugrundeliegen, die das Herz und natürlich auch den Kopf der Leserinnen und Leser erreichen. Und hier gab und gibt es eine Reihe von „Geschichten", die auch besonders für Kinder und Jugendliche geeignet sind, so zum Beispiel Romane wie „Damals war es Friedrich" von Hans Peter Richter; „Als Hitler das rosa Kaninchen stahl" von Judith Kerr; „Malka Mai" von Mirjam Pressler oder von John Boyne: „Der Junge im gestreiften Pyjama". Von besonde-

rer Bedeutung sind sicherlich Tagebuchaufzeichnungen wie das „Anne Frank Tagebuch". Viele dieser Bücher sind zur Standardlektüre im Unterricht geworden.

In die Reihe der genannten Romane bzw. Filme lässt sich auch der Film „Das Glaszimmer" sowie der Roman „Das Glaszimmer und ein Brief an den Führer" ansiedeln. Die eindringliche Geschichte des zehnjährigen Felix, der am Ende des Zweiten Weltkrieges von München in ein kleines bayerisches Dorf zieht, macht vor allem die Verführbarkeit von Kindern und Jugendlichen durch die nationalsozialistische Ideologie nacherlebbar und auch verstehbar. Dass damit gleichzeitig auch Geschichtswissen und – was ja noch wichtiger ist – Geschichtsbewusstsein vermittelt wird, ist umso erfreulicher.
Es heißt, dass man aus der Geschichte lernen könne und vor allem lernen solle. Sicherlich stimmt das. Dabei muss natürlich gerade der jungen Generation die Möglichkeit geboten werden, aus den Ereignissen der Vergangenheit zu lernen. Und wie wichtig dies ist, zeigt ein Blick auf das aktuelle Weltgeschehen (konkret: der Krieg in der Ukraine) allemal, wobei auch hier der Aggressor seinen Angriff mit einer historisch nicht korrekten Begründung zu rechtfertigen versucht.

Grundlage für den Film „Das Glaszimmer" und den Roman „Das Glaszimmer und ein Brief an den Führer" bildet das Drehbuch des Schriftstellers Josef Einwanger und des Filmregisseurs Christoph Lerch. Die Lebenserinnerungen von Josef Einwanger stehen für die Geschichte von Buch und Film Pate. Er floh als Kind mit seiner zum damaligen Zeitpunkt alleinerziehenden Mutter von München aufs Land, um den Bomben der Alliierten zu entkommen. Dort trafen sie auf den Ortsgruppenleiter Feik, der das Leben im Dorf bestimmte. Vor allem mit Feiks Sohn, Karri, geriet Felix von Anfang an aneinander. Karri, der ein fanatischer Nazi war, provozierte Felix von Anfang an. Doch Felix war auch schnell von den Aktivitäten der jungen Nazis im Dorf fasziniert. Von der Kraft der Verführung durch die gemeinsamen Erlebnisse der Jungen, ihren

Gemeinschaftssinn, die Symbole der Macht und von dem Gefühl, etwas Besonderes zu sein, etwas Wichtiges zu tun, wurde auch er ergriffen. Im Laufe der Geschichte wird aber immer klarer, welch menschenverachtendes System hinter all dem steckt. Gerade die letzten Tage des Krieges und die darauffolgende Befreiung durch die Alliierten lassen den Wahnsinn der NS-Zeit und seiner Weltanschauung überaus deutlich werden.

In diesem „Buch zum Film“ steht der Romantext „Das Glaszimmer und ein Brief an den Führer“ im Mittelpunkt. In einem Rückblick auf die damalige Zeit und seinen Erlebnissen lässt uns der Autor einen Blick auf die Hintergründe seines Drehbuchs sowie der Romanhandlung werfen. In Interviews kommen neben dem Autor auch Schauspielerinnen und Schauspieler zu Wort. Zur Veranschaulichung sind in diesem Buch eine Reihe von Fotos von den Dreharbeiten enthalten. Ebenso werden die wichtigsten historischen Hintergründe für das Verständnis von Film und Buch bzw. für die Zeit des Nationalsozialismus in groben Zügen vermittelt.

Ich wünsche mir, dass wir im besten Sinne aus der Geschichte lernen und dass nicht zuletzt unsere Kinder und Jugendlichen klar Position beziehen gegen Rassismus und Ausgrenzung, Gewalt und Krieg. Die jüngsten Ereignisse in der Ukraine machen dies noch einmal leidvoll bewusst.

Hans-Jürgen van der Gieth

Hinweise: Ein Hörbuch zum Roman (gelesen von Ulli Potofski) ist ebenfalls im Verlag L100 erschienen.
Best.-Nr. L17 • ISBN 978-3-947984-16-9

Für die Behandlung des Romans im Unterricht ist im BVK Buch Verlag Kempen GmbH ein Literaturprojekt erschienen.
Best.-Nr. LP 178 • ISBN 978-3-96520-127-9

JOSEF EINWANGER

DAS GLASZIMMER

UND EIN BRIEF AN DEN FÜHRER

1. Ein Raum voller Ratten

Felix sieht eine Ratte.
Wieso gibt es das? Im Graben neben der Straße eine Ratte!
Sie hat kleine kugelige Augen wie schwarze Perlen.
Es hat aufgehört zu regnen.
Felix fährt mit einem großen Damenfahrrad. Er steht beim Treten auf den Pedalen, kann den Sattel gar nicht erreichen, schwankt hin und her. Tritt er mit dem rechten Fuß nach unten, kommt er nach rechts, tritt er mit dem linken Fuß nach unten, kommt er nach links. So schaut er immer auf die Straße, auch weil er den Pfützen ausweichen will.
Die Mutter fährt voraus, hält plötzlich an und ruft: „Wir sind da."
Felix tritt die Pedale scharf rückwärts. Das Hinterrad bremst, schleift auf der sandigen Straße. Es dreht ihn zur Seite. Da sieht er wieder die Ratte. Er springt vom Rad. Sie erreichen ein Gartentürchen. Dahinter gibt es eine Wiese mit Obstbäumen.
„Schau: Apfel, Birne, Kirsche", ruft die Mutter.
Felix starrt auf die Ratte, die in einer schmalen Spur zum Haus in den Garten läuft. Aber er reißt sogleich den Kopf hoch, denn hinter sich hört er ein spöttisches Lachen und den Ruf: „Das Fenster hab ich eingeworfen."
Die Mutter öffnet das Gartentürchen und schiebt ihr Rad hindurch. Felix kommt mit seinem hinterher. Die Ratte ist weg. Der Junge, der „Das Fenster hab ich eingeworfen" gerufen hatte, hängt am Drahtzaun auf der anderen Straßenseite.
„Gefällt es dir hier, gefällt dir das Haus?", fragt die Mutter – und, weil Felix nicht antwortet: „Was hat er gerufen?"
„Das Fenster hat er eingeworfen."
Es ist ein Haus mit Giebeldach. Unten hat es zwei Fenster mit grünen

Läden und oben im Giebeldreieck eines ohne Läden. Im vorderen Teil ist es gemauert und weiß gekalkt, dahinter ist es aus Brettern, braun, fast schwarz. Am Ende ist ein Holzschuppen angebaut. Die Haustüre befindet sich auf der Gartenseite. Als Felix sein Rad anlehnt, sieht er in einer Rinne an der Mauer wieder die Ratte.
Oder es ist diesmal eine andere.
Erst jetzt fällt ihm auf, dass er das Rad vor dem eingeworfenen Fenster abgestellt hat.
Wahrscheinlich liegt der Stein noch im Haus. Durch das splittrige Loch hätte er ohne Kratzer seinen Kopf stecken können. Auch die Mutter hat das Rad ans Haus gelehnt. Sie sagt: „Es wird dir gefallen."

Nach dem Regen tropft es von den Blättern der Obstbäume. Die Mutter sagt nichts über die Ratten, meint dann: „Der Garten ist schön. Wir haben das Haus gemietet. Als dein Papa zum letzten Mal auf Urlaub da war, haben wir nach einem Wohnplatz auf dem Land gesucht und das Haus entdeckt. Es stand damals schon leer. Wir konnten nicht rein. Wenn der Krieg vorbei ist und dein Papa zurück, können wir es vielleicht kaufen und abzahlen."
Sie sperrt die Haustür auf und lässt sie wegen des üblen Geruchs im Flur offen. Gleich links führt eine Tür zu einem leeren Zimmer mit zwei Fenstern über Eck, das die Mutter „unsere Stube" nennt. Ein Herd steht dem Fenstereck gegenüber.
Der faustgroße Stein liegt mitten im Raum. Er war weiter geflogen als die Glassplitter. Felix hebt ihn auf.
„Das richten wir uns schön ein", sagt die Mutter, als sie durch eine offene Tür zu einem zweiten Zimmer geht, das nur ein Fenster hat. Felix legt den Stein von einer Hand in die andere, geht zurück in den Flur und hört ein Quieken und Pfeifen. Wieso das? Woher kommt es?
Er schiebt rechts hinten eine Holztür auf und schreckt gleich zurück. Eine Wolke aus Gestank überfällt ihn. Zur Abwehr wirft er blindlings den Stein in den Raum. Ein vielfältiges Quieken schlägt ihm entgegen. Er reibt an seinen Augen. Es wimmelt von Ratten.

Die Mutter kommt hinzu, reißt Felix an sich, schlägt die Holztür zu und zieht ihn mit in den Garten. Sie atmen durch. Die Mutter hat einen solchen Schrecken bekommen, dass sie mit erhobenen Händen zum Gartentürchen eilt und nach Hilfe ruft. Im seitlichen Nachbargarten arbeitet eine Frau, die fragt, was denn los sei. Die Mutter bringt nur: „So viele Ratten, im Haus so viele Ratten" hervor. Die Frau beruhigt sie: „Das hätte ich dir schon sagen können. Ich schicke den Franz. Das kann der Franz am besten."

Felix ist neugierig. Er steht wieder vor der Rattenkammer, wirft einen Blick hinein, schlägt die Tür vor Schauder zu und tritt dabei zwei Schritte zurück, betritt die unterste Stufe einer schmalen Stiege mit Handlauf, die zu einer blauen Tür hochführt.

Eine blaue Tür?

Felix trappelt hoch und bleibt oben stehen. Was verbirgt sich dahinter? Er schiebt die blaue Tür einen Spalt auf. Ein Sternchen funkelt. Zu seiner Verwunderung ein Sternchen. Wie gibt es das? Ein zweites dann. Er drückt die Tür ganz auf und ist sogleich angestrahlt von Geglitzer. Überall Geglitzer. Inmitten eines zauberhaften Flirrens steht er. Ganz unwillkürlich dreht er sich und breitet die Arme aus, als wolle er auf dem Bündel Sonnenstrahlen zu seinen Füßen tanzen. Da reißt ihn Lärm aus seiner Verzauberung. Lärm, Gepolter und Geschrei von unten.

„Bring alle um, bring alle um", so das Geschrei.

Felix blinzelt ein paar Mal. Er hat den Kopf voller Licht, springt aber die Stiege hinunter und wäre beinahe an den breiten Rücken eines Kerls gerumpelt, der mit einem kurzen Seil und einem langen Stock auf die Ratten einschlägt.

„Hoi, hoi, bring alle um."

Die Ratten rennen kreuz und quer, fliehen die Wände hoch, pfeifen und quietschen.

Mit dem dicken Seil peitscht der Kerl – es ist niemand anderer als Franz – die Ratten von den Wänden herunter. Viele bluten aus der Nase. Einige fliehen durch ein Abflussrohr. Beidhändig schlägt Franz

zu, abwechselnd, einem Takt gleich: Stockschlag – Peitschenhieb, Stockschlag – Peitschenhieb. Es hört sich wie ein schauderhaftes Trommeln an.
„Hoi, hoi, gleich alle tot."
Felix schüttelt es. Er rennt hinaus in den Garten, in seinen Ohren das Trommeln: Stockschlag – Peitschenhieb, Stockschlag – Peitschenhieb.

Ein „Hü" und „Hott" bringt ihn kaum zur Besinnung.
Am Gartenzaun ist ein Stück Draht ausgehängt. Ein alter Bauer mit Pfeife im bärtigen Gesicht führt ein Ochsengespann in den Hof.
„Hü" und „Hott." Der große Leiterwagen ist vollgepackt mit Schrankteilen, Bettgestell, Tisch und Stühlen, die von München in einem Güterwaggon zur nahen Bahnstation gebracht worden waren. Die zwei Damenfahrräder sind auch darin verstaut gewesen.
Franz kommt aus dem Haus.
„Alle tot."
Er ist mit sich zufrieden und bindet mit dem Seil eine tote Ratte an den Stock, bleibt vor dem kaputten Fenster stehen und sagt: „Loch kann Vater flicken."
Die Mutter ist im Holzschuppen, hört es, ruft: „Danke, Franz", und „Felix, ich brauche dich, du musst mir helfen."
Felix starrt Franz an, der ein seltsames Grinsen hat und damit beschäftigt ist, die Ratte an den Stock zu knoten. Er schaut aber auch zum Giebelfenster hoch. Gibt es dahinter wirklich dieses wunderbare Glitzerzimmer? Die Glasscheiben spiegeln jetzt im Abendlicht. Gibt es dahinter die vielen Sternchen?
Ein Trommeln lenkt ihn ab. Wieso wieder ein Trommeln? Woher kommt es? Er läuft am Ochsenfuhrwerk vorbei, grüßt den bärtigen Bauern und rennt auf der Straße weiter, die Trommelschläge im Ohr.
Die Mutter ruft: „Bleib da, wohin willst du? Du kennst dich doch hier gar nicht aus. Ich brauche dich beim Abladen und Einräumen."

2. Der Trommler trommelt, die Jungen rennen

Auf eine brennende Wiese rennt er zu, den Trommelschlägen, dem lodernden Feuer entgegen, durch das Jungen hin und her laufen, hin und her. Schöne braune Hemden haben sie an, schwarze Tücher mit Knoten um den Hals und Gürtel mit glänzender Schnalle um den Bauch. Unwillkürlich greift sich Felix ins Gesicht, als müsste er sich vergewissern, was er gesehen hat. Er wischt sich über die Augen. Das Feuer ist wirklich da, der Trommler ist da.

Trommelt er, rennen die mit den braunen Hemden durch das Feuer, hält er an, bleiben sie stehen, trommelt er, rennen sie.

Hinter dem Feuer, an der Stirnseite des Schulhauses, ist ein Steingarten mit vielen kleinen Birkenkreuzen aufgebaut. Vor diesem Denkmal für die gefallenen Soldaten lodern die Flammen. Der Trommler trommelt, die Hitlerjungen rennen.

„Flink wie Windhunde. Deutsche Jungen haben keine Angst", ruft ein Kommandant. „Deutscher Geist steht rechts. Disziplin, Ordnung, Achtung der Autorität, rechter Glaube und rechte Gesinnung, kein formloses Durcheinander."

Felix hat das nie so gehört. Es ist ihm heiß und kalt geworden. Noch dazu steht ihm plötzlich der Nachbarsjunge Karri gegenüber. Er hatte das Fenster eingeworfen und faucht ihn nun an: „Was willst du hier?"

Felix zuckt zurück.

Der Kommandant aber, der neben dem Trommler steht und der *Flink wie Windhunde* gerufen hatte, ruft ihm zu: „Bist ein Neuer, komm, magst trommeln?"

Felix zögert.

Karri rennt auf schmaler Sandspur durch das Feuer.
Felix trommelt.
Die Hitlerjungen mit den schönen, braunen Hemden laufen. Wenn er stoppt, bleiben sie stehen, wenn er trommelt, rennen sie.
Es überfällt ihn ein seltsames Gefühl, das er bisher nie so gespürt hatte. Ein Gefühl der Macht. Die Hitlerjungen gehorchen seinem Trommeln. Das kommt ihm ungeheuerlich vor.
Er wirft die Schlägel hin. Die Hitlerjungen stehen. Niemand lacht.
Der Kommandant sagt: „Deine Schnürsenkel sind offen, ist nicht in Ordnung."
Felix schaut auf seine Schuhe.
„Weil ich so schnell gelaufen bin, weil ich das Trommeln gehört habe."
Er haut ab. Jetzt lachen einige. Der Trommler trommelt. Die mit den braunen Hemden rennen durchs Feuer. Felix schaut hinter sich und stolpert, stürzt fast. Er ist mit dem rechten Schuh auf die offenen Schnürsenkel des linken Schuhs getreten. Auch die Schnürsenkel des rechten Schuhs sind aufgegangen.
Felix bindet rechts eine feste Schleife, flüstert: „Deutscher Geist, Deutschland muss gewinnen" und fängt an, die linken Schnürsenkel zu binden, flüstert „Feind", löst die Finger davon und lässt die Bänder schlapp hängen. Er rennt. Und erreicht das Gartentürchen. Das leere Ochsenfuhrwerk steht auf der Straße. Der bärtige Bauer mit Pfeife hängt das Stück Drahtzaun ein. Felix hilft ihm.
„Deine Mutter hätte dich gebraucht."
Felix zuckt bloß mit den Schultern.
Neben der Haustür sitzt auf einem Hocker der alte Schickl, eine abgegriffene Schirmmütze mit rotem Band auf dem Kopf. Er verglast den kaputten Fensterflügel, ritzt mit dem Glasschneider die Scheibe in die passende Größe.
„Hast ihnen zugeschaut?", fragt er Felix.
„Getrommelt hab ich."
„Für die Braunhemden?"
„Für meinen Papa, weil ich auf ihn warte. Er ist im Krieg."

„Schau, deine Schuhbänder, links."
„Das muss so sein."
Schickl schüttelt den Kopf und streicht den Fensterkitt in die Rahmen.
Felix schaut zu, sagt: „Mütze mit rotem Band."
„Muss so sein. Lokführermütze, war einmal Reichsbahnlokführer."
Er setzt Felix die Mütze auf den Kopf. Sie fällt ihm tief ins Gesicht.
Die Mutter kommt hinzu, stützt sich mit beiden Händen auf einem Schaufelstiel ab.
Felix steht stramm, schiebt die Mütze hoch und witzelt: „Reichsbahnlokführermütze."
„Der Bahnwärterbub hätte mir helfen sollen", erwidert die Mutter, „dann hätten wir uns zu zweit geekelt. Ich hab die toten Ratten vergraben, zwei Eimer voller blutiger Ratten."
„Getrommelt hat er", bemerkt Schickl, und da das Gespräch nun einmal begonnen hat, erzählt die Mutter vom Luftangriff auf München. Am 8. Januar sei es gewesen, das Nebenhaus sei gänzlich eingestürzt, in ihrer Wohnung eine halbe Wand. Sie hätten darin aber noch ausharren müssen. Und jetzt hier im Haus die Ratten. Franz habe alle erschlagen. Sie hätten ihr leidgetan, die armen Tiere, auch vergiften hätte man sie können, aber doch nicht als Hausgäste behalten.

3. Was steckt im Sack?

Felix geht in die Stube. Die Mutter folgt ihm. Umzugskartons stehen herum, die meisten leer. Im Eck zwischen den zwei Fenstern hängt ein kleines Kreuz mit dem sterbenden Jesus – sie haben es von München mitgebracht – wie auch die großen Bildtafeln von Jesus und Maria, die links und rechts des Kreuzes hängen.

„Schickl hat mir geholfen", sagt die Mutter und dreht an dem kleinen Radio herum, Militärmusik dröhnt. Sie schaltet gleich wieder ab.

„Bei den Hitlerjungen hast du nichts zu suchen."

Nun dreht Felix einen der drei Knöpfe am Radio und berührt die zitternde Folie des runden Schallauges.

„Zarah Leander", wispert die Mutter in einem Ton der Sehnsucht, legt eine Hand ans Radio, lehnt ihren Kopf auf den Handrücken und singt: „Ich weiß, es wird einmal ein Wunder geschehn".

Sie wischt über ihre Augen, schaltet das Radio aus und fragt Felix nach dem Akkordeon.

Es steckt noch in einem Karton. Felix packt es aus und übt die Griffe für „Ich weiß, es wird einmal ein Wunder geschehn".

„Spiel doch den lustigen Haushammer-Ländler, den kannst du so gut", sagt die Mutter. „Dein Papa spielt gern Wiener Walzer."

Felix gibt nun wirklich zur Feierlichkeit des Einzuges den Haushammer-Ländler zum Besten und die Mutter ist so guter Laune, dass sie sich dabei um sich selbst im Kreis dreht.

„Wenn dein Papa wieder da ist, wenn der Krieg vorbei ist, dann singen und tanzen wir. Aber jetzt hängen wir sein Bild hier zu den anderen, hilf mir."

Felix reicht der Mutter, die sich auf einen Stuhl gestellt hat, das gerahmte Soldatenbild hoch. Sie hat Hammer und Nagel in Griffnähe und hält

es probehalber mal links und mal rechts des gekreuzigten Jesus und der Bildtafeln an die Wand und fragt: „Was meinst du? Links oder rechts?"
„Rechts", donnert eine Stimme.
Die Mutter stürzt vom Stuhl, das verglaste Bild fällt ihr aus der Hand. Felix ist geschickt genug, es aufzufangen.
„Heil Hitler!", ruft die Stimme.
Die Mutter muss erst durchatmen, ehe sie einen Blick auf den uniformierten Mann im Türrahmen werfen kann, der den rechten Arm gehoben hat.
Sie wischt über ihr Knie und sagt mit fester Stimme: „Grüß Gott!"
Der uniformierte Mann mit Hakenkreuzbinde am linken Arm tritt zwei Schritte vor und reicht ihr die Hand, um sie hochzuziehen.
„Komme selber hoch", gibt die Mutter mit Wort und Gestik zu verstehen und nimmt Felix das Bild ab.
Der Uniformierte sagt: „Ich bin kein Ungeheuer, Feik mein Name, Ortsgruppenleiter der NSDAP, der Nachbar direkt gegenüber, hinterm Drahtzaun." Zu Felix sagt er: „Ich hab auch so einen Buben, kannst mit ihm spielen. Karri heißt er."
Felix bleibt stumm. Die Mutter drückt das große Papabild an ihren Körper.
„Ich bin Anna. In München ausgebombt." Sie steigt auf den Stuhl, schlägt den Nagel links in die Wand und hängt das Soldatenbild ihres Mannes daran.
„Trotzig sein kannst du", knurrt der Ortsgruppenleiter – und an Felix gewandt, etwas freundlicher: „Du bist hoffentlich stolz auf deinen Vater. An welcher Front kämpft er?"
„Im Westen, gegen die Amerikaner."
„Zuerst gegen die Russen, dann gegen die Franzosen, Engländer, Amerikaner", bekräftigt der Ortsgruppenleiter. „An die Fenster gehören Rollos. Kein Licht für die feindlichen Bomber. Auf gute Nachbarschaft also. Aber, aber, ein Bild fehlt. Eines fehlt." Er hebt den rechten Arm.
Felix sieht, dass er beim Hinausgehen einen Fuß nachzieht. Die Mutter sagt nichts. Sie holt ein kleines Familienfoto aus einem Täschchen und

steckt es an das mittlere Glastürchen des Küchenschrankes, streichelt darüber und fragt Felix, ob er überhaupt schon das ganze Haus erkundet habe. Felix wirft zuerst einen Blick in die Rattenkammer. Alles ist sauber geputzt.

„Wir lassen über Nacht das Fenster offen", meint die Mutter, „der üble Geruch muss raus."

„Geh jetzt hinter mir her", flüstert Felix geheimnisvoll und steigt die Stufen zur blauen Tür hoch, schiebt sie ein kleines Stückchen auf und deutet der Mutter an, sie solle durch den Spalt schauen.

„Ein Sternchen", flüstert sie erstaunt. „Zwei Sternchen, viele. Was für ein Zauber!"

Felix schiebt die Tür ganz auf.

„Wie wunderschön", freut sich die Mutter und umarmt Felix, drückt ihn an sich. „Da kannst du dein Zimmer einrichten. Es ist ein Platz zum Glücklichsein."

Die späte Nachmittagssonne und viele Glasscherben zaubern den Glanz. Die Bretterritzen der Dachschräge sind nämlich vollgespickt mit Glasecken und Spiegelscherben. Das schräge Sonnenlicht entfacht das Leuchten und Glitzern.

„Da haben die früheren Bewohner aus zerbrochenem Glas etwas Schönes gemacht", sagt die Mutter. „Scherben bringen Glück."

Felix stellt sich an das Fenster. „Und da sehe ich, was draußen los ist. Schau, ein Mädchen läuft auf der Straße." Es ist die zehnjährige Marta.

Zum Anwesen gehören auch Stall und Scheune. Felix ist schon deshalb begeistert, weil es im Stall einen alten Schweineverschlag gibt, geeignet, darin ein Lager zu bauen. Die Mutter nimmt im Vorbeigehen einen verstaubten Leinensack mit, der im alten Futtertrog der Kühe liegt. Es führt eine Tür zur Scheune, in der noch Heu lagert.

„Herzhafter Duft", sagt die Mutter und bückt sich nach einem Büschel. „Ich werde Papa gleich schreiben, dass wir jetzt ins Haus eingezogen sind." Und ganz nebenbei fügt sie hinzu, dass sie mit dem Fahrrad wegfahre und bald wieder zurück sei.

Felix stellt sich vor die Haustür, als müsse er Wache halten. Die Mutter hat hinter sich das Gartentürchen geschlossen, so kommt er sich im kleinen Hof zwischen Zaun, Haus und Obstbäumen geschützt vor. Aber nur für wenige Augenblicke. Denn hinter einem Baum springt Karri hervor, in Kampfpose. Ohne Vorwarnung wirft er eine leere Flasche gegen Felix, die nicht trifft, aber auf dem etwas steinigen Weg zum Gartentürchen zersplittert.
Karri stellt sich breitbeinig hin und ruft: „Weißt du überhaupt, wo du hier angekommen bist? Bei uns ist er geboren, in Braunau."
Felix begreift, dass er Hitler meint. Er bückt sich nach einer dreieckigen, scharfkantigen Flaschenscherbe, bleibt dann reglos stehen.
„Rattenkönig, wirf, wenn du dich traust", stänkert Karri.
Felix wirft. Karri duckt sich. Das war sein Fehler. Die Scherbe ritzt ihm eine kleine Wunde in die Stirn, aus der Blut sickert. Sie wird ihm als sternförmige Narbe bleiben. Er wischt darüber und springt mit blutigen Händen auf Felix los. Beide schlagen aufeinander ein, ringen sich nieder und wälzen sich im Gras.
„Mistkerl, fremder", faucht Karri, „dich vertreib ich von hier."
Auf der Straße läuft Marta. Sie sieht die raufenden Buben, kehrt um und stößt mit Frau Feik zusammen, die aufgeregt zum Gartentürchen eilt, „auseinander, auseinander" ruft und Karri an sich reißt. „Hört auf! Karri, lass ihn los! Du blutest ja."
„Er hat angefangen, er hat die Flasche auf mich geworfen", rechtfertigt sich Felix und stößt mit einem Fuß an die Scherben auf dem Boden.
Frau Feik hat alle Mühe, den wütenden Karri festzuhalten, nimmt ihr Kopftuch ab und wickelt es um seinen Kopf, sagt zu beiden: „Freunde sollt ihr sein, gute Nachbarn. Gebt euch die Hand."
Felix streckt zögernd Karri seine rechte Hand entgegen und stellt sich mit „Ich bin Felix!" vor.
„Das ist mir gleich", zischelt Karri, „du kannst dich auf was gefasst machen. Das gibt Rache."
Obwohl er sich sträubt, zieht ihn seine Mutter mit sich fort.
Felix geht ins Haus, murrt: „Selber schuld, warum hat er sich geduckt",

öffnet im Flur hinten rechts die Tür und zuckt etwas zurück. Eine Ratte schnüffelt herum. Er greift zu dem Reisigbesen in der Ecke, treibt sie ins leere Abflussrohr und hockt sich dann auf die einzige Stufe vor der Haustür. Da kommt auch schon die Mutter. Während sie mit der einen Hand das Gartentürchen öffnet, hält sie mit der anderen den braunen Sack hinten auf dem Gepäckträger fest, in dem offenbar ein flaches, ziemlich großes Ding eingehüllt ist. Felix hätte ihr entgegenlaufen können, um zu helfen. Er aber starrt gebannt auf ihr Hantieren, auf ihr Bemühen, den sich sträubenden Sack in den Griff zu bekommen, ihn irgendwie durchs Gartentürchen zu zerren.

In der Stube hält Felix die zwei Ecken des Sackbodens. Die Mutter steht ihm gegenüber. Sie zieht an der anderen Seite an einem Holzrahmen. Die Bildtafel ist genauso groß wie die von Jesus und Papa. Zuerst kommt ein Haarscheitel rechts zum Vorschein, dann in die Stirn gekämmtes Haar, scharfe Augen, ein Bärtchen, ein strenger Mund. Nie hatten sie ein Hitlerbild. Jetzt ist es da, als fremder Geist hinter Glas.

Auf dem Stuhl stehend schlägt die Mutter einen Nagel neben dem Papabild in die Wand. Felix hebt das Hitlerbild hoch. Die Mutter hängt es an den Nagel. Das alles läuft schweigend ab. Die Mutter geht hinaus, den verschmutzten Sack weit von sich streckend.

Felix steht vor Hitler. Und er erlebt, dass er gefangen genommen wird von den bisher nie aus solcher Nähe gesehenen Augen mit dem stechenden Blick, von dem Bärtchen, der Frisur mit dem Scheitel rechts. Er erlebt, dass er unwillentlich beginnt, auf seinem Strubbelkopf herumzukratzen, nämlich sich einen Scheitel rechts zu kratzen. Er stellt sich stramm hin, blickt auf seine Schuhe und sieht, dass beide Bänder offen sind. Er kniet sich auf das linke Knie, kniet vor Hitler, bindet am rechten Schuh einen Knoten, spricht: „Deutschland muss gewinnen!“, wechselt auf das rechte Knie, bindet am linken Schuh den Knoten: „Der Feind muss besiegt werden!“, bindet rechts eine ordentliche Schleife: „Deutschland muss gewinnen!“ und lässt links die Bänder lasch hängen.

4. Erster Schulbesuch

Felix muss natürlich im neuen Wohnort zur Schule gehen. In jenes gelbe Gebäude, an dessen Stirnseite das Kriegerdenkmal für die toten Soldaten aufgebaut ist. Fünfunddreißig kleine Birkenkreuze. Die Namen der Toten stehen auf kleinen, ovalen Holzschildchen, schräg von einem Birkenstamm geschnitten.

Im Schulhaus gibt es unten einen Saal für die Grundschulkinder und darüber einen gleich großen für die Hauptschüler. Es sind immer vier Klassen zusammen. Marta ist in Klasse vier, wie auch Karri, der allerdings ein Jahr älter ist. Alle sitzen in Zweierbänken mit festen Schreibpulten. In die abgenutzten Holzplatten haben die Jungen mit Taschenmessern Hakenkreuze geschnitten, in tiefen Furchen, die den Reiz haben, sie mit Tintentropfen aus der Schreibfeder auszumalen. Die gläsernen Tintenfässer sind in die Schreibplatten eingelassen.

Der Unterricht hat schon begonnen, als Felix die Tür aufschiebt. Er hat sich verspätet.
„Kommt der zu uns?“, entsetzt sich Karri und wischt mit den Fingern der rechten Hand unwillkürlich über das Pflasterkreuz auf der Stirn.
Die Lehrerin kennt Felix schon. Tags zuvor hatte ihn seine Mutter vorgestellt.
„Ja, in die vierte Klasse. Karri, du kennst ihn ja gar nicht.“
„Und ob ich den kenne!“
„Entschuldige, Felix“, sagt die Lehrerin, „er ist nicht immer so.“
Sie führt Felix an seinen Platz. Ein Hakenkreuz ist frisch ins Holz geschnitzt. Felix kann es nicht lassen, mit den Fingern darin herumzufahren.

Die Kleineren bekommen eine stille Setzkasten- und Leseaufgabe, die Größeren üben das Schönschreiben. Die Lehrerin schreibt *R R Reich Reich* und *P P Panzer Panzer* vorbildlich exakt an die Tafel, woraufhin ein Junge ruft: „Mein Papa ist Panzerfahrer."
„War", antwortet eine Mädchenstimme. Woraufhin niemand etwas sagt. Sie schreiben. Dabei erzählt ein Junge von jenem deutschen Soldaten, der sich von einem russischen Panzer absichtlich überrollen ließ. Er habe dabei eine Sprengmine an die Unterseite gedrückt und sei schnell davongekrochen. Im Nu habe der Panzer gebrannt. Er sei in den Flammen explodiert.
„Jeweils zwei Zeilen", sagt die Lehrerin. „Damit ihr von schrecklichen Kriegserlebnissen verschont bleibt und vor feindlichen Bombern geschützt, wurde in den Berghang gleich unterhalb der Schule ein Bunker in die Erde gebohrt. Ihr wisst das schon. Nach dem Unterricht schauen wir uns den Schutzraum an. Felix kommt natürlich mit."

Sie steigen in lockerer Reihe den Abhang hinunter. Marta drängt sich an Felix' Seite und ereifert sich gleich: „Ich habe dich schon gesehen, als du mit deiner Mutter hier angekommen bist, und wie du mit Karri gerauft hast. Ich bin die Marta. Du wohnst neben mir."
„Ich habe dich zum ersten Mal von meinem Zauberzimmer aus gesehen", sagt Felix.
„Zauberzimmer?"
„Ich zeig dir's mal. Du wirst große Augen machen."
Marta, die so träumerisch schauen kann, wie Felix auffällt, ist neugierig.
„Bleib neugierig", sagt er.
Karri brennt vor Eifersucht. Er läuft an den beiden vorbei, rempelt Felix an und faucht: „Dir werd ich's noch zeigen!"

Die Lehrerin bittet um Ruhe. Sie hat einige Mühe, die Kinder zu ordnen. Die Aufregung ist groß. Ein ins Gestein gehauener, mit brennenden Fackeln bestückter Gang führt zu einem runden Saal, der mit einem ganzen Kranz von Fackeln beleuchtet ist.

„Wie in einer Ritterburg“, raunt ein Junge, und andere flüstern es nach: „Wie in einer Ritterburg.“
Alle sind eingeschüchtert vor Ehrfurcht, sie sind geradezu andächtig. Kaum sind sie im Halbkreis aufgestellt, fordert die Lehrerin Aufmerksamkeit für Herrn Feik, der in Uniform heranschreitet, wenn auch mit dem nachgezogenen Bein. Am linken Arm trägt er eine Hakenkreuzbinde, den rechten streckt er zur Begrüßung hoch.
„Heil Hitler, liebe deutsche Mädchen und deutsche Jungen.“
Weil die Lehrerin klatscht, klatschen auch die Kinder.
„Ich heiße den Herrn Ortsgruppenleiter Feik willkommen, auch in eurem Namen, liebe Kinder“, ruft sie in den Applaus hinein. Die Kinder klatschen weiter.
Erneut hebt Herr Feik den rechten Arm und ruft mit krächzender Stimme. „Und ich, liebe deutsche Jugend, begrüße euch, wie es sich gehört, nochmals mit *Heil Hitler.* Wir grüßen damit auch unseren Führer, der will, dass es euch gut geht. Deshalb wurde dieser Bunker von entschlossenen Männern tief in die Erde gebohrt und gehämmert. Zum Schutz vor den Feinden, die sogar in unserer Heimat die Kinder und Frauen bombardieren. Unmenschlich ist dieser Feind. Aber ihr seid in dem Schutzraum tief unter der Erde sicher wie in einer Watteschachtel.“
Herr Feik erklärt genau, wozu der Bunker gut sei, wann man ihn aufzusuchen hätte und wie man sich darin zu verhalten habe.
Felix hört bewundernd zu, flüstert: „Watteschachtel“. Das Wort gefällt ihm. Es ist von seinen Augen abzulesen. Marta schaut ihm ins Gesicht, sehr träumerisch. Er ist für ihre Aufmerksamkeit insgeheim dankbar.
Inzwischen klatschen wieder alle. Herr Feik winkt ab und mahnt: „Bei Alarmstufe II sollt ihr hier Schutz suchen.“
Damit ist seine Ansprache beendet. Die Kinder bilden eine Gasse und applaudieren erneut. Sie dürfen nach Hause.

Kaum sind sie zur Straße hochgestiegen, heulen die Sirenen, was nichts anderes bedeutet, als dass feindliche Bomber im Anflug sind. Nicht weit entfernt, auf der anderen Seite des Inn, werden in einer Fabrik kriegs-

wichtige Teile hergestellt. Bei jedem feindlichen Überflug oder Angriff feuern kleine Abwehrkanonen, Flak genannt. Es ist eine Kurzbezeichnung für Flugabwehrkanone. Die Schützen, die jungen Flakhelfer, trugen zu ihrer Begeisterung eine eigene Uniform.
Die feindliche Bomberstaffel zieht wie ein im Windschatten fliegender Vogelzug schön aufgereiht über den Himmel. Die Flakabwehr feuert. Hoch über den Köpfen der Kinder prasseln die Explosionen. Weiße Wölkchen spritzen auf- und auseinander, die Granatsplitter sausen auf den Boden nieder, auch auf die Straße. Die Kinder rennen, auch Felix und Marta. Karri ist ein Stück hinterher, grimmig vor Zorn und Eifersucht.
„Da hätten wir ja im Bunker bleiben sollen", keucht Marta und, an Felix gewandt: „Deine Schuhbänder sind offen, gleich trittst du darauf."
„Daheim", ruft Felix und stolpert auch schon. Ein wuchtiger Faustschlag von hinten hat ihn aus dem Gleichgewicht gebracht. Er stürzt. Karri wirft sich auf ihn, kniet sich auf seine Brust. Marta versucht, ihn wegzuzerren, ruft: „Spinnst du, du kugelst ihm den Arm aus, Blödmann."
„Hinterrücks, du feiger Hund", stöhnt Felix.
Karri gibt ihm noch einen Fußtritt und rennt davon. Felix rappelt sich hoch, renkt sich zurecht und ruft: „Schurke, falscher!"
Marta erklärt: „Eigentlich solltet ihr Freunde sein."
Sie blicken zum Himmel hoch. Wieder prasselt es, wieder sausen Granatsplitter herab. Sie laufen und erreichen endlich das Gartentürchen. Felix nimmt Marta an die Hand. Er zieht sie mit bis zur Haustür und reibt an seiner Schulter. Sie atmen durch. Aber auch der Garten bleibt nicht von Splittern verschont. Sie zerreißen die Blätter der Bäume. Felix horcht auf die Einschläge, läuft unter den Bäumen herum und ruft: „Hab einen." Heiß ist der fingerlange Splitter. Er wirft ihn von einer Hand in die andere.
„Gerade noch oben, jetzt in meiner Hand, schau", sagt er zu Marta. „Eine Seite glatt und glänzend, eine Seite rissig."
Er legt den Splitter in Martas Hand. Da sie zurückzuckt, nimmt er ihn gleich wieder weg.

Die Schulranzen haben sie neben die Haustür gestellt. Felix legt den Splitter dazu. Die Mutter ist nicht zu Hause. So hocken sie sich auf die Stufe vor der Haustür.

„Ich bau mir eine Watteschachtel", sagt Felix.

„Was?"

„Ich bau mir eine Watteschachtel. Hilfst du mir?"

Im Holzschuppen suchen sie nach Brettern, finden einige passende, sägen sie auf dem Holzbock zurecht – was eine Schinderei ist – und decken den Schweineverschlag im Stall damit ab.

„Unterstand, wie ihn die Soldaten haben", prahlt Felix, „wie ihn mein Papa hat, hoffentlich, damit er geschützt ist, ganz vorne an der Front. Unterstand, wie ihn dein Papa hat, hoffentlich."

„Wünsche ich ihm", sagt Marta. „Prima, so eine Watteschachtel."

Sie verschiebt ein Brett und zuckt gleich zurück. Sie hat sich einen Splitter eingezogen und versucht, ihn herausziehen, schafft es aber nicht. Deshalb greift Felix nach ihrer Hand, führt sie an seinen Mund und beißt den Holzspan aus dem Finger. Marta lässt es zu, schließt dabei fast genüsslich die Augen und hält den kleinen Schmerz aus.

„Bleibt keine Narbe", behauptet Felix.

„Eine winzig kleine vielleicht", meint Marta.

Sie lachen, kommen sich wie Helden vor und schlüpfen in die dunkle Höhle, lachen, greifen blind umher und berühren sich zufällig.

„Ich habe eine Taschenlampe mit blauer Folie, die sich vor das Lämpchen schieben lässt", sagt Marta. Feik habe behauptet, blaues Licht könnten die Feinde nicht sehen. Sie werde die Lampe das nächste Mal mitbringen. Und übrigens gehöre in eine Watteschachtel zum Verschlüpfen eine Zudecke.

„Und ein alter Sack zum Draufhocken", sagt Felix und denkt an den Leinensack, in dem das Hitlerbild ins Haus kam. „Meine Mama hat nämlich einen."

Sie kriechen aus dem Dunkeln heraus und bewundern ihr Bauwerk.

Marta leckt einmal an dem Finger, in dem der Holzsplitter steckte. Ein wenig Blut ist hervorgesickert. Felix will Marta mit dem kleinen Schmerz

nicht allein lassen. Er holt den Granatsplitter, den er auf den Schulranzen gelegt hatte, ritzt eine kurze Wunde in seinen rechten Zeigefinger und legt ihn an Martas blutenden Finger.
Sie schauen sich in die Augen. Martas Hand zittert ein wenig.
Sie müsse jetzt heim, haspelt sie, die Mutter wüsste nicht, wo sie sei. Und schon läuft sie fort. Felix steckt den Splitter in die Hosentasche, obgleich er kratzt und ein wenig wehtut. Er schaut Marta hinterher. Felix freut sich darüber, wie sie leichtfüßig und tänzelnd zum Gartentürchen hüpft, so als wäre sie sehr glücklich. Dabei kommt ihm in den Sinn, dass er ihr noch gar nicht sein funkelndes Zimmer gezeigt hat. Warum spart er sich diesen besonderen Augenblick auf? Er läuft zum Gartentürchen, Marta ist noch auf der Straße.
„Marta, komm am Nachmittag zu mir“, ruft er, „unbedingt am Nachmittag.“
„Warum? Ich war doch gerade bei dir.“
„Es ist wichtig, unbedingt am Nachmittag. Versprichst du es?“
Sie verspricht es und läuft heim.

5. Ein kugelrundes Geschenk

Als Felix in die Stube kommt, befestigt die Mutter an einem Fenster ein Papierrollo. So können sie an den Abenden und in den Nächten verdunkeln, das Haus unsichtbar machen, wie es Herr Feik verlangt hatte. Die Mutter fragt so nebenbei, wie es in der Schule war. Die Lehrerin sei nett, antwortet er, sie hätten den neuen Erdbunker besichtigt. Die Kinder seien darin vor den feindlichen Bomben sicher wie in einer Watteschachtel. Und deshalb hätten er und Marta den alten Schweineverschlag mit Brettern überdacht, eine Watteschachtel daraus gemacht. Eine Zudecke brauche er noch und eine zum Draufhocken. Es genüge auch der alte Leinensack.

„Darauf willst du sitzen?“

„Ich schüttle ihn ordentlich, staube ihn aus.“

„Wenn's dich nicht graust. Es steckte das Hitlerbild drinnen.“

„Ich zeig ihm doch meinen Hintern“, witzelt Felix.

In dem Augenblick lässt die Mutter probehalber das Rollo herunter, dahinter klopft jemand ans Fenster. Vorsichtig zieht sie es wieder hoch. Zum Vorschein kommt eine Reihe schöner durchlöcherter Metallknöpfe an einem Frauenmantel, eine Halskette mit dicken Perlen und das Gesicht von Frau Bergmann aus München, die Felix kennt. Die Mutter eilt zur Haustür. Die Frauen umarmen einander. Felix reicht Frau Bergmann, als sie in die Stube tritt, die Hand. Sie gibt ihm einen Fingerstups auf die Stirn.

„Alles gut?“

„Ist prima hier, eine Watteschachtel habe ich gebaut, zusammen mit Marta. Auf Papa warte ich.“

„Wer ist Marta?“

„Meine Freundin.“

„Und was ist eine Watteschachtel?"
Felix erklärt Frau Bergmann die Sache, während die Mutter Tee bereitet. Beim Teetrinken klagen dann die Frauen, dass bei dem Luftangriff auf München am 8. Januar ihre Wohnungen zur Hälfte eingestürzt seien. Die Mutter und Felix wussten aber bisher nicht, dass bei dem Angriff Tante Berta ums Leben gekommen war. Die Mutter drückt vor Schreck ihre Hände ans Gesicht, will das Unglück nicht wahrhaben.
„Tante Berta?", entsetzt sich Felix. „War sie nicht im Luftschutzkeller?"
„Ja, deine Tante Berta ist tot. Sie war im Luftschutzkeller, aber die Amis haben Phosphorbomben abgeworfen. Phosphor setzt die Häuser schnell in Brand, bleibt überall kleben, brennt lichterloh, bleibt auch am Körper kleben. Deine Tante Berta ist noch aus dem Haus gelaufen, lichterloh in Flammen wie eine Fackel, und ist auf der Straße zusammengebrochen. Es blieb nur so ein Häufchen übrig." Dabei macht sie mit einer Hand die zugehörige Bewegung, deutet das Häufchen an. Was Felix unwillkürlich nachmacht und nachspricht: „Nur so ein Häufchen." Er starrt Frau Bergmann an.
„Aber wir leben", ermutigt sie ihn. „Ich habe dir etwas mitgebracht."
Mit neugierigen Augen verfolgt Felix, was Frau Bergmann aus ihrer dicken Tasche holt. Er hofft auf einen Ball. Er hat keinen. Kein Kind im Dorf hat einen Ball. Das Ding ist nun wirklich rund wie ein Ball und leicht wie ein Ball.
„Was meinst du, was ist es?", fragt Frau Bergmann.
Felix zuckt mit den Schultern. Er ist aufgeregt. In seinem Herzen spricht er: *Es ist ein Ball.*
Sie reicht ihm das in Papier eingeschlagene Kugelrunde, das tatsächlich groß wie ein Fußball ist. Felix packt es aus, streift das Papier weg, zerknüllt es, sagt nichts. In seinen Händen liegt ein Globus. Die ganze Erdkugel hat ihm Frau Bergmann in die Hände gelegt. Ein Ball hätte ihm genügt.
Felix bleibt wortlos, setzt sich auf den Stuhl unter dem Hitlerbild und dreht die Erde auf seinen Knien. Dabei pikst ihn der Splitter in der Hosentasche. Er verschiebt ihn ein Stückchen.

„Bedanke dich“, sagt die Mutter.
Felix bedankt sich.
„Findest du Deutschland?“, fragt Frau Bergmann. „Es ist bestimmt rot eingefärbt.“
Sie ist ihm behilflich. Deutschland ist wirklich rot. Er kann es mit einer Fingerkuppe abdecken.
„Da kannst du die ganze Welt erkunden, auf große Reise gehen“, sagt die Mutter, die sich am zweiten Rollo zu schaffen macht. Frau Bergmann hilft ihr.
Felix findet das grün eingezeichnete Russland. Um die Größe zu messen, braucht er eine ganze Fingerspanne. Er atmet durch, sucht weiter, wandert mit den Fingern und Augen über den großen Ozean, findet Amerika, erschrickt und ruft: „Amerika ist ja auch so groß.“
Leiser, verzagter, sagt er: „Da können wir ja nie gewinnen.“
„Doch, doch, die Deutschen sind stark, wir haben eine starke Wehrmacht“, ermutigt ihn Frau Bergmann.
„Von meinem Mann ist schon lange kein Brief mehr gekommen“, ist der Beitrag der Mutter. „Was für ein Wahnsinn, dieser schreckliche Krieg.“
„Wir müssen alle dem Schicksal trotzen“, ermuntert sie Frau Bergmann. „Komm, du bist eine so schöne Frau.“ Sie steht forsch auf. „Zieh dich schick an. Das macht dich stark. Im Schrank fallen bloß die Motten über deine guten Kleider her.“
Die zwei Frauen gehen ins Schlafzimmer. Die Tür lassen sie offen. Felix sucht die Welt nach fremden Ländern und Meeren ab und hört nebenbei die Frauen reden. Er geht die paar Schritte zur Tür, hält den Globus an die Brust gepresst.
Frau Bergmann ist dabei, die Mutter zu verkleiden. Den schönsten Hut mit Feder setzt sie ihr auf den Kopf, den Fuchspelz hängt sie ihr um, den Pelz mit echtem Fuchskopf und den echt aussehenden Glasaugen, den Felix so gern streichelt, wenn ihn die Mutter trägt.
„Schau dich im Spiegel an“, sagt Frau Bergmann, holt einen Lippenstift aus ihrem Täschchen und schminkt die Mutter, die sich eigentlich wehren will. Sie reicht ihr einen Handspiegel. Die Mutter betrachtet sich, ist

nicht entzückt, sieht im Spiegel hinter sich den erstaunten Felix. Augenblicklich verwischt sie das Lippenrot und ruft: „Nein, das bin ich nicht." Felix fällt der Globus aus den Händen. Die Mutter wirft sich samt Federhut und Fuchskopf weinend auf das große Bett. Frau Bergmann aber blickt auf ihre Armbanduhr und jammert: „Oh je, in zwei Stunden fährt mein Zug. Ich muss noch zu Frau Feik."

Die Mutter setzt sich auf den Bettrand, Tränen rollen über ihre Wangen.

„Führ Frau Bergmann zu Frau Feik hinüber", sagt sie zu Felix.

„Ich will nicht", weigert er sich in Worten und in seiner ganzen Gestik: *Ich will nicht.*

Er hebt den Globus auf, über den er sich freuen wollte, weil er doch ein Geschenk von Frau Bergmann ist. Sie ist zum Hamstern gekommen. Von der Mutter kann sie nichts erhoffen, das hatte Felix begriffen. Also führt er sie widerwillig zum Feik-Haus hinüber. Frau Bergmann will Schmuck oder kleine Kunstwerke, gerahmte Frauenbilder oder Bergbilder gegen Lebensmittel tauschen, um auf solche Weise etwas zum Essen zu ergattern.

6. Besuch beim Ortsgruppenleiter

Das Feik-Haus ist das schönste Haus im Dorf. Es ist in gelblicher Farbe gestrichen und hat ein rotes Walmdach. Es sieht ein wenig italienisch aus, während alle anderen Häuser Satteldächer mit bemoosten Dachziegeln oder Holzschindeln haben. Eigentlich will Felix schon an der Feik'schen Gartentür umkehren. Aber dann geht er doch bis zur Haustüre mit, die sich wie von selbst öffnet. Frau Feik hat die Besucher offenbar schon kommen sehen. Felix ist neugierig und zeigt Mut, ins Haus zu gehen. Er war bisher noch nicht darin gewesen.
„Ich sollte Frau Bergmann herüberbringen", sagt er statt eines Grußes zu Frau Feik.
„Ist gut so", ist deren Antwort.
Die zwei Frauen bleiben in der Küche. Die Tür zum Wohnzimmer steht offen. Felix hört Karri sprechen. Von dem großen runden Schutzraum mit den Fackeln erzählt er. Wie ein Ritter in einer Ritterburg sei er sich darin vorgekommen.
Felix bedauert, dass er sich nicht wie ein Ritter in einer Ritterburg vorgekommen war. Ihm hatte das schützende Wort Watteschachtel gefallen.
Herr Feik erklärt nun Karri – beide sitzen offenbar am Tisch, sind mit Essen beschäftigt, was ihr malmendes Sprechen verrät –, es sei ein großes Gefühl, sich gewissermaßen als germanischen Ritter, also als deutschen Ritter, zu verstehen, die schon immer die tapfersten waren. Bis ins Morgenland seien sie hoch zu Ross gezogen und überall hätten sie gesiegt.
Felix wird unruhig. Er will Aufmerksamkeit, stellt sich auf die Türschwelle und sieht die beiden in der Essecke auf einer umlaufenden Bank sitzen. Jeder beißt von einer Hähnchenkeule ab, jeder ist mit dem Kauen beschäftigt. So hat Felix Zeit, sich umzusehen. Zwischen den zwei

Fenstern hängt kein Kruzifix, hängen nicht Bildtafeln von Jesus und Maria. Ein übergroßes Hitlerbild mit Goldrahmen prunkt an der Wand, quasi über den Köpfen von Herrn Feik und Karri. Links und rechts davon sind silberne Leuchter mit weißen Kerzen angebracht, die nicht angezündet sind.
Wahrscheinlich hat Felix zu laut geatmet oder sogar gestöhnt, denn plötzlich reißt Karri den Kopf hoch, schnellt von der Sitzbank empor und ruft mit vollem Mund: „Der ist da. Hast dich hereingetraut?"
Er hört einen Moment auf zu kauen. Feik schaut aufgeschreckt zu Felix. Beide legen die angeknabberten Hähnchenkeulen auf den Teller und lecken die Finger ab.
„Komm her", befiehlt Feik.
Felix tritt ins Zimmer und stellt sich zwei Schritte vor dem Tisch stramm hin. Er vermutet, dass Herr Feik das so erwartet. Als er sich trotzdem einmal umblickt – die beiden kauen wieder – sieht er durch die offene Tür, wie Frau Bergmann um das Handgelenk von Frau Feik ein schmales goldenes Armband legt.
Felix weiß nicht, ob er zu den zwei Brathähnchenessern *Guten Appetit* sagen soll. Ob es der Anstand verlangt. Er sagt es nicht. Karri wischt sich mit der schmierigen Hand über den Mund und – als wäre es aus Verlegenheit – auch über die Narbe auf seiner Stirn. Sie sieht vom Pflaster befreit einem rötlichen Stern ähnlich, sieht fast wie eine Auszeichnung aus. Felix verschiebt seinerseits den rissigen Splitter in der Hosentasche.
„Was zappelst so?", fährt ihn Feik an.
„Da juckt etwas", antwortet Felix.
„Solange etwas juckt, lebst du."
Ganz unwillkürlich kratzt Felix an seinem Scheitel herum, den er zuletzt wieder rechts gezogen hatte. Herr Feik kann zufrieden sein. Aber Felix hat dabei seine ordentliche Haltung aufgegeben.
„Bleib stramm stehen", fordert Feik.
Felix schlägt sofort die Hacken zusammen. So nennt man das: die Hacken zusammenschlagen. Man muss dabei richtig hören, wie die Schuhsohlen knallen.

„Eines deiner Schuhbänder hängt schlampig herum."
„Weil ich's eilig hatte, weil ich Frau Bergmann herüberbringen musste. Übrigens muss das so sein, weil der schlappe Feind links ist."
Karri beißt immer noch am Hähnchenschenkel herum.
„Der schlappe Feind links?", fragt Feik neugierig und lacht.
Felix fühlt sich besser.
„Und der treue Deutsche rechts", ergänzt Feik. „Gut so! Was weißt du von deinem Vater?"
„Er kämpft an der Front."
„Er verteidigt die Heimat, er verteidigt auch dich und deine Mutter."
„Ja, stimmt. Gut, dass er nicht in Stalingrad dabei war, sagt die Mama."
„Sagt die Mama?"
„Ja."
„Warum sagt sie das?"
„Sonst wäre er tot oder in Sibirien und auch tot, weil verhungert."
„Sagt sie?" Feiks Stimme ist lauter geworden, sein Gesicht auffällig gerötet.
„Ja. Das war überhaupt ein Fehler von Hitler", ergänzt Felix seine Aussage.
Feik hört zu kauen auf.
„Ein Fehler von Hitler, sagt sie? Was war ein Fehler von Hitler?"
„Dass er die 6. Armee nach Stalingrad befohlen hat. Das war sein Fehler."
Von der Küche her tritt Frau Bergmann einige Schritte ins Wohnzimmer, besorgt über das, was Felix da preisgibt.
„Hat das wirklich deine Mama gesagt, Felix, oder sagten es die Kinder?"
Felix gibt seine stramme Haltung auf und ballt beide Fäuste.
„Weil die deutschen Soldaten eingekesselt waren und die Russen tausend Panzer mehr hatten."
Jetzt mischt sich Karri ein: „Ja, das mit den tausend Panzern stimmt."
„Weil sie keine Waffen mehr hatten", ereifert sich Felix, „weil sie am Verhungern waren." Bei offenem Mund steckt er beide Zeigefinger in die hohlen Wangen und macht ein Hungergesicht.

„Bist ja hitzig bei der Sache", gibt sich Feik zufrieden und fordert Karri mit seitlichem Kopfnicken und zugehörigem Fingerzeigen auf, ihm etwas vom Hähnchen abzugeben.
„Dem?", murrt Karri.
„Dem", betont Feik.
Karri reißt von seinem schon stark beknabberten halben Hähnchen den Flügel ab, beugt sich über den Tisch und stopft ihn ziemlich grob in Felix' offenen Mund.
„Beiß zu. Ich will es knacken hören", befiehlt Feik. „Wenn wir alles fressen, können sie uns nicht besiegen. Bist an der Heimatfront."
Felix beißt zu, mampft, steht stramm, würgt ein „Jawohl" hervor und sucht mit einem seitlichen Blick Frau Bergmann.
„Meine Tante Berta ist in München bei einem Phosphorangriff verbrannt, ist noch wie eine lodernde Fackel über die Straße gelaufen, blieb nur so ein Häufchen übrig."
Er macht mit der rechten Hand das kleine Häufchen anschaulich.
Frau Bergmann nickt zustimmend. Felix würgen die Flügelknöchelchen. Karri ruft: „Die haben zum Löschen keinen Sand gehabt. Gegen das klebrige Phosphor braucht man Sand."
Felix würgt immer heftiger. Er hält die linke Hand vor den Mund, zeigt wortlos den Hitlergruß, dreht sich zackig um und sieht noch, wie Frau Bergmann ihre Tasche mit Eiern und Schinken füllt. Er rennt hinaus und stößt an der Haustür mit einem Mann zusammen, der ihm fremd ist, den er noch nie gesehen hat, der auf seiner Jacke ein großes **P** aufgenäht hat, der ihm kurz übers Haar streichelt.
Der fremde Mann ist ein Pole. Er ist seit ein paar Tagen bei Feik, wie verborgen als Hausknecht, ehrlicher ausgesprochen: als Zwangsarbeiter. Er darf den umzäunten Garten nicht verlassen.

7. Das verzaubernde Glaszimmer

Draußen spuckt Felix die Knochen aus. Plötzlich steht Karri hinter ihm, ein Luftgewehr hochstreckend. Das Ausspucken ist Felix jetzt peinlich. Er schluckt den Rest hinunter. In dem Moment rumpelt auf der holprigen Straße ein Flüchtlingskarren vorbei, hoch beladen mit Kisten und Säcken. Ein einziges mageres Pferd ist vorgespannt. Auf dem Karren, auf den Kisten und Säcken, hockt ein alter Mann. Er hat die Zügel in der Hand. Nebenher, neben dem mageren Pferd, geht ein schwarzhaariger Junge.

Felix läuft zum Zaun. Er starrt den Jungen an. Der schaut seinerseits einmal kurz, aber eindringlich, wie es Felix empfindet, zu ihm.

Karri, wie ein Aufpasser hinter Felix, ruft: „Feige Flüchtlinge.“ Er streckt das Gewehr hoch und schießt in die Luft. Der Junge schaut nicht um, zuckt ein wenig zusammen, wie Felix meint, gesehen zu haben.

Er schaut dem Gefährt hinterher, dem Karri nachruft: „Zigeuner, feige, flüchtende Zigeuner.“

Felix zugewandt proklamiert er: „Wir müssen zusammenhalten gegen solches Gesindel, überhaupt gegen alle anderen.“

Karri hat also ein Luftgewehr. Felix sucht im Schuppen nach einem guten Stück Holz, das schmal ist, armlang, mit schöner Maserung und ohne Äste. Er hockt sich vor die Haustür und fängt an, daraus ein Gewehr zu schnitzen. „Du bist an der Heimatfront“, hatte Feik gesagt.

Felix ist klar, dass es eine Weile dauert, aus einem Holzbrett vorerst einen Rohling zu formen, aus dem ein ansehnliches, gut in der Hand liegendes Gewehr werden soll. Er denkt aber auch an den schwarzhaarigen Flüchtlingsjungen mit dem mageren Pferd, der ihn ganz eindringlich angeblickt hatte, wie er sich zu erinnern glaubt. Karri hatte in die Luft geschossen. Und als hätte sich der Schuss gerade wiederholt, springt Felix auf, denn jemand knallt das Gartentürchen zu. Es ist Marta, die vergnügt herbeihüpft und ruft: „Du hast gesagt, ich soll am Nachmittag kommen."

Felix taucht von einer Welt in eine andere ein, von Karri und Feik beim Brathähnchen mampfen zum Flüchtlingsjungen mit dem mageren Pferd, vom Stück Holz in seiner Hand zu Marta. Er legt den Gewehrrohling und das Schnitzmesser auf die Stufe, steht auf und ruft: „Marta, freue mich, dass du kommst."

„Was machst du da?", fragt sie.

„Ich schnitze", ist seine kurze, etwas verlegene Antwort. „Hast du die Flüchtlinge gesehen?"

„Sind Flüchtlinge gekommen?"

„Ein einziger beladener Wagen, ein mageres Pferd, ein Junge und ein alter Mann oben auf dem Packzeug. Aber jetzt bist du da."

Er nimmt Marta kurz an die Hand und geht mit ihr ins Haus bis zur Stiege.

„Schau", sagt er und zeigt nach oben zur blauen Tür.

Sie steigen hoch, er voraus, bleiben vor der Tür stehen und sagen kein Wort, als ob Ergriffenheit ihre Gemüter besetzt hätte.

„Was ist das in mir?", flüstert Marta.

Felix lässt der Stille und Martas schönem Verwundern Zeit. Dann erst schiebt er die Tür einen Spalt auf.

„Ein Sternchen", haucht Marta, „wie gibt es das? Zwei Sternchen. Wie wunderbar."

Felix schiebt die Tür weiter auf. Marta steht im Geglitzer. In ihr verwandelt sich etwas, wie Felix sofort sieht. Sie hält sich die Augen vor dem Licht- und Farbenspiel zu, nimmt die Hände weg und lacht und dreht sich im Tanz und singt: „Wo bin ich, wo bin ich?"

„Hinter der blauen Tür", sagt Felix.

„Das ist wie beten und ganz glücklich sein", wispert Marta und sinkt auf den Boden nieder. Felix räumt das Akkordeon von der Matratze und bittet Marta, sich zu setzen. Sie aber bleibt auf dem Boden. Er setzt sich zu ihr.

„Sag, wo bin ich, was glitzert und funkelt so?"
„Du bist bei mir. Es ist das Sonnenlicht."
„Ist das Sonnenlicht farbig?"
„Es hat alle Farben."
„Das ist ein Wunder. Warum ist das Wunder nicht überall?"
„Ich hab den Flüchtlingsjungen gesehen. Seine Augen. Nur einen Moment. Das war auch wie ein Wunder", sagt Felix. „Karri hat in die Luft geschossen, hat den fremden Jungen einen feigen Flüchtling genannt. Das Wunder war weg."
Marta ist umspielt von den blinkenden Lichtflecken.
„Ich muss erst wieder zu mir kommen", flüstert sie. „Wenn ich draußen bin und die blaue Tür hinter mir zu ist. Und du solltest den Flüchtlingsjungen einladen. Er würde sich darüber freuen, dass es bei dir etwas so Schönes gibt."
„Ich weiß ja gar nicht, wo er wohnt", gibt Felix achselzuckend zu bedenken.
Er nimmt wieder Marta an die Hand. Sie verlassen das Licht, schauen zurück, schließen die blaue Tür und hüpfen die Stiege hinunter und laufen nach draußen. Felix' Holzstück und das Schnitzmesser liegen auf der Stufe vor der Haustür. Geschrei ist zu hören. Vom Feikgarten her ein Geschrei mit Befehlen.
„Kriechen, Deckung, kriechen."
„Das ist Karri", sagt Felix – und Marta läuft wortlos weg in diese andere Welt hinein, wirft hinter sich das Gartentürchen zu, läuft, ohne auf Karris Geschrei zu achten, eilends davon, als wolle sie fliehen.
Felix hat ihr nichts mehr zugerufen, hat ihr nur in Gedanken gute Wünsche hinterhergeschickt.
Er hört Karri.
„Kriechen, Deckung, kriechen."
„Was ist da los?", ruft er genervt, greift zu seinem Gewehrrohling und läuft zur Straße. Im Garten von Feik liegt jener fremde Mann auf dem Erdboden, der ein **P** auf seine Jacke genäht hat, der Pole.
Er kriecht im Gras.

Karri hantiert mit einer Blechdose, biegt den Deckel hoch und füllt Karbid hinein. Ein Eimer mit Sand steht daneben.
„Achtung, Phosphorbombe, musst dein Leben retten", warnt Karri den Polen.
Er schüttet Wasser in die Dose, drückt den Deckel zu und schleudert die brodelnde Dose auf den Polen.
„Deckung, kriechen, sonst brennst du wie eine Fackel."
Der Pole wirft sich zur Seite. Die kochende Bombe schlägt knapp neben ihm ein. Er stößt sie mit einem Fuß weg. Karri greift zum Eimer und schüttet Sand darüber, auch über den kriechenden Polen.
Mit Kopfschütteln schaut Felix zu. Er denkt an Marta, an das Licht in ihren Augen und um sie herum in seinem flirrenden Zimmer.

8. An Wunder muss man glauben

„Felix."

Es ist die Stimme der Mutter. Sie geht durchs Gartentürchen auf die Straße, hat einen Eimer bei sich und sagt: „Felix, ich bin bald wieder zurück."

Mit Verwunderung und Unbehagen sieht sie den Polen, der inzwischen aufgestanden ist und den nassen Sand von sich schüttelt. Mit bedauerndem Achselzucken grüßt sie ihn, während Felix über den Feikzaun hinweg Karri seinen Gewehrrohling zeigt.

Die Mutter geht in Richtung Schule. Felix weiß, dass sie in der Kirche putzen wird. Sie bekommt dafür ein wenig Geld.

Der Pole schüttelt sich noch einmal und treibt dann die Hühner in den Holzschuppen hinter dem Feik-Haus, in dem es auch die Gelege und die Sitzstangen für die Hühner gibt.

Karri holt ein Pappdöschen mit Pulverkapseln aus der Hosentasche. Rote Papierkapseln sind es, klein wie ein Fingernagel mit einer stecknadelkopfgroßen Pulverladung in der Mitte. Er legt eine Kapsel auf Felix' Holzrohling, spottet: „Mit dem Brett kannst du ja nie schießen" und zündet mit dem Daumennagel, mit einem kurzen Riss, die Pulverkapsel. Sie zischt, knallt, eine winzige Flamme zuckt hoch. Es riecht nach Pulver.

„So geht's", prahlt Karri und schenkt Felix großzügig, vielleicht als Verführung gedacht, das noch halbvolle Kapseldöschen. Voll wären es hundert Stück gewesen, für jedes spielende Kind, für jeden übenden Kämpfer, ein Reichtum.

Felix findet es nicht nötig, sich zu bedanken und probiert sofort aus, ob auch ihm die Zündung auf seinem Gewehrrohling gelingt. Achtsam legt er eine Kapsel auf den noch rohen Vorderschaft und ritzt mit dem

Daumennagel darüber. Es sprüht, knallt und stinkt nach Pulver.
„Prima."
Franz kommt hinzu, neugierig wie immer. „Was is prima, was is'n los da?"
Inzwischen ist der Pole wieder im Garten. Karri gibt ihm Befehle: „Aufräumen. Sand weg, Dose weg."
Franz schimpft: „Drangsalierst ihn!" – und an Felix gewandt: „Blöde Pulverkapseln!"
Felix zuckt bloß mit den Schultern. Ihm gefallen die Kapseln und das Knallen. Franz streckt ihm eine Hand entgegen. Er fordert das Döschen für sich. Felix schüttelt den Kopf, überlegt und tippt mit dem rechten Zeigefinger in seine linke leere Hand. Daraufhin kramt Franz in seiner Hosentasche herum und holt zwei Zehnerl hervor. Im Tausch nimmt Felix die zwanzig Pfennige und gibt Franz das halbvolle Kapseldöschen, so versteckt, dass es Karri nicht sieht.
Er wirft den Gewehrrohling über den Zaun in den Garten und läuft in Richtung Kirche. Seine Gedanken sind noch bei dem Kapseldöschen. Es tut ihm jetzt leid, es gegen zwei Zehnerl verschachert zu haben. Pulver für sein Holzgewehr, für die Knallerei, das wäre doch etwas Aufregendes, etwas Kämpferisches gewesen.
Schon einige Male hat Felix der Mutter beim Kircheputzen geholfen, hat er den Putzeimer an der Friedhofsmauer mit Wasser gefüllt, wo es ein kleines Brunnenbecken gibt. Er schiebt das rückseitige Kirchentor achtsam auf, duckt sich hinter den Kniebänken und schleicht sich im Mittelgang vor, sodass ihn die Mutter, die ganz vorne den Boden schrubbt, nicht wahrnimmt. Sie stellt den Putzeimer weg und steigt die drei mit rotem Teppich belegten Stufen zum Altartisch hoch. Links und rechts des goldenen Tabernakels stehen zwischen gewundenen Säulen Heiligenfiguren mit Goldgewändern. Der Altar sieht wie ein Tempel aus. Die Mutter poliert das goldene Tabernakel, das sonst nur Priester berühren dürfen. Drinnen wird verborgen der edelsteinbesetzte Kelch mit den weißen Hostien aufbewahrt. Felix ist stolz auf die Mutter, die gerade flüstert: „Es ist kein Brief mehr gekommen, aber du beschützt ihn, ja?"

Bis zu den Altarstufen ist Felix inzwischen geschlichen. Auf der untersten Stufe steht seitlich links ein Glöckchen, das beim Gottesdienst gebraucht wird. Es glänzt ebenfalls golden, am Griff hängen drei Glockenschalen. Heilige Stille umgibt Felix. Er klingelt und erschaudert bei dem Dreiglockenklang vor Ergriffenheit. Die Mutter zuckt zusammen. Dabei hat ihr Felix doch eigentlich das Dreiklang-Himmelszeichen schicken wollen. Sie dreht sich erschrocken um.
„Du?", kommt fast vorwurfsvoll über ihre Lippen.
„Man muss an das Wunder glauben, dann wird es wahr", sagt Felix und steht auf. Die Mutter schaut ihn erstaunt an, geht auf ihn zu und umarmt ihn. Er greift zum leeren Eimer und holt von draußen frisches Wasser.

Auf dem Heimweg trägt Felix den leeren Eimer. Karri ist mit dem Luftgewehr auf der Straße, ein HJ-Halstuch umgebunden, einen echten Stahlhelm auf dem Kopf, der ihm ins Gesicht gefallen ist, den er gerade hochschiebt.
„Kirchenputzer, auf zum Angriff, beim Sägewerk", protzt er.
„Ihr müsst nicht Krieg spielen", sagt die Mutter, „spielt lieber Frieden."
Karri schießt in die Luft und fragt: „Wie kann man Frieden spielen?"
„Frieden beginnt im Herzen", gibt die Mutter zu bedenken.
Sie sind am Gartentürchen angekommen und gehen zur Haustüre. Karri kommt mit, als wäre er eingeladen gewesen, immerhin schweigend. Ist er ein wenig nachdenklich geworden?
In der Stube stellt er sich in seiner Ausrüstung mit Gewehr und Helm, der ihm wieder ins Gesicht fällt, vor das Hitlerbild, als komische, eigentlich lächerliche Figur.
„Da hängt ja ein Soldatenbild neben Hitler", bemerkt er. Es klingt wie Spott.
„Mein Papa", beteuert Felix.
„An der Seite von Hitler", setzt Karri drauf. „Und der dort", er zeigt auf Jesus am Kreuz, „der hat nichts mehr zu melden. Jetzt zählt Hitler. Die alte Zeit ist vorbei."

„Es ist besser, wenn du jetzt nach Hause gehst", drängt ihn die Mutter.
Karri, als wäre er höflich, wendet sich ihr zu, provoziert aber: „Ich wollte mit ihm drüben am Sägewerk, wo man sich hinter den Baumstämmen verschanzen kann, den Kampf üben, den Angriff. Aber er ist ein Verweigerer."
Nach dem innerlichen Erlebnis in der Kirche und der Vertrautheit mit seiner Mutter, ist Felix nicht zum Angeben und Protzen zumute. „Ich will erst mein Holzgewehr fertig schnitzen", sagt er.
Karri lacht spöttisch, schiebt den Helm aus seinem Gesicht und bleibt. Die Mutter drängt ihn mit festem Zugriff an seiner Schulter zur Tür hinaus. Sie muss zum Einkaufen.

9. Der zerstückelte Hitlerkopf

Allein in der Stube, stellt sich Felix stramm vor das Hitlerbild. Er will mit Hitler über Krieg und Frieden reden. Mit Karri geht das nicht. Im Gespräch mit Feik hat er gut mithalten können und in der Kirche ist sein Vertrauen gewachsen. Die Mutter hat ihre festen Meinungen und ihren Glauben. Mit seinen eigenen Gedanken kommt sich Felix manchmal alleingelassen vor. Er ist ein Kind in einer kriegerischen Welt. Es gibt, seit er denken kann, nichts anderes als Krieg. Natürlich will er, dass Deutschland gewinnt. Sein Papa kämpft schließlich gegen die Feinde. Aber viel lieber wäre ihm, wenn Hitler mit dem Krieg sofort aufhörte, wenn er mit allen Völkern Frieden schließen würde und sein Papa heimkäme.
Die Hände legt Felix an die Oberschenkel, dabei will er augenblicklich auf seinem Kopf herumkratzen. Hitler hat rechts den markanten Haarscheitel, wie auch auf dem Hitlerbild in der Schule zu sehen ist. Felix gibt die stramme Haltung auf, kratzt in sein wieder strubbelig gewordenes Haar erneut einen Scheitel rechts und hebt entschlossen das Hitlerbild vom Nagel.
Wie ähnlich sind sich die Menschen eigentlich und wie unähnlich? Warum können sie einander so schwer verstehen?

Im Schlafzimmer liegt ein viereckiger rahmenloser Spiegel auf der Kommode, groß wie ein Schulheft. Die Mutter hat darin hunderte Male ihr Gesicht betrachtet. Ist es erlaubt, mit Mutters ehrlichem Spiegel das Hitlerbild einzufangen?
Hitler unterm rechten Arm, den Spiegel unterm linken, steigt Felix zu seinem Glaszimmer hoch. Es empfängt ihn mit zaghaftem Geglitzer, nur wenige Scherben funkeln.

Auf der Matratze mit Kissen und Zudecke liegt das Akkordeon. Eine Fotografie von Papa in Uniform klebt seitlich an der Wand.
Felix legt das Hitlerbild neben das Akkordeon, schaut in den Spiegel und fragt sich, ob das geht: Sein Gesicht und das Hitlergesicht von Scheitel zu Scheitel so zu spiegeln, dass ein einziges Gesicht mit zweierlei Hälften entsteht, von zwei völlig verschiedenen Menschen.
Sein Vater, weiß er, hat vor dem Krieg oft zum Tanz aufgespielt: Wiener Walzer oder bayerische Ländler. Beim Tanz umarmen sich Menschen, Mann und Frau, auch die Kinder tanzen gern. Er greift nach dem Akkordeon und spielt den Haushammer-Ländler, unterbricht und öffnet beide Fensterflügel. Die Leute auf der Straße sollen von seiner Musik überrascht sein, sollen sich darüber freuen. Vielleicht hört ihn Marta und sie kommt und will zu seinem Spiel tanzen.
Sein Blick fällt auf das Hitlerbild. Er legt das Akkordeon weg.
Lässt sich zu seinem Gesicht irgendwie das Hitlergesicht spiegeln?
„Eine Hälfte mein Kopf, eine Hälfte sein Kopf."
Es kommt ihm doch längst so vor, als hätten die Menschen eine Hälfte vom eigenen Kopf irgendwohin verloren und die andere Hälfte sei von Hitler besetzt. Der ganze Kopf besetzt, in dem doch nicht nur Augen, Ohren und Mund sitzen, sondern vor allem das Gehirn mit dem Verstand.
Er legt das Hitlerbild auf den Boden und hält den Spiegel hochkant so an das Hitlergesicht, dass er seines, tief niedergebückt oder daneben kniend, dazu spiegeln kann. Es gelingt nicht recht. Aber aus dem Spiegeln wird eine grausige Offenbarung. Wenn er mit dem hochkant angesetzten Spiegel das Hitlergesicht quer halbiert und im Schwenk zerschneidet, in verschiedene Winkel zerlegt, verschiebt sich der Hitlerscheitel im Spiegel, verschiebt sich das in die Stirn gekämmte Hitlerhaar, das Hitlerbärtchen. Der Hitlerkopf ist zerstückelt. Halb echt im Bild, halb echt im Spiegel, aber verfremdet und ungeheuerlich. Und als er wieder den aufrecht stehenden Spiegel verrutscht, werden erschreckende Keilköpfe daraus, furchterregende zugespitzte Monsterköpfe.
Felix erschrickt.

„Das müssten alle Menschen so ausprobieren“, spricht er vor sich hin, „dann würden sie erschaudern.“
Er bemerkt nicht, dass Marta neben ihm steht.
„Was machst du da? Mit wem redest du?“
Felix zuckt zusammen. Ihm ist das Sezieren des Hitlergesichtes, das Sprechen mit Hitler peinlich.
„Du hast den Ländler gespielt“, haspelt Marta voller Freude. „Ich hab dich gehört, ich fing auf der Straße zu tanzen an. Dann dachte ich, ich besuch dich. Die Haustür war offen. Niemand war in der Stube.“
Sie blickt über Felix' Schulter und erschrickt.
„Zum Angstkriegen.“
„Seine Gesichter. Seine verschiedenen Gesichter. Keilköpfe, spitze Monsterschädel mit zusammengequetschtem Hirn.“
„Das sieht ja schrecklich aus. Da kommt seine Bosheit zum Vorschein. Warum tut niemand was dagegen?“
„Weil er der Führer ist, weil ihn alle fürchten, weil Deutschland gewinnen muss.“
„Aber der Krieg muss aufhören. Dein Papa und mein Papa müssen heimkommen. Weißt du, was wir tun könnten? Wir schreiben ihm einen Brief.“
„Einen Brief?“
Felix verschiebt den hochkant angelegten Spiegel nochmals. Eine spitzkeilige Fratze kommt zum Vorschein.
„Versuch du's“, sagt er im Verdacht und in der Hoffnung, es könnten weniger grässliche Hitlerschädel hervorkommen.
„Nein. Es kommt dabei auch nichts anderes heraus. Er soll mit dem Krieg sofort aufhören.“

10. „Lieber Herr Adolf Hitler“

Nebeneinander liegen sie neben dem Hitlerbild auf dem Boden, ein zaghaftes Sternchengeglitzer über ihren Köpfen. Auf Felix' Schönschreibheft liegt das Blatt Papier. Marta hat den Stift in der Hand, sagt aber: „Schreib du.“

„Ich? Wie soll ich ihn ansprechen?“

„Heil Hitler.“

„Heil Hitler schreiben wir zum Schluss.“

„‚Geehrter Herr Hitler' … oder ‚Unser Führer‘.“

„Oder doch ‚Heil Hitler‘, weil *Heil* darin steckt – wie in Heiland.“

„Ja, aber zum Schluss. Das habe ich mir schon oft gedacht, wie das zusammenklingt. ‚Heil Hitler‘, ‚Sieg Heil‘, ‚Heil Hitler‘, ‚Sieg Heil‘, wie ein Gedicht.“

Marta blickt Felix verwundert an und meint: „Dann besser ‚Adolf Hitler‘. Mit Vornamen. Das klingt persönlicher.“

Felix ist zufrieden. „Lieber Herr Adolf Hitler.“

„Lieber ohne ‚lieber‘.“

„Was?“

„Lieber ohne ‚lieber‘.“

„Doch, das schmeichelt ihm.“

Marta nickt.

Felix schreibt und spricht: „Lieber Herr Adolf Hitler“ und Marta spielt misslich klingende Töne auf dem Akkordeon.

Dass er und Marta auf ihre Papas warten, schreibt Felix. Dass es Millionen Kinder gebe, die auf ihre Papas warten, und dass er überhaupt als Führer mit dem Krieg sofort aufhören und mit allen Feinden Frieden schließen solle.

„Reimt sich irgendwie, mit Feinden Frieden schließen.“

„Vergiss nicht unsere Anschrift", weist Marta an, „vergiss nicht einen Gruß von Feik, den er bestimmt kennt."
Auch Marta unterschreibt, setzt noch die Vor- und Nachnamen der Papas hinzu und die Heimatadresse. Das Kuvert adressiert Felix mit *An unseren Führer Adolf Hitler, Berlin, Reichskanzlei.*
„Schlage vor, wir bringen den Brief nach Braunau, in seinen Geburtsort", fällt Marta ein, „dort gibt es bestimmt einen Briefkasten für Post an den Führer."
Felix findet die Idee gut. „Wahrscheinlich bekommt er den Brief dann viel schneller."
Er weiß, dass die Mutter in einer Schublade Briefmarken aufbewahrt, für Briefe an Papa. Er klebt zwei Marken auf das Kuvert, zur Sicherheit zwei.

Sie fahren mit Martas Rad, das eigentlich ihrer Mutter gehört. Marta sitzt auf dem harten Gepäckträger. Sie hält das kleine Täschchen mit dem Brief fest, mal mit der rechten Hand, mal mit der linken. Sie wählen nicht die Landstraße, sie nehmen den schmalen Weg an den Innauen entlang und kommen so zur Bachschlucht, wo sie auch manchmal spielen, wo sich Bach und Straße ohne Brücke kreuzen. Auf diesen Spaß wollen sie nicht verzichten. Felix legt das Rad ins Gras. Das Täschchen mit dem Brief ist im Gepäckträger eingeklemmt. Sie haben Lust und Vergnügen, mit nackten Füßen auf den glattgeschliffenen, großen Kieselsteinen gegen die Strömung zu gehen und zu schlittern. Obgleich das Wasser sehr kalt ist. Sie bespritzen einander, tollen herum, bis Marta sich wehrt: „Hör auf, hör auf" ruft und mahnt: „Wir müssen weiter, denk an den Brief. Geheimauftrag."
Wieder hockt Marta auf dem harten Gepäckträger, wieder hält sie das Täschchen fest in der Hand. Auf dem holprigen Weg schwankt das Rad hin und her, sodass sie ein paar Mal fast ängstlich aufschreit. Aber lieber lacht sie, und plötzlich ragt der hohe Kirchturm von Braunau zwischen den Bäumen empor wie ein Stachel in den Himmel. Der Anblick ist so erbaulich und die Freude des Augenblicks so groß, dass sich Felix zu einem Jauchzer hinreißen lässt und zu dem Ruf: „Bei uns ist er geboren."

Obgleich Felix mit der Mutter schon einmal in Braunau war, staunt er wieder über das prächtige Brückenportal und die fünf mächtigen Bögen der Eisenkonstruktion, die nach Braunau hinüber führt. Er schiebt das Rad. Marta geht nebenher. Unter ihnen strömt der mächtige Fluss und drüben, am Brückenende, gibt es ein zweites Portal mit eisernen Adlerflügeln, das sie in die Stadt einlässt.
„Wir sind da", bestätigt Felix ihre Aktion.
Beide sind seltsam glücklich, angerührt von ihrem Vorhaben. Irgendwie feierlich empfängt sie der große Stadtplatz. Erbauliches geht in ihren Gemütern vor, fast etwas Weihevolles. Sie sind im Geburtsort des Führers. Ein Automobil knattert an ihnen vorbei, ein Motorradfahrer. Einige Kinder laufen quer über den Platz. Marta und Felix halten Ausschau nach dem Briefkasten.
„Er ist bestimmt rot", vermuten sie übereinstimmend.
Die aneinandergereihten Gebäude haben geschwungene Verzierungen über den Fenstern.
„So schöne Häuser", staunen sie.
An einem muss doch der Briefkasten angebracht sein. Marta weiß von Karri, dass an Hitlers Geburtstag der Platz mit lauter roten Fahnen geschmückt ist, sodass er zum feuerroten Platz wird. Woraufhin Felix ergriffen „feuerrot" nachspricht und wissbegierig hinzufügt: „Das würde ich gern sehen."
Ein besonders stattliches Haus deuten sie als Hitlers Geburtshaus. Tatsächlich hängt ein roter Briefkasten daran.
„Der Briefkasten."
Zu zweit, jeweils mit zwei Fingern am Kuvert, stecken sie den Brief in den Schlitz und lassen die vor Aufregung hochgezogenen Schultern fallen. Die Sonne scheint. Sie sind glücklich. Noch dazu entdeckt Felix gegenüber ein Haus mit großen Auslagefenstern. Im Laufschritt schiebt er das Rad, Marta läuft nebenher. Es sind die Fenster einer Konditorei. Kuchen mit Zuckerguss sind ausgestellt, braungebackene Hörnchen und ein Streuselkuchen, den Marta Riwwelekuchen nennt. Gleich kramt Felix in seiner Hosentasche herum und holt die zwei Zehnerl hervor,

die er neuerdings von Franz im Tausch gegen das halbe Döschen Pulverkapseln erschachert hatte.
„Marta, willst du ein Stück vom Riwwelekuchen?"
Er lehnt das Rad an die Hausmauer, nimmt Marta an die Hand und führt sie in die Konditorei. Es gibt Eis. Sie haben noch nie Eis gegessen.
„Es gibt Eis", jubelt Felix. „Marta, magst du Riwwelekuchen oder lieber Eis?"
„Was wollt ihr nun, ihr beiden?", fragt die Verkäuferin.
„Eis bitte, ich Erdbeereis und für meine Freundin Riwwelekuchen?"
„Nein, keinen Riwwelekuchen, lieber Schokoladeneis", sprudelt es aus Marta heraus, „du darfst mal daran lecken."
„Und du von meinem Erdbeereis."
In Waffeltüten, die sie mitessen können, reicht die Verkäuferin das Eis. Felix zahlt mit den zwei Zehnerln.
Draußen, wo das Fahrrad an der Mauer lehnt, setzen sie sich auf die Bordsteinkante. Sie haben den weiten Platz vor sich, die Sonnenstrahlen im Gesicht und die Waffeltüten mit den Eiskugeln in den Händen.
„So gut geht es uns", freut sich Felix und Marta verdreht genießerisch die Augen und wispert: „So viel Glück." Sie schlecken.

Zu Hause wartet längst die Mutter, aufgeregt und mit verweinten Augen.
„Wo warst du so lange? Du verschwindest einfach. Schau, der Herrgottswinkel."
Das Kruzifix ist fort. Jesus am Kreuz ist weg.
„Hast du es getan?"
Felix schüttelt völlig verblüfft den Kopf.
„Ich? Wie käme ich dazu?"
„Wer dann? Wer stiehlt ein Kreuz? Gott, welches Zeichen ist das?"
Die Mutter setzt sich auf das Sofa. Tränen rinnen über ihre Wangen.
„Ich hatte nicht zugesperrt, weil ich dachte, du würdest bald heimkommen. Wenn bloß mein Mann käme, dein Papa. Wo warst du?"
„Mit Karri in der Au."
„Krieg gespielt?"

Mutter und Felix sitzen dann eine Weile schweigend nebeneinander und reichen sich die Hände.
„Was für eine gottlose Welt", klagt die Mutter.
Felix kann lange nicht einschlafen. Er hatte die Mutter angelogen. Aber es war richtig, an Hitler einen Brief geschrieben zu haben.
Martas Schokoladeneis schmeckte besser als sein Erdbeereis. Sie hatte ihn schlecken lassen. Das fand er schön.
Aber wie verschwindet ein Kreuz?

11. Runen

In der Schule malt die Lehrerin seltsam schöne Zeichen an die Tafel.
„Germanische Runen mit wichtiger Botschaft", erklärt sie.
Da klopft jemand an der Tür.
Herein kommt Tofan, von seinem Opa am Rücken geschoben.
Die Lehrerin empfängt Tofan besonders freundlich, sie reicht ihm die Hand, streichelt über sein Haar. Sein Opa hatte schon tags zuvor mit ihr gesprochen. Mit Verbeugungen und überaus höflich verabschiedet er sich.
„Das ist Tofan! Wir begrüßen Tofan und nehmen ihn gern in unserer Schule auf. Er gehört jetzt zu uns. Er ist mit seinem Opa aus Rumänien geflohen", sagt die Lehrerin.
Felix meldet sich: „Fräulein, ich hab Tofan schon gesehen, als er mit seinem Opa ankam."
„Mit einem Kramkarren", ruft Karri dazwischen, „ein dürres Pferd davor gespannt, feige Fremdlinge, die nicht hierhergehören."
„Nein, Karri, Tofan ist Deutscher. Er lebte nur mit seinen Eltern in Rumänien", erklärt die Lehrerin und führt ihn an einen Platz ganz vorne.
Der Junge neben ihm taucht gleich seine Schreibfeder in das Tintenfass, beugt sich zu Tofans Platz und tropft das dort eingeritzte Hakenkreuz voll.
Tofan wischt mit der Hand darüber, bekommt blaue Finger, die er ganz unwillkürlich ableckt. Es ist ihm vor den anderen peinlich, er ist sich selber peinlich.
Die Lehrerin merkt es ihm an, kommt ihm zu Hilfe und sagt: „Tofan, das Hakenkreuz war ursprünglich ein Sonnenrad, es galt früher als

Glückszeichen." An die ganze Klasse gewandt sagt sie: „Das müsst ihr euch so vorstellen: Man hatte hölzerne Speichenräder mit Blumen geschmückt, die Blumen in die Speichen eingeflochten. Man hat die Räder angezündet und sie einen Berghang hinunterrollen lassen. Zur Sonnenwende. Das war schön anzuschauen. Diese Feuerräder nannten die Leute auch Sonnenräder."

Karri ruft: „Die Zeichen der SS, diese zwei zackigen Blitze sind auch Runen. Man nennt sie Siegrunen."

Die Lehrerin antwortet nicht, sie geht an die Tafel.

„Ich habe einige germanische Runen an die Tafel gemalt, die ihr in euer Geschichtsheft eintragen sollt, zeichnen sollt. Es sind Glücksbeschwörungen, die für unsere Vorfahren große Bedeutung hatten. Sie geben Sinn und Schutz, auch noch heute."

Die Kinder lauschen aufmerksam. Die Sache interessiert sie.

„Dieses Zeichen sieht wie ein **Y** aus. Es bedeutet: *Obwohl es Gefahren gibt, brauchst du keine Angst zu haben"*, erklärt die Lehrerin. „Ein wunderbares Schutzzeichen. Wer mag es nachsprechen?"

Ein Mädchen meldet sich und spricht mit Überzeugung: „Obwohl es Gefahren gibt, brauche ich keine Angst zu haben."

„Schön hast du gesprochen. Dieses Zeichen, das aussieht wie ein **X** mit spitzem Dach, bedeutet: Vertraue deinem Traum, vertraue deinem innigsten Wunsch."

Felix ist beeindruckt, er zeichnet die Runensymbole akkurat in sein Heft.

„Das sind zwei gute Wünsche für Tofan und uns alle", bekräftigt die Lehrerin.

Karri aber ruft wieder: „Das Alte gilt nicht mehr. Es ist jetzt eine neue Zeit."

Sätze, die Felix von Karri schon einige Male gehört hat.

„Jetzt ist Hakenkreuzzeit", redet Karri weiter, „auch das Hakenkreuz ist ein Runenzeichen. Und der Doppelblitz der SS ist eine doppelte Siegrune. Das weiß ich von meinem Papa."

„Das hast du gerade schon einmal behauptet", bemerkt ein Mädchen.

Die Lehrerin geht zu Tofan und legt schützend eine Hand auf seine Schulter.

„Tofan und sein Opa sind aus Siebenbürgen geflüchtet. Ja, aber Siebenbürgen war von Deutschen bewohnt. Tofan und sein Opa sind Deutsche."

„Alles wegen Hitler, hat mein Opa gesagt", flüstert Tofan.

Die Lehrerin hält ihm erschrocken den Mund zu.

12. Kreuz und Pein

Die Sonne strahlt. Felix hockt vor der Haustür und streichelt über sein fertiges Holzgewehr, das er mit feinem Schmirgelpapier glattgeschliffen hat. Er legt es auf seinen linken Oberschenkel, hält es mit der linken Hand fest und hält mit der rechten Hand zitterfrei eine kleine Linse als Brennglas über den Vorderschaft, sodass das gebündelte Sonnenlicht einen kleinen Punkt ins Holz brennt. Punkt für Punkt zeichnet er auf diese Weise die Rune Y ins Holz. Das dauert. Seine Mutter kommt hinzu.
„Da musst du geduldig sein“, sagt sie und fragt: „Was bedeutet das Zeichen?“
„Auch wenn es Gefahr gibt, hab keine Angst.“
„Ich traue es mir zu“, antwortet die Mutter.
„Es ist ein Schutzzeichen. Uralt, von den Germanen.“
Die zweite Rune, die aussieht wie ein X mit Dach, brennt Felix in den Hinterschaft, wieder Punkt für Punkt. Fast eine Stunde ist er damit beschäftigt. So ausgerüstet geht er stolz und mutig auf die Straße. Karri ist nicht zu sehen. Aber Felix glaubt, einen leichten Knaller zu hören. Von woher? Er verhält sich still. Ja, nochmal ein Knaller. Es hört sich wie ein Schuss aus einem Luftgewehr an. Felix peilt die Richtung und schleicht am seitlichen Feik-Zaun entlang zum Feik-Holzschuppen. Von drinnen sind Tritte zu hören, dann Karris Stimme. Redet er für sich, zu sich? Laut, wie in einer Proklamation?
„Die alte Zeit ist vorbei. Jetzt zählt Hitler.“
Felix steigt über den Zaun, leise, ohne Geräusch. Er drückt seinen Kopf, sein rechtes Auge, an ein Astloch der dünnen Bretterwand und sucht so gut es geht den Innenraum ab. Zu seinem Erschrecken sieht er das gestohlene Kruzifix an der Wand hängen.

Sein Stöhnen ist zu laut. Karri hat es gehört. Er schleicht nach draußen und stößt Felix' Kopf gegen das Brett. Felix schreit vor Schmerz auf, sein Auge ist im Astloch geradezu versunken gewesen. Er hält eine Hand daran und stottert verlegen: „Ich wollte das Anschleichen üben."
„Astlochgucker mit Holzgewehr", so Karris Spott.
„Mit Schutzrunen. Keine Angst, auch wenn …"
Karri fällt ihm ins Wort: „Kapselknaller. Ich zeig dir was, komm."
„Ich hab es schon gesehen. Du hast es gestohlen."
„In eurem freundlichen Haus ist ja immer die Tür offen. Da lässt sich sogar euer Gott klauen. Das alte Beten ist vorbei. Jetzt ruft man ‚Heil Hitler'."
Felix kann diese Sprüche nicht mehr hören. Er springt augenblicklich auf das Kreuz zu, Karri spreizt ein Bein dazwischen. Felix stürzt darüber, liegt auf dem Boden. Karri tritt mit einem Fuß auf seinen Nacken und predigt: „Mach mit und wir sind die besten Freunde – neue Zeit."
In dieser erniedrigten Haltung deutet Felix beschwörend auf seine Runenzeichen. Karri lässt sich irritieren, Felix springt auf und schlägt blitzschnell mit seinem Holzgewehr Karri das Luftgewehr aus der Hand. Der aber, nicht weniger flink, reißt einen Strick von einem Holznagel, schleudert ihn als Lasso über Felix' Kopf und zerrt ihn erneut nieder. Wie an einem Galgen hängt Felix am Strick, wälzt sich, das Gesicht auf dem Boden, Erde im Mund, die er ausspuckt. Er will sich befreien, dreht den Kopf und spuckt Karri an. Der kniet sich auf ihn, zerrt ihm die Hände auf den Rücken – und so sehr sich Felix auch wälzt und wehrt, Karri fesselt ihn.
„Es gibt Sieger und Verlierer", höhnt er, „jetzt kannst du ‚Heil Hitler' rufen."
Felix muss den Spott aushalten. Er ist besiegt, aber er glaubt an seine Runen, schafft es, sich zu drehen, sieht aber nur, wie Karri das Luftgewehr an seine rechte Backe legt und zielt. Auf Jesus am Kreuz zielt er.
„Nein. Lass mich los, binde mich los."
Der erste Schuss reißt den linken Arm von Jesus weg. Die angenagelte Hand bleibt hängen.

„Du Verbrecher, du Frevler."
Felix strampelt, wälzt sich, die Hände auf den Rücken gebunden. Er hört den nächsten Schuss. Jesu Gesicht ist zerfetzt. Der nächste Schuss reißt den Kopf völlig weg.
„Hör auf, hör auf, du Sünder."
„Das geht mit deinem Runenholz nicht", spottet Karri und schießt daneben. Aber der nächste Schuss zersplittert ein Bein von Jesus, der nächste das zweite Bein.
Felix gelingt es, sich loszureißen, sich zu befreien. Das Holzkreuz ist leer. Nur die angenagelten Füße hängen nach unten. Bei allem Entsetzen und trotz aller Wut ist Felix ohnmächtig und zutiefst gedemütigt.
Was wird die Mutter zu dem Frevel sagen?
Er bückt sich nach seinem Runengewehr. Karri streckt ihm das leere Kreuz entgegen.
„Zum Feuermachen im Ofen."
Felix geht, trägt links ein Holz, sein Gewehr mit den Runen, trägt rechts ein Holz, das kleine Kreuz.
„Damit du begreifst", ruft Karri hinterher. „Der Sieger gibt das Programm vor. Das weiß ich von meinem Papa."
Zu Hause bleibt Felix eine Weile vor der Stubentür stehen. Er hört die Mutter singen.
„Wenn ich ohne Hoffnung leben müsste …
Wenn ich nicht in meinem Herzen wüsste …
Doch ich weiß … es wird einmal ein Wunder geschehn."
Das leere Kreuz erscheint für sie sichtbar im Türspalt. Felix hatte es vorgestreckt. Die Mutter schreit hell auf.
„Gott hilf, wie ist es geschehen?"
„Er war's. Mit dem Gewehr zerschossen."
Felix tritt in die Stube.
„Nein, nein. Wie kann er das tun?"
Die Mutter nimmt das Kreuz, küsst es, sinkt auf das Sofa nieder und dreht die abwärts hängenden Füße von Jesus hoch.
„Ein Frevel."

Felix setzt sich zu ihr. Sie umarmt ihn.
„Jetzt zählt Hitler, der neue Führer, seine Dauersprüche."
„Gott, in welcher Zeit leben wir. Werden die Menschen zu Ungeheuern? Es muss doch irgendwann Frieden geben. Karri ist ein Kind, mit einer Kinderseele, möchte ich meinen."
„Er hatte mich gefesselt. Ich musste zuschauen, zuschauen, wie Stück um Stück von Jesus zerfetzt wurde."
„Und du hast es ausgehalten."
Die Mutter hängt das geschändete Kreuz in die Ecke zwischen die Bildtafeln.
„Ich muss mich von dem Schrecken erst erholen. Ich werde Blumen dazustecken. Aber du wirst Hunger haben, ich mache etwas zum Essen", sagt sie und spricht beim Kochen weiter: „Ist er so vergiftet, von seinem Vater so vergiftet? Morgen werde ich zum Feik hinübergehen, zu unserem Herrn Ortsgruppenleiter, der doch eigentlich als solcher auch für den Anstand der Jugend zuständig ist. Diese Gemeinheit können wir uns nicht gefallen lassen. Er muss sich entschuldigen vor uns, vor Gott."

Am nächsten Morgen räumt die Mutter nach dem Frühstück Bestecke, Tassen und Teller vom Tisch. Sie wirft dabei einen Blick auf das leere Holz in der Mauerecke und bekreuzigt sich. Felix kniet mitten in der Stube auf einem Knie. Er zieht seine Schuhe an, hat die Finger an den Schnürsenkeln, sagt: „Ich gehe zu Tofan. Ich weiß, wo das Zelt ist. Er wohnt mit seinem Opa in einem Zelt."
„Wer ist Tofan?"
„Ein Flüchtlingsjunge aus meiner Klasse."
„Du hast mir noch nicht von ihm erzählt. Bleib nicht wieder so lange fort."
Felix bindet am rechten Schuh den Knoten, flüstert „Deutschland", bindet links den Knoten, spricht lauter „Feind", sagt zur Mutter: „Tofan hat in der Schule auf Hitler geschimpft. Alles wegen Hitler."
Er beginnt rechts mit der Schleife, blickt auf – wartet auf eine Antwort der Mutter – und sieht durch das Fenster Feik kommen, in Uniform und

im braunen Hemd mit der Hakenkreuzbinde am linken Arm.
„Er kommt, sich zu entschuldigen, denke ich, das ist auch nötig“, sagt die Mutter mit bebender Stimme.
Felix reckt sich hoch und sieht, dass Feik ein großes Kuvert in der linken Hand hat. „Deutschland“, sagt er noch einmal und schweigt. Unter seinen Fingern zerfällt die rechte Schleife. „Feind“, ächzt er, bindet mit zittrigen Händen links eine Schleife und lässt rechts die Bänder lasch hängen. Als hätte er alles begriffen, als ahnte er das Schrecklichste.
Feik betritt grußlos die Stube, ein Bein nachziehend. Die Mutter will ihm entgegengehen, weicht aber zurück.
„Feik, du willst dich bestimmt für den Frevel deines Sohnes entschuldigen“, sagt sie mit klammer Stimme und deutet auf das leere Kreuz – und sieht im nächsten Augenblick das große Kuvert in der linken Hand des Ortsgruppenleiters. Es folgt beklemmende Stille. Feik geht die paar Schritte zum Küchenschrank, an dessen mittlerem Glastürchen das kleine Familienfoto steckt.
„Lassen wir uns noch einmal fotografieren“, hatte die Mutter zu ihrem Mann gesagt, als er für ein paar Tage auf Urlaub daheim war, „lassen wir uns noch einmal fotografieren, vom Fotografen in Braunau, der macht so schöne Bilder.“
„Noch einmal“, sagte ihr Mann.
„Nein, so habe ich es nicht gemeint“, antwortete sie und es lag etwas Flehendes in ihrer Stimme. „So habe ich es nicht gemeint.“ Sie umhalste ihn und küsste ihn.
Feik streichelt mit zwei Fingern fast zärtlich über das Foto, sagt: „Eine schöne Familie.“
Die Mutter wird blass, ruft: „Es ist nicht wahr.“
Es stockt ihr der Atem. Sie sinkt auf einen Stuhl nieder, weint, schlägt die Hände vor das Gesicht.
„Es ist nicht wahr, geh, es ist nicht wahr.“
Sie springt auf, stößt Feik weg.
„Es ist nicht wahr, du lügst“, ruft sie, schreit sie aus verzweifelter Seele.
Feik wehrt sie ab. Sie fällt auf den Stuhl zurück.

Felix kniet sich vor seine Mutter, legt den Kopf auf ihre Knie. Sie streichelt über sein Haar, verstrubbelt es, sodass kein Scheitel zu erkennen ist. „Felix, dein Papa, jetzt ist das Leben für uns anders." Ihre Stimme ist dünn.
„Ich glaub es nicht", schluchzt Felix. „Papa kommt heim."
Feik hörte bisher schweigend zu. Er holt das Dokument aus dem großen Kuvert und liest: „‚Für Volk und Vaterland den Heldentot erlitten.' Soll ich alles vorlesen?"
Die Mutter schüttelt den Kopf, weint, hält wieder die Hände vor ihr Gesicht. Feik legt das Blatt in ihren Schoß und verspricht: „Ich werde eine würdige Heldenehrung am Kriegerdenkmal halten."
Er geht, ohne *Heil Hitler,* einen Fuß nachziehend.

Felix liegt in der Watteschachtel, umwickelt sich mit der Decke. Er will nichts sehen und nichts hören, will unsichtbar sein. Aber er kann die Gedanken nicht ausschalten, denkt an seinen Papa, an sein fernes Grab. Er greift zur dicken Kerze, die er mitgenommen hatte, wie auch das Akkordeon, das einmal Papas Akkordeon war. Er zündet die Kerze an. Die kleine Flamme wirft flackernde Lichtspuren an die Bretterdecke, als wären es Lichtspuren aus der Ewigkeit.
„Papa, du lebst, du kommst wieder."
Da kriecht Marta behutsam in die Watteschachtel. Sie versteht Felix' Verstörung und sein Unglück, greift zum Akkordeon und spielt langgezogene Töne.
„Papa." Felix fährt hoch.
„Ich …", sagt Marta, „tut mir so leid, dass dein Papa tot ist. Ich habe Feik mit dem großen Kuvert gesehen." Sie schaltet die Taschenlampe mit der blauen Folie vor dem Lämpchen an. „Blau können die Feinde nicht sehen."
„Aber meinen Papa haben sie gesehen."
Marta hebt die brennende Kerze hoch.
„Zeig mir deine offenen Hände", sagt sie und gießt das heiße Wachs darüber, „musst es aushalten."

13. Ein huschender Schatten am Fenster

Marta kommt Tag für Tag. Sie ist bei Felix im Glaszimmer, aber sie spielen auch im Heustadel, spielen Sterben an der Front. Felix verschanzt sich, mit seinem Runengewehr ausgerüstet, hinter einem Heuballen. Marta, sein Kamerad, ist mit Heubüscheln getarnt, sie gehört zum Verpflegungstrupp, hat die Trinkflasche bei sich. Felix warnt aufgeregt: „Kamerad, Achtung, der Feind", heult dann Schussgetöse, das zu nahe kommt.

Der Kamerad stürzt getroffen auf den Boden, windet sich und stöhnt: „Mich hat's erwischt." Felix wirft das Gewehr weg, hilft seinem Kameraden, will ihn hinter eine Verschanzung schleppen. Der aber sackt sterbend zusammen.

„Kamerad, du darfst nicht sterben", ruft Felix, gestört von einem Gepolter von draußen, vom Frontgetöse. „Kamerad, du darfst nicht sterben. Du musst durchhalten."

Er lässt den Kameraden los, ruft aufgeregt: „Der Feind." Und schon wird das Tor aufgestoßen. Felix greift zu seinem Runengewehr, stürzt sich dem Feind entgegen und prallt auf einen Mann mit Hakenkreuzbinde, prallt auf den wütenden Feik, der ihn mit einer Hand am Hals packt, gleich einer Kralle, mit der anderen den Brief an Hitler hochhält und damit herumfuchtelt.

„Seid ihr verrückt geworden, an den Führer zu schreiben."

Er zerrt beide an den Ohren in den Hof hinaus.

„Verräterisches Tun", empört sich Feik und an Felix gerichtet: „Du bist deinem Vater, der für Deutschland kämpfte, in den Rücken gefallen. Gedanken im Hirn wie ein feiger Deserteur."

Felix reißt sich los, streckt sein Gewehr hoch und ruft: „Ich bin kein Verräter, kein Deserteur, bin ein Kämpfer." Er zeigt auf die Runen:

„Obwohl es Gefahr gibt, brauche ich keine Angst zu haben."
„Aber der Brief, der Brief", schimpft Feik, dabei ist er eigentlich von Felix' Worten beeindruckt.
Marta setzt eins drauf: „Wir wollten nur, dass Hitler mit dem Krieg aufhört, dass unsere Papas heimkommen. Was ist daran unrecht?"
Sie wischt die Heuhalme aus Gesicht und Haar.
Feik aber rubbelt auf Felix' zerrauftem Kopf die Haare so, dass sich ein rechter Scheitel andeutet.
Die Mutter hat den Tumult mitbekommen. Sie bindet an das Soldatenbild ihres toten Mannes über das rechte obere Eck einen Trauerflor. Aufgeregt kommt Felix in die Stube, stammelt: „Draußen … Feik."
Die Mutter winkt ab. „Ich hab es schon mitgekriegt. Ich wollte mich nicht einmischen. Du kannst die Rollos runterlassen. Ich habe etwas zum Essen für dich hingestellt."
„Marta ist auch dabeigewesen, beim Briefschreiben", gesteht Felix, fängt gleich zu essen an und redet weiter: „Wir hatten den Brief nach Braunau gebracht und dort in einen Briefkasten geworfen. Er sollte eiligst nach Berlin kommen."
„Ihr wart in Braunau? Davon hast du nie erzählt. Allein in Braunau? Was habt ihr denn geschrieben?"
„Dass wir auf unsere Papas warten und er mit dem Krieg aufhören muss, dass wir Frieden wollen."
„An Hitler einen Brief schreiben. Das hätten alle tun sollen. Aber wie kam der Brief zu Feik?"
„Wir hatten unsere Absenderadresse auf die Rückseite des Kuverts geschrieben."
„Und bei der Post hat man die Kinderschrift erkannt, hat den Brief gar nicht nach Berlin befördert, sondern zurückgesandt zum zuständigen Ortsgruppenleiter."
„Erdbeereis und Schokoeis haben Marta und ich in Braunau geleckt, geschleckt. Das schmeckte himmlisch gut."
„Woher hattest du das Geld?"
„Zwanzig Pfennige, von Franz für die Pulverkapseln."

„Es gibt also noch Verwunderliches und kleine Freuden auf der Welt", sagt die Mutter.
Felix aber bittet, er möchte nach so vielen Aufregungen wieder einmal bei ihr schlafen.
„Gern. Zuerst waschen und Zähne putzen."

Felix geht in den Waschraum, der einmal die Rattenkammer war, und kommt im Nachthemd wieder. Die Mutter gibt ihm einen Kuss. „Ab ins Bett."
Im Schlafzimmer lässt Felix das Papierrollo runter. Die Tür zur Stube steht offen. Die Mutter wünscht: „Gute Nacht, schlaf gut."
Felix schaltet das Licht aus, legt sich ins große Bett und fragt: „Kommst du bald?"
Im Warten auf die Mutter spazieren seine Gedanken umher. An den brüllenden Feik denkt er, aber auch an Marta. Er tupft ein wenig Spucke auf seine Hände, dorthin, wo sie das heiße Wachs getropft hatte.
„Muss ich aushalten, alles."
Er fantasiert und fragt sich, wie sein Papa ums Leben gekommen sein mochte. Von einem Gewehrschuss getroffen oder von einem Bombensplitter? Der Papa vom Papa war im Ersten Weltkrieg durch einen Kopfschuss getötet worden. Und Schickl hatte erzählt, dass die Amerikaner zuerst flächig das gegnerische Frontgelände, also das deutsche, mit Kanonenbeschuss und Bombenabwürfen „säubern" und dann erst vorrücken, um ihre eigenen Leute zu schonen.
In Felix' Kopf krachen Bombenexplosionen, Raketen heulen heran. Die deutschen Soldaten werfen sich in Schützengräben und Erdlöcher, wenn sie zu eng sind, sogar übereinander. Die untenliegenden sind von den Körpern der darüberliegenden Kameraden geschützt, denkt er, die obenliegenden sind wehrlos den Abwürfen und dem Splitterhagel ausgesetzt. Sein Papa liegt oben. Ein handgroßer Bombensplitter zertrümmert seine Wirbelsäule.
Die Explosionen verhallen, der Angriff der Amerikaner scheint vorbei zu sein, nur noch ferne Knaller sind zu hören, zuletzt wie aus Karris Luft-

gewehr, etwas Klopfendes und Klirrendes dazwischen. Längst hat sich Felix im Bett hingekniet. Er reibt an den Augen, kommt vollends in die Gegenwart und hört das Tacken näher, ein Kratzen am Fensterglas, sachte zuerst, heftiger dann, sodass er fürchtet, die Glasscheibe könnte bersten. Oder bildet er sich auch das bloß ein? Weil er doch vorne an der Front gelegen war, das feindliche Granatenfeuer um sich. Er springt aus dem Bett, stammelt: „Mama, wo bist du?" und hört deutlich das Pochen am Fenster. Er zieht das Papierrollo achtsam ein Stückchen hoch und glaubt, im Mondlicht einen huschenden Schatten gesehen zu haben, einen Fliehenden, einen Dieb?

Aufgeregt eilt er in die Stube.

„Mama."

Suchend schaut er zum Fenster hinaus, in die Nacht hinein.

„Mama, wo bist du?"

Im Dunklen tastet er sich in den Flur. Die Mutter öffnet gerade von innen die Haustür.

Ein „Oh Gott" entfährt ihr. Felix, im Nachthemd, steht nur ein paar Schritte hinter ihr.

„Geh ins Bett", zischelt sie, als sie ihn bemerkt, „ins Bett."

Warum ist sie so unfreundlich zu ihm? Es erschreckt ihn. Er greift sich fragend an den Kopf, auch noch verwirrt von seinen Fantasien über Papas Sterben.

„Was ist denn los?", fragt Felix. „War ein Dieb draußen?"

„Sei still."

Die Mutter eilt hinaus, schlägt hinter sich die Haustüre zu. Felix öffnet sie gleich wieder, streckt den Kopf hinaus, hört dann mehr als er es sieht, dass die Mutter das Scheunentor von außen zuschiebt. Sie läuft zu Felix zurück.

„Geh ins Bett. Morgen früh ist Schule."

„Was ist denn los?"

„Du frierst, stehst im Nachthemd da, gehörst ins Bett."

Die Mutter stellt sich draußen vor die Haustür, schiebt Felix vor sich in den Flur und schließt die Tür von draußen ab.

„Mama, was soll das?"
„Ich komme gleich, ein Nachbar", hört er als Antwort.
Felix bleibt noch eine Weile vor der verschlossenen Haustüre stehen, schaut vom Stubenfenster aus ins Dunkle, kann aber nichts Auffälliges wahrnehmen und legt sich ins Bett. Er wartet auf die Mutter.
„Da war doch jemand draußen, zuerst war das Klopfen am Schlafzimmerfenster", redet er vor sich hin. Er bleibt noch lange wach, zwingt sich, wach zu bleiben. Die Mutter kommt nicht. Vor Müdigkeit schläft er irgendwann ein.

Am Morgen hat die Mutter das Frühstück für ihn gerichtet. Er sitzt allein am Tisch, gähnt, trinkt vom Tee, streicht Marmelade auf das Butterbrot und hört die Mutter an der Haustür. Er springt auf und läuft ihr entgegen.
„Wo warst du denn, wo bist du gewesen?"
„Hast du gefrühstückt? Du musst zur Schule."
„Was ist denn los, was war denn da gestern Abend?"
„Beeil dich, du bist spät dran. Jemand hat etwas unterstellen wollen."
„Etwas unterstellen? Etwas Gefährliches?"
Die Mutter hängt ihm den Schulranzen um.
„Nein. Du darfst es niemandem sagen."
„Was darf ich niemandem sagen?"
„Beeil dich. Kein Wort. Halt den Mund."
„Wovon kein Wort?"
„Von nichts."

14. Geheimkammer in der Watteschachtel

Felix kann das Unterrichtsende kaum erwarten. Die ganze Strecke nach Hause läuft er so schnell, dass Marta gar nicht hinterherkommt. Den Schulranzen wirft er vor die Haustür. Er atmet ein paar Mal durch, um ruhiger zu werden, geht auf Zehenspitzen zum Scheunentor und horcht, hört nichts Auffälliges. Das Tor lässt sich nicht öffnen, es ist von innen verriegelt. Auch die Haustüre ist zugesperrt. Felix pocht daran.

„Mama, Mama, wo bist du, was ist los?“

Keine Antwort. Marta kommt gelaufen. Sie lässt das Gartentürchen hinter sich offen und beschwert sich: „Warum hast du nicht auf mich gewartet?“

Beide stehen vor der Haustüre.

„Zugesperrt, das Scheunentor verriegelt.“

„Und die Stalltür?“

Die ist offen. Aber die Durchgangstür zur Scheune ist zugesperrt.

„Was gibt es da für ein Geheimnis, alle Türen zu?“, rätselt Marta.

Felix zuckt mit den Schultern. Sie kriechen in die Watteschachtel.

„Sag, was ist los?“

„Nichts. Weiß von nichts.“

Sie schweigen. Marta schlüpft in eine Ecke der Watteschachtel, stülpt die Decke über sich und wispert: „Geheimnis, überall Geheimnis.“

Da blitzt in Felix eine Idee auf.

„Geheimnis. Du hast recht. Wir könnten hier eine kleine Geheimkammer einbauen, ein Versteck, von dem nur wir zwei wissen. Meine Mama vielleicht noch, sonst niemand. Bei Gefahr ein Versteck, wenn wirklich die Amis kommen und das Haus durchsuchen.“

Gesagt, getan. Sie finden im Holzschuppen passende Bretter. Es gibt einen Sägebock und die Säge dazu. So können sie zu lange Bretter zurechtschneiden, was einige Mühe macht, was eine ziemliche Schinderei ist. Marta hält das Brett, Felix sägt. Es tut ihm bald der rechte Arm weh. Sie hätten einen Helfer gebraucht. Aber sie halten durch. Vor der Rückwand der Watteschachtel bauen sie im armlangen Abstand eine zweite, halbhohe Wand ein. Man muss sich zum Einstieg oben drüber wälzen. Als Nageluntergrund haben sie beiderseits Vierkantlatten angebracht. Das alles dauert.

„Eine Geheimkammer", gratuliert Felix endlich sich und Marta, die nachdenklich sagt: „Jeder Mensch hat doch seine eigene kleine Geheimkammer."

Was für ein kluges, nachdenkliches Mädchen Marta doch ist. Felix denkt es nur, sagt es nicht.

Er hat zwischendurch immer wieder nach der Mutter geschaut. Sie ist nicht gekommen, die Haustüre ist verschlossen. Aber als sie zu zweit ein dickes, kurzes Bodenbrett zum Hinhocken vom Schuppen zum Stall tragen, kommt die Mutter mit dem Fahrrad. Kaum hat sie hinter sich das Gartentürchen geschlossen, sieht sie die Kinder am Scheunentor vorbeigehen und ruft gleich aufgeregt: „Ihr könnt nicht hinein, es geht nicht."

„Wir bauen eine Geheimkammer", gesteht Marta. Sie ruft es eigentlich zu laut.

„Geheimkammer!?", wiederholt die Mutter. „Wofür, warum, für wen eine Geheimkammer?"

„Tiefes Geheimnis", ist Felix' Antwort.

„Welches tiefe Geheimnis?"

„Weil ein Versteck vor den Feinden."

Woraufhin die Mutter erleichtert durchatmet und endlich ihr Rad ans Haus lehnt. Sie schickt Marta heim, was die gar nicht verstehen kann.

„Warum ist die Scheune von allen Seiten zu?", fragt Felix. „Welchen Grund gibt es dafür?"

„Ich erkläre es dir morgen oder übermorgen. Vorerst will ich nicht davon reden."

15. Das Geheimnis

Zwei Tage später, es ist übermorgen, das Scheunentor ist immer noch verschlossen, der Zugang vom Stall in die Scheune versperrt. Die Mutter sagt dazu nichts, ist merkwürdig still. Felix steht in der Stube vor dem Hitlerbild, beißt in trockenes Brot und bemerkt sehr kühl: „Du hast jemanden im Heu versteckt."

Die Mutter nimmt ihn an der Hand.

„Felix, du musst stark sein, du musst Vertrauen haben, du musst schweigen können. Ja, es gibt ein Geheimnis. Man darf dir auf der Straße nichts anmerken. Das musst du mir versprechen."

„Sag schon, um was es geht."

„Um was Unmögliches, Unglaubliches. Versprich, dass du schweigen kannst. Auch Marta darf es nicht wissen. Sonst passiert etwas Schlimmes. Versprichst du es?"

„Ich verspreche es. Auch wenn ich nicht weiß, was ich verspreche."

„Dass du schweigen kannst, schweigen musst, das sollst du versprechen."

Die Mutter führt Felix in den Stall, an der Watteschachtel vorbei, worin es jetzt eine Geheimkammer gibt, zur Scheunentür, die sie aufsperrt. Sie greift nach einer Hand von Felix. Beide stehen im Halbdunkel des Heustadels. Es herrscht Stille. Felix hört die Mutter atmen, es ist ein bekümmertes, stoßweises Atmen. Sonst Stille und Warten. Bis etwas im Heu raschelt. Felix ist angespannt. Die Mutter sagt immer noch nichts. Ein Heuhaufen bewegt sich.

Es kriecht etwas daraus hervor, jemand kriecht hervor. Eine gespenstische Gestalt. Ein mit Heuhalmen getarntes, ziemlich großes Wesen, so erscheint es Felix. Es schaudert ihn. Er weicht einige Schritte zurück, reißt sich von der Mutterhand los.

Die gespenstische Gestalt erhebt sich, bäumt sich auf, keucht und hustet. Ein Mann mit bärtigem Gesicht kommt zum Vorschein, abgetragene Hosen hat er an, eine dicke Jacke umgehängt.
Die Mutter tritt an die Seite des Fremden. Felix steht allein, zittert. Die Mutter schweigt immer noch, als müsste Felix selbst darauf kommen, wer da vor ihm steht. Sie wischt das Heu aus Gesicht und Haar des Mannes, auch von seinen Schultern, damit er erkenntlicher wird. Felix schließt die Augen, er wankt, starrt den gespenstischen Mann an und erkennt ihn als unheimliche Erscheinung, als Geist.
„Du bist tot."
Er flüstert, quält es aus sich heraus: „Du bist tot. Du bist ein Gespenst, sein Geist."
Felix möchte im Nichtbegreifen und Schreck davonlaufen, dabei sinkt er fast um. Die Mutter hält ihn an den Schultern fest.
„Felix, es ist dein Papa."
„Er ist tot", haucht Felix. „Mein Papa ist tot."
„Es ist dein Papa. Wie auferstanden."
„Ein Gespenst, sein Geist."
Der Geist haucht: „Felix."
Felix dreht sich um und läuft durch die Stalltür davon. Er springt zu seinem Glaszimmer hoch, packt die Spielsoldaten aus, mit denen er lange nicht mehr gespielt hatte. Einer der Soldaten, einer mit Stahlhelm und Gewehr, war immer sein tapferer Vater gewesen. Felix lässt die Soldaten, die knien oder liegen und dabei schießen, gegen die Feinde angreifen. Aber der, der im Spiel immer sein kühner Vater war, läuft davon, flieht wie ein Feigling und versteckt sich unter seiner Matratze, im Heu.
Die Mutter kommt herein: „Felix, der Mann ist dein Papa."
Felix springt auf: „Wie gäbe es das? Er ist als tot gemeldet."
„Er lebt, er ist es."
„Und ist nicht auf die Amis losgegangen, nicht vorangestürmt. Er ist kein Held. Er ist abgehauen, ein Feigling, der als Geist oder irgendwie überlebt."

„Nein, Felix, dein Papa wollte nicht mehr kämpfen, er wollte nicht mehr andere erschießen. Versteh das bitte. Vor allem, du darfst nichts verraten. Alles ist streng geheim. Kein Wort, auch nicht zu Marta. Dein Papa bleibt sozusagen unsichtbar. Im Heu versteckt, unsichtbar. Es gibt ihn gar nicht. Bis der Krieg vorbei ist. Du kannst mit Marta nicht mehr in die Watteschachtel, schon gar nicht in die Scheune. Die Heldenehrung findet trotzdem statt. Du wirst es verstehen oder nicht, aber schweig."
Die Mutter drückt Felix an sich, streichelt durch sein Haar, gibt ihm einen Kuss.
„Die Heldenehrung, ein Spiel?", wispert Felix.
„Feik wird sie halten. Sie muss stattfinden. Sonst fliegt alles auf. Deserteure werden erschossen. Der Krieg dauert nicht mehr lange. Du musst durch dein Schweigen deinen Papa schützen. Ich werde ihm jetzt etwas zum Essen bringen."
„Und wie gäbe es das, als tot gemeldet und doch lebendig?"
„Ich weiß es nicht. Es ist mir unerklärlich. Ein Wunder vielleicht. Er ist dein Papa, glaube es."
Sie lässt Felix allein. Er stößt alle Spielsoldaten um, wirft sich auf die Matratze und weint.

16. Birkenkreuz am Kriegerdenkmal

Es ist gespenstisch. Zu den fünfunddreißig kleinen Birkenkreuzen am Kriegerdenkmal auf der Stirnseite des Schulhauses ist ein neues hinzugekommen. Ein Blumenkranz liegt davor. *In Liebe, Deine Anna* steht auf einem weißen Band und darunter *Papa, ich vermisse dich, dein Sohn Felix.* Felix kann es tatsächlich so lesen. Ganz vorne links ist das neue Birkenkreuz eingepflanzt. Eingepflanzt, als wärs ein Baumsprössling. Hell leuchtende Narzissen legt Felix davor nieder. Die Begebenheiten des Augenblicks verschwimmen ihm ins Unwirkliche, nicht Begreifbare. Die Mutter ist tief verschleiert. Sie wankt. Mit beiden Händen hält er sie einmal fest. Sie schluchzt. Mit gesenktem Kopf und in verkrampfter Haltung zwingt sich Felix, aufrecht zu stehen. Er betastet den Trauerflor an seinem linken Jackenkragen.

Marta drängt sich an seine Seite. Nachbarn schütteln die Hände der Mutter, auch der alte Schickl, auch Franz.

„Krieg hässlich, dein Vater tot“, krächzt er und schluchzt.

Frau Feik tätschelt eine Hand der Mutter: „Gott, wie tut mir das leid“, klagt sie. „Und mein Mann brachte dir auch noch die traurige Nachricht.“

Die Lehrerin spricht ihr Beileid aus. Tofan ist da. Felix flüstert ihm zu: „Ich wollte dich besuchen, komm doch mal zu mir.“

Feik tritt auf, in Uniform, am linken Arm des braunen Hemdes die Hakenkreuzbinde.

„Nach sechs Jahren treuer Pflichterfüllung im Kampf gegen den Feind hat er für Führer, Volk und Vaterland das Leben hingegeben, unerschrocken, wie wir alle unerschrocken für den Endsieg kämpfen und durchhalten. Ich spreche den Angehörigen mein Beileid aus, seiner

Frau Anna, dem Sohn Felix."
Felix zuckt zusammen. Fahnen werden gesenkt, eine kleine Blaskapelle spielt schwermütige Trauermusik, spielt *Ich hatt einen Kameraden.* Verstört singt Felix mit: „Ich hatt einen Kameraden." Böllerschüsse krachen. Bei jedem Schuss erschrickt Felix. Er zählt mit, zählt weiter, als möchte er bis tausend zählen und alles unwahr machen.

Im nahen Wirtshaus, wo es für jeden Trauergast eine heiße Nudelsuppe mit spröder weißer Semmel gibt, zählt er weiter. Er zerdrückt seine Semmel über der Suppe, mögen es tausend Splitter gewesen sein, die endlich darauf schwimmen. Er löffelt und zählt, will nicht hören, was die Erwachsenen über den Heldentod seines Vaters sprechen, über die Trauer der Witwe und das Unglück des Sohnes. Beim Verabschieden zählt er, beim Zunicken und Händeschütteln und auf dem Heimweg. Die Mutter merkt es, sagt nichts, schaut ihn traurig an, mitleidend.

Ohne Plauderei mit den Nachbarn gehen sie heim. Sie wollen von der Straße verschwinden. Aber Frau Feik eilt hinterher, ruft: „Anna, Anna, warte. Wenn du mich brauchst, helfe ich dir. Ich kann dir ein paar Eier bringen. Ich möchte mich für Karri entschuldigen, habe die Schandtat erfahren. Ein dummer Junge. Auf ein Kruzifix schießt man nicht. Wo wir doch alle katholisch sind. Mein Mann nicht mehr, der Herr Ortsgruppenleiter. Ach, ich könnte dir vieles erzählen. Übrigens habe ich erfahren, dass es in Mühldorf noch Mehl und Zucker gibt. Unten in der Altstadt. Du wärst nicht die Einzige, die hinfährt. Vielleicht deckst du dich noch ein. Du brauchst etwas für den Buben. Vom Bahnhof musst du die Bergstraße hinunter."
Sie stehen am Gartentürchen.
Felix ist inzwischen zur Haustüre gegangen. Er ist bei tausend angekommen, hat sich nicht verzählt.
„Du sollst nicht zögern", empfiehlt Frau Feik. „In Mühldorf, wie gesagt, Mehl und Zucker. Solange der Vorrat reicht."
Die Mutter verabschiedet sich. Frau Feik bringt eine Stunde später

drei Eier. Die Mutter hat sie schon durchs Fenster gesehen. Sie eilt ihr entgegen, mit einem: „Danke, danke, es hätte nicht sein müssen. Aber gut, dass du mir von dem Angebot in Mühldorf erzählt hast."

Die Mutter zieht in der Stube das schwarze Kleid nicht aus. Zusammengekauert sitzt sie herum wie ein vermummtes Wesen, das die Seele verloren hat. Felix legt die Jacke zur Seite, nimmt den Trauerflor ab und weiß nicht, was er damit anfangen soll.

„Jetzt verstehst du, dass du schweigen musst", sagt die Mutter. „Es darf kein Verdacht aufkommen. Auf der Straße darfst du nichts gegen Hitler sagen, du musst eher für ihn sein. Zieh den Haarscheitel rechts, dass es Feik sieht, und behalte den Trauerflor an der Jacke, zeig ihn auf der Straße. Das schützt uns und deinen Papa. Du kannst Feik auch mal mit *Heil Hitler* grüßen, so nebenbei. Es sollte aber nicht auffällig sein. Sonst gibt es den umgekehrten Verdacht."

„Warum umgekehrter Verdacht?"

„Wenn man sich zu auffällig zu etwas bekennt, was man bisher ablehnte, ist das auch verdächtig."

Felix steckt den Trauerflor zum kleinen Familienfoto am mittleren Glastürchen des Küchenschrankes.

Die Mutter geht in den Stall, schließt hinter sich die Tür. Sie wirft sich gleich an die Brust ihres Mannes. Sie weint.

„Ein Heldenkreuz für dich am Kriegerdenkmal."

Ihr rutscht ungewollt Heldenkreuz heraus. Sie küsst ihren Mann inniglich.

„Ein Birkenkreuz mit deinem Namen. Felix hat gelbe Narzissen dazugelegt. Feik ehrte dich wirklich als Held."

„Dabei bin ich ein Deserteur", sagt Bernd.

Sie umarmen einander und bemerken, dass Felix vor dem Scheunentor hockt, weshalb die Mutter durch den Stall zu ihm geht.

„Magst du jetzt zu deinem Papa", will sie sagen, sagt aber nur: „Magst du jetzt", doch Felix schüttelt gleich den Kopf.

Aber am nächsten Tag, als die Mutter außer Haus ist, lehnt sich Felix an

das Tor, horcht, hört nichts, hört dann ein Atmen, ein leichtes Röcheln, so, als schliefe der Vater. Felix hat inzwischen den Trick raus, wie das Tor von außen zu entriegeln ist. Er schiebt es behutsam nur so weit auf, dass er sich durchzwängen kann. Sein Vater liegt im Heu. Er schläft. Felix schleicht sich an und betrachtet ihn. Der Vater träumt offenbar, wälzt sich und murmelt: „Kamerad, sag doch etwas, Kamerad, was ist los?"
Felix kniet sich neben ihn. Eine Trinkflasche liegt da und der geöffnete Tornister. Neugierig greift er hinein, kramt darin herum und bekommt eine kleine Blechmarke in die Finger, die Erkennungsmarke, die jeder Soldat an der Front um den Hals trägt, die den Toten abgenommen wird. Woraufhin die Angehörigen die Todesbotschaft bekommen.
Gerade als Felix diese Marke in der Düsternis betastet, wird sein Vater wach. Vielleicht hat er ihn aus Versehen angerempelt. Felix zuckt zurück und wirft die Erkennungsmarke in den Tornister. Er will aufspringen und fortlaufen, aber sein Vater raunt: „Felix, bleib da, bleib bei mir."
Felix bleibt.
„Es ist alles fürchterlich für dich und deine Mama", bekennt der Vater. „Ich weiß, ich habe nicht bedacht, was ich euch antue, wenn ich heimkomme zu den mir liebsten Menschen."
„Feik hat bei der Kriegerehrung gesagt, dass du ein Held bist, für Volk und Vaterland gefallen. Dabei bist du abgehauen."
„Ein Deserteur. Du wolltest das Wort nicht aussprechen. Ja, ein Deserteur. Aber ich habe jeden Tag an dich gedacht, jeden Tag."
Der Vater holt eine flache runde Blechdose aus dem Tornister.
„Diese rote Dose habe ich dir mitgebracht. Von der Front."
Felix nimmt sie nur zögerlich, obgleich sie ihm gefällt.
„Du kannst im Dunklen nicht lesen, was darauf steht, nämlich Scho-Ka-Kola."
Felix öffnet die Dose. Seine Hände zittern. Der Vater nimmt die kreisrunde gerippte Schokolade heraus.
„Sie ist in Achtelstücke aufgeteilt. Bei mehr Licht siehst du die einzelnen Stücke genau. Siehst du, dass sie gewellt sind? Taste mal darüber."
Felix streichelt mit zwei Fingern darüber.

„So gerippt“, flüstert er.
„Ja, gerippt, gewellt. Wie du willst. Fliegerschokolade nennt man sie. Weil sie die Kampfflieger bekamen, damit sie durchhielten. Aber auch an die Bodentruppen wurde sie verteilt. Du darfst nur kleine Stückchen essen. Sie ist sehr stark, macht Mut, ist nur für dich.“
Felix berührt die Schokoladenscheibe nochmals, riecht daran und legt sie wieder in die Dose.
„Willst du nicht, dass wir ein Achtel herausbrechen und teilen? Wir müssen durchhalten, müssen zusammenstehen. Es herrscht noch Krieg.“
Felix nickt. Der Vater bricht die Schokolade in zwei Hälften, damit er von einer Hälfte ein Achtel abknicken kann. Sieben Achtel legt er in die Dose zurück. Das eine Achtel zerbricht er in zwei Teile. Das größere Stückchen gibt er Felix, der leise „danke“ sagt und es gleich in den Mund steckt. Er leckt aufmerksam mit der Zunge daran.
„Schmeckt sie?“, fragt der Vater.
Felix nickt und lutscht und kaut und sagt mit dem Schokoladenmund: „Bittersüß, sehr stark“, sagt: „Danke, Papa“ und steckt die Dose in die Jackentasche. Er hockt sich in der Watteschachtel in die Geheimkammer, die gewellte Fliegerschokolade im Mund und ihren starken Geschmack auf der Zunge.
„Von meinem lieben Papa“, kann er nun sagen und er ist darüber sehr froh.
Die Mutter bringt ihrem Mann einen Teller Suppe und Brot und setzt sich zu ihm. Inzwischen hat sie zwei Stühle in der Scheune aufgestellt und eine Holzplatte auf zwei Holzblöcken.
Frau Feik habe ihr erzählt, dass es in Mühldorf noch Mehl und Zucker zu kaufen gebe, erzählt sie. Solange der Vorrat reiche. Sie überlege, mit dem Zug hinzufahren. Gleich übermorgen. In der Frühe hin, am Nachmittag zurück.
Ihr Mann stimmt zu. Felix solle sie begleiten.

17. Bomben statt Mehl und Zucker

Der Fußweg zum kleinen Bahnhof dauert über eine halbe Stunde. Zwei leere Tragetaschen haben sie bei sich. Sie warten, wie auch andere Frauen und Kinder. Der Zug hat Verspätung. Um 10.30 Uhr steigen sie ein. Felix ergattert einen Fensterplatz und schaut während der Fahrt neugierig auf die Häuser und Wiesen und Bäume und auf die im gleichen Takt vorbeifliegenden Telegrafenstangen, die seitlich der Bahnlinie aufgestellt sind. Er zählt sie. Um 11.15 Uhr steigen sie in Mühldorf aus. Felix staunt. Dampfende Loks ziehen Güterzüge und Personenzüge heran oder fort. Auf den Bahnsteigen drängen sich Frauen, Kinder und alte Männer, hinterher hinkt ein Soldat.

Die Mutter weiß von Frau Feik, dass die Ausgabestelle für Mehl und Zucker in der Altstadt ist, unten am Inn. Sie müssen eine Viertelstunde gehen, in Wendungen die Bergstraße hinunter.

„Hoffentlich sind wir rechtzeitig dran“, meint sie bekümmert.

Da heulen die Sirenen. „Auch das noch, Fliegeralarm.“

„Stufe II“, bemerkt Felix.

„Ausgerechnet an dem Tag und zu der Stunde, wenn wir da sind.“

Die Menschen auf der Straße beeilen sich, einige laufen die Bergstraße hinunter, andere hoch zum Bahnhof. Die Sirenen jaulen von zwei Seiten her. Leute stehen in Gruppen und reden aufgeregt durcheinander. Zwei Männer beruhigen sie, geben die Anweisung, wer nicht in Mühldorf zu Hause sei, müsse sich in den Luftschutzraum begeben, in den Schwaiger-Keller, gleich hier an der Straßenwende.

„Da sind wir von München weg“, bemerkt die Mutter, „und nun das.“

Der große Luftschutzraum, ein alter Bierkeller, füllt sich in weniger als einer halben Stunde. Die Leute stehen oder setzen sich auf den Boden. Die zwei Männer geben die Anweisung, sich ruhig zu verhalten.

„Keine Panik, die werden über uns hinwegfliegen."
Der Bunker ist schließlich gedrängt voll. An allen Ecken und Enden trösten Mütter ihre weinenden kleinen Kinder.
„Obwohl es Gefahr gibt, brauchen wir keine Angst haben", ist Felix' Beitrag.
In dem Augenblick erbebt das Gewölbe, ein anhaltendes Dröhnen lässt die Menschen sich ducken.
„Bomben", sagt jemand. Es folgt Stille. Alle horchen, zucken beim nächsten Grollen und Dröhnen zusammen.
„Im Bunker sind wir sicher. Wir haben viel Erde über uns, Ruhe bewahren", ruft einer der zwei Männer.
Der Bunker bebt. Die Leute zittern.
„Gott möge uns beistehen", betet eine Frau neben Felix.
„Wann ist damit endlich Schluss?", stöhnt eine andere.
„Es muss erst Entwarnung geben", bemerkt jemand. Dabei hat die Frau doch die Dauer des schrecklichen Krieges gemeint.
„Endlich Schluss", spricht Felix nach, er hat begriffen.
Sie warten eine Stunde, zwei Stunden, dicht gedrängt.
Felix hat Hunger und Durst. Die Mutter gibt ihm ein Stück trockenes Brot.
„Ich wollte mit dir in ein Gasthaus", sagt sie, „mit Mehl und Zucker in unseren Taschen in ein Gasthaus und einen Teller Nudelsuppe mit Semmel essen."
„Oder Suppe mit Würstchen", sagt die Frau neben Felix. „Seid ihr zwei von weit her?"
Felix bejaht: „Von ziemlich weit."
Sie warten die dritte Stunde, bis endlich die Nachricht kommt, der Angriff sei vorbei. Zur Sicherheit müssen noch alle im Schutzraum ausharren. Einer der zwei Männer sagt: „Das war ein massiver Bombenhagel. So etwas gab es hier noch nie."
„Massiver Bombenhagel", wiederholt Felix. Es schaudert ihn.
In Wirklichkeit war es, was niemand im Schwaiger-Keller weiß, ein verheerender tödlicher Angriff.

Endlich, es ist Nachmittag, wird das Tor geöffnet.
„Den Bunker geordnet verlassen, ohne Gedränge“, lautet die Anweisung.
Draußen schlägt allen ein düsterer Hauch von Brand und Rauch entgegen.
„Tote und Verletzte, der Bahnhof total zerstört“, so und ähnlich rufen die Leute, die durcheinanderrennen, die einen die Bergstraße hoch, die anderen hinunter.
„Wie kommen wir heim?“, sorgt sich die Mutter und nimmt Felix an die Hand: „Wir müssen zum Bahnhof.“
Die Welt um sie herum liegt in Trümmern. Die Häuser an der Straße brennen lichterloh, die Mauern sind eingestürzt. Am Schutt vorbei stolpern sie dahin. Riesige Erdlöcher, eine ganze Reihe von Bombentrichtern, müssen sie umkreisen.
Wo das Bahnhofsgebäude stand, ragt ein gespenstisches Gerippe aus Stahl und rauchenden Balken empor. Wieder heulen Sirenen, jetzt sind es die Sirenen der Feuerwehr und der Rettungswagen. Hunderte Waggons sind ausgebrannt, die Lokomotiven zerstört.
„Wo gibt es da für uns einen Zug?“, redet die Mutter vor sich hin.
„Hier verkehrte einmal der Orientexpress“, antwortet ein Mann, als wäre es ein Witz gewesen, aber es stimmt.
Felix und die Mutter warten in den Trümmern, wie Hunderte andere.
„Was ist der Orientexpress?“, fragt Felix.
„Ein Luxuszug, in dem es feines Essen und guten Wein gab, der nach Russland fuhr, weit in den Osten, in den Orient“, gibt der Mann zur Antwort.
„Wir brauchen den Zug nach Simbach, zu Hause wartet mein Mann“, bekümmert sich die Mutter, woraufhin Felix warnt: „Du darfst es doch nicht verraten!“
„Schau dir die Zerstörung an. Wo soll da ein Zug losfahren?“, entsetzt sich der Mann, der vom Orientexpress erzählen konnte.
Die Mutter und Felix hocken sich auf den Boden, auf ihre leeren Taschen. Frauen und Männer, alte zumeist und hinkende, eilen hin und her, fragend, stöhnend, bis endlich jemand ruft: „Im Osten des Bahnhof-

geländes sind die Gleise noch in Ordnung. Dort wird ein Zug nach Simbach zusammengestellt."

Vier Waggons sind an der Dampflok angehängt. Felix und die Mutter finden im Gedränge einen Platz auf einer der hölzernen Sitzbänke.

„Gott sei Dank", betet die Mutter.

„Was für ein Tag!", seufzt ein alter Mann.

Endlich fährt der Zug los, in die Nacht hinein.

„Fünf Stationen sind schnell gezählt", sagt die Mutter zu Felix, der seinen Kopf an ihre Schulter gelehnt hat. „Ja, ruhe dich aus, diese fünf Stationen überleben wir auch noch."

Im nächsten Moment springt sie auf und stößt Felix in der Hast von sich. Die Fensterscheiben auf der rechten Seite, wo sie saßen, klirren, zersplittern. Motorengedröhne jault vorbei, anschwellend, abklingend.

„Tiefflieger", ruft ein Mann, „auf den Boden, unter die Sitzbänke."

Die Mutter reißt Felix auf den Boden nieder. Felix kriecht unter die Bank.

„Ist jemand verletzt?"

Das Geheul der niedrig fliegenden Maschine zieht ab. Felix hat sich die Ohren zugehalten.

„Es sind zwei Flieger, bleibt liegen", ruft der Mann.

Der heulende Lärm wiederholt sich, die Geschosse schlagen die Fenster ein, lassen die Leute zusammenzucken.

„Ist jemand getroffen?"

Niemand meldet sich in dem angstvollen Verharren. Nur die Schienenstöße sind zu hören, werden langsamer, der Zug steht.

„Warum stehen wir?", fragt Felix.

„Sie sind weg, die Tiefflieger, alle raus, die kommen wieder, fürchte ich", ruft der Mann, der es gewagt hatte, am zerschossenen Fenster zu stehen. „Raus und zwischen die Schienen auf den Schotter. Jetzt", er schaut in die Nacht hinaus, „jetzt raus."

Alle, auch Felix und die Mutter, ihre leeren Taschen bei sich, springen die Trittbretter hinunter, kriechen zwischen die Räder und legen sich auf das Schotterbett.

„Wir überleben es“, flüstert die Mutter, „wir müssen überleben, sonst wäre dein Papa verloren.“
Da prasseln die Einschläge aus der Bordwaffe erneut auf die Waggons nieder. Auch auf dem Schotterbett schlagen die Geschosse ein und spritzen auseinander. Felix liegt mit dem Gesicht auf den kantigen Steinen. Er sieht nichts, hört und spürt in dieser Betäubung nichts anderes als die Betäubung. Als er den Kopf hebt und zu sich kommt, zieht das Gebrumm ab.
„Ist jemand verletzt?“
„Ich nicht“, meldet sich Felix, das Gesicht immer noch auf den Schottersteinen. „Ich nicht.“
Der Spuk ist vorbei. Alle kriechen unter den Waggons hervor, alle sind froh, überlebt zu haben.
Der Lokführer kommt hinzu.
„Es geht nicht weiter. Schaden an der Lok, Schaden am Wasserkessel.“
Es ist längst tiefe Nacht.
„Ihr müsst nach Hause gehen, so weit der Weg auch ist. Es kommt keine Hilfe.“

Felix trottet im Schotterbett zwischen den Schienen von Schwelle zu Schwelle so dahin, die Mutter geht hinterher.
„Wie weit noch?“, fragt er.
„Weit“, sagt die Mutter, „von den Feiks kommt nur Unglück.“
Sonst sprechen sie nichts.
Der Nachthimmel ist längst mit tausend Sternen gefüllt. Felix blickt immer wieder hoch.
„Die Himmelslichter leuchten uns“, sagt die Mutter einmal.
Nach drei Stunden erreichen sie das Gartentürchen. In seinem Glaszimmer wirft sich Felix auf die Matratze. Die Mutter geht müde, aber dankbar in den Stadel. Ihr Mann liegt vom Heu zugedeckt, als läge er unter der Erde. Er schläft.
„Es ist alles gut“, flüstert sie.

18. Drachensteigen

Am nächsten und am übernächsten Tag scheint die Sonne, es weht heftiger Wind. In Felix' Kopf fallen Bomben aus dem Himmel auf Mühldorf nieder. Mustangs hießen die fliegenden Festungen. Schickl hatte es gewusst. Felix hockt vor der Haustür und schnitzt zwei lange dünne Holzstäbchen für einen Drachen, den er Mustang nennen will, um eine Gegenwehr zu haben. Drachenpapier für den Flugkörper und rotes Krepppapier für die Schwanzschleifen bekam er von der Mutter, die dann mit dem Fahrrad wegfuhr. Vielleicht gibt es im Krämerladen noch Mehl und Zucker. Eine lange, dünne Schnur hat ein Zehnjähriger für vielerlei Bedarf immer zur Hand. Felix kniet in der Stube, hantiert mit Schere und Kleber, ist voller Erwartungsglück auf das Drachensteigen und beißt von einem Achtel der Fliegerschokolade ein Stückchen ab. Da klopft jemand ans Fenster. Es ist Frau Feik. Felix schiebt schnell die Schokodose unter das Drachenpapier.

„Ist deine Mama nicht da?", fragt Frau Feik, als sie in die Stube tritt und fügt gleich neugierig hinzu: „Habt ihr in Mühldorf Mehl und Zucker bekommen?"

„Bomben über den Köpfen, aus den Mustangs", antwortet Felix schlagfertig und dünnlippig. Er will den Schokoladenmund nicht öffnen.

„Bis hierher hat man das Feuer gesehen, bis hierher haben die Rauchschwaden gestunken", jammert Frau Feik. „Der Krieg kommt immer näher, traurig, dass dein Papa tot ist."

Felix nickt, kaut nicht, presst die Lippen zusammen.

Da sieht Frau Feik große Filzpantoffel auf dem Fußboden, neben dem Küchenschrank.

„Das sind aber nicht deine?"

Felix springt auf, schlüpft in die Filzpantoffel und schlittert grinsend, die

Schokolade im Mund, durch die Stube. Frau Feik schaut ihm zu, lacht und geht und begegnet der Mutter, die gerade das Gartentürchen öffnet. Am Lenker hängt eine halbvolle Tasche, im Gepäckträger klemmt eine leere. Die Mutter erschrickt, als sie Frau Feik auf sich zueilen sieht.
„Wenigstens ein bisschen in der Tasche, aber nichts aus Mühldorf. Ich hätte dich besuchen wollen", ruft ihr Frau Feik entgegen.
„War Felix nicht da?", fragt die Mutter, ihre Nervosität verbergend.
„Doch, mit dem Drachen beschäftigt, er bastelt einen Drachen, hat kein Wort gesagt, er kam mir ganz traurig vor. Aber dann stampfte er lustig mit großen Filzpantoffeln durch die Stube."
„Sind meine, eigentlich von Bernd, jetzt meine. Aber der Angriff in Mühldorf war eine böse Sache, ohne Mehl und Zucker."
„Und ich hab dich hingeschickt. Es soll viele Tote und Verletzte gegeben haben."
„Ein Unglück ums andere", antwortet die Mutter und verabschiedet sich, bittet der Eile wegen um Entschuldigung, schiebt ihr Rad und fragt dann gleich Felix: „Hast du mit Frau Feik gesprochen?"
Felix presst die Lippen zusammen.
„Und die Filzpantoffel?"
Er schlüpft hinein und schlittert durch die Stube.
Die Mutter nickt, ist zufrieden und reicht ihm eine Semmel.
„Schön hast du den Drachen gebaut."
„Mustang."
„Nein, verdirb dir nicht die Freude am Spiel. Es soll dein roter Drachen sein, der in den Himmel steigt."
Er nickt, beißt von der Semmel ab und sieht durchs Fenster, dass Marta und Tofan kommen. Er greift zum Drachen, hat alle Mühe, den langen Schwanz mit den roten Kreppschleifen einzufangen.
„Tofan, Marta, ich, beim Drachensteigen in Königsort", informiert er und eilt hinaus.
„Bleib nicht so lange weg", bittet die Mutter.
Die drei laufen zur großen Wiese nach Königsort, die halbe Wegstrecke zur Bachschlucht. Königsort hieß der Dorfteil, weil dort ein Schatz

vergraben sein soll. Der Graf von Julbach, Herr und Besitzer des Schlosses auf dem Berg, wo es jetzt nur noch überwachsene Mauerreste gibt und das tiefe umzäunte Brunnenloch. Das prächtige Schloss mit Wehrtürmen, hohen Giebelfenstern und einem breiten Treppenaufgang, auf dem der Graf auch mit seinem Pferd hinaufreiten konnte, muss man sich vorstellen. Er zog hoch auf dem Ross als stolzer Kreuzritter ins Heilige Land. Damit sein Reichtum, seine Gold- und Silberschätze nicht gestohlen werden konnten, ließ er sie an unauffälliger Stelle vergraben. In der Bachschlucht, dort, wo der Weg ohne Brücke den kieselreichen Bach quert. Der Ritter kehrte nicht aus dem Morgenland zurück. Aber die Geschichte vom verborgenen Schatz erzählten die Leute weiter. Marta erzählt die Geschichte Felix und Tofan. Sie versprechen sich, sobald der Krieg vorbei sei, nach dem Schatz zu graben.

Für die drei Drachenfreunde gibt es eine Stunde voller Lust und Jauchzern. Die Sonne scheint, der Wind bläst, der Drachen steht hoch am Himmel. Jeder darf die Schnurspule halten, jeder ist beim Rennen gegen den Wind gefordert, für den Drachen größere Höhe zu gewinnen. Er steigt ins Blaue, der Sonne entgegen, verfolgt von den Kinderaugen. Felix' Drachen ist zu einer fliegenden Schlange mit tanzendem Schwanz geworden. Hin und her schwankt er, schießt hoch, saust im nächsten Augenblick ins Tiefe. Marta hält die Spule.
„Renn, sonst stürzt er ab", ruft Felix, ruft auch Tofan. „Renn!"
Der Drachen bleibt oben, steigt höher, quert wieder die Sonne. Marta hat es geschafft.
„Prima gemacht", lobt Tofan. Alle drei halten eine Hand vor die Augen. Der Drachen greift die Sonne an, stürzt sich von der rechten Seite auf die glühende Himmelsscheibe.
„Kampf des Drachen gegen die Sonne", prahlt Felix voller Stolz.
Sein Drachen ist ein Meisterstück.
„Er brennt", ruft Tofan aufgeregt und zeigt mit beiden Händen in den Himmel. „Er brennt."
„Das gibt es nicht", ruft Felix.

„Er brennt“, entsetzt sich Marta.
Der feurige Drachen stürzt aus der Sonne hervor. Die Augen schmerzen beim Hinschauen.
„Er brennt.“
Sie reiben an den Augen.
„Er brennt und qualmt.“
Aus der Sonne, aus dem Drachen schießt ein brennender amerikanischer Jagdflieger mit Brausen und Geheul hervor.
„Mustang“, zischelt Felix.
Marta lässt die Spule fallen.
Der Drachen stürzt ab. Die brennende Maschine sprengt den blauen Himmel als brodelndes Ungeheuer, einen Schwanz aus dickem Qualm hinter sich herziehend. Nur zweimal haushoch donnert der Feuerball über den Kinderköpfen hinweg. Sie ducken sich, schauen hinterher, schauen in Richtung Braunau, wo in einem entsetzlichen Krachen das schwarze Gespenst in den Auwald stürzt und endlich nur mehr Feuerzungen und Rauch emporsteigen.
„Der ist hin“, ist Felix’ Bemerkung.
Er holt seinen Drachen von der Wiese und wickelt die Schnur auf.
„Hast du Mitleid mit ihm?“, fragt Tofan.
Marta schweigt.
Felix verteidigt seine Äußerung. „In Mühldorf haben die Amis mit fünfhundert Bombern angegriffen, ich war mit meiner Mama im Luftschutzkeller. Uns ist nichts passiert. Es gab viele Tote. Zwei Jagdflieger beschossen unseren Zug. Die Lok war hin. Wir krochen unter einen Waggon, legten uns auf den kantigen Schotter, auf dem die Geschosse einschlugen und auseinanderspritzten. Wir mussten in der Nacht heimgehen. Die Amis wollten uns, mich, die Mama vernichten.“
Die drei Kinder schweigen, schauen auf den schwarzen Qualm, der von der Absturzstelle hochsteigt.
„Wahrscheinlich waren es zwei“, folgert Tofan. „Pilot und Bordschütze. Zwei Tote.“
„Gegen hundert in Mühldorf“, setzt Felix dagegen.

19. Ein Abschuss

Sie laufen ins Dorf, wo Karri auf der Straße jubelnd herumhüpft.
„Ein Abschuss, ein Abschuss. Habt ihr die brennende Maschine gesehen?“
Der Pole hackt im Feik-Hof Holz, Hühner laufen im Garten herum. Franz kommt auf die Straße.
„Was is, was is los?“
Von der Schulseite her quält sich ein Radfahrer heran, er bremst und springt holpernd ab. Eine Granate hatte ihm ein Holzbein beschert, er kippt fast um.
„Mit dem Fallschirm ist er abgesprungen, der Ami“, haspelt er.
„Dann hat er sich gerettet“, folgert Felix, als fände er es tröstlich.
Feik kommt auf die Straße, gestikulierend, grölend.
„Endlich haben sie einen heruntergeholt, ist auch nötig. In Mühldorf hundertdreißig Tote. Mit den fliegenden Festungen, den Flying Fortress und Mustangs, haben sie angegriffen.“
„Dass du es aussprechen kannst, Feik“, lobt der Radfahrer.
„Über sechstausend Bomben auf Bahnhof und Stadt. Unmenschlich. In Italien waren sie gestartet“, weiß Feik zu berichten.
„Fliegende Festungen, in Italien gestartet, so nahe“, ängstigt sich Felix, und der Radfahrer verkündet: „Ein Abschuss, einer ist abgesprungen, Feik – und du weißt das nicht?“
„Wo?“
„Ein ziemliches Stück von hier weg, ich kann's dir zeigen. Komm mit.“
Der Pole spaltet, als wäre er unbeteiligt, eifrig dicke Holzklötze. Er hat alles mitgehört und blickt nun einmal auf, ein Grinsen in seinem Gesicht. Feik sieht es, humpelt zu ihm und will ihm das Beil entreißen. Aber der Pole ist stärker, wehrt ihn ab.

„Feik, du brauchst kein Beil, lass den Polen Pole sein, komm", ruft der Radfahrer mit Holzbein.

Die Kinder sind aufgeregt. Felix wirft den Drachen über den Zaun in den eigenen Garten. Der Radfahrer fährt los, auf der Straße zuerst, dann querfeldein. Er schiebt das Rad. Feik holpert hinterher. Karri rennt mit, hat den großen Helm auf, der ihm ins Gesicht fällt, den er mit einer Hand hochhalten muss. Felix, Marta und Tofan stehen noch auf der Dorfstraße, schauen sich gegenseitig fragend an.

„Sollen wir?"

Franz schubst sie und mahnt. „Nicht anschauen, heimgehen, nicht anschauen."

Aber sie laufen dem Radfahrer und Feik und Karri hinterher.

Schickl kommt aus dem Haus. Franz erzählt stotternd seinem Vater, was da offenbar geschehen ist. „Ami abgesprungen, Ami abge..." Die Stimme versagt ihm.

Schickl zögert nicht, folgt der Gruppe mit dem Radfahrer und Feik und den Kindern. Als letzter läuft Franz los.

Schon von der Ferne sehen sie, wie zwei Männer mit Schaufel und Prügelholz auf etwas, auf jemanden einschlagen. Auf den amerikanischen Soldaten? Franz ruft: „Nicht anschauen, nicht anschauen." Aber die Kinder laufen weiter, gehen endlich langsam und bleiben betroffen stehen. Neben der zerknitterten Fallschirmkappe liegt im Gewirr der Seile der amerikanische Soldat, offenbar schon vom Absprung her schwer verletzt. Er blutet am Kopf.

„Man muss ihm helfen", jammert Tofan und Marta klagt: „Es geht ihm schlecht, er stirbt."

Einer der Männer ruft großsprecherisch: „Amerikanischen Quatsch hat er uns noch zugerufen."

Der hinkende Feik war zurückgeblieben, kommt erst jetzt an und brüllt gleich los: „In Mühldorf sechstausend Bomben abgeworfen, hundertdreißig Tote. Jetzt haben wir einen."

Marta wimmert: „Er stirbt." Tränen laufen über ihr Gesicht.

Franz schubst die Kinder zurück und stottert: „Umge… umgebracht."
„Halt du dein blödes Maul", faucht ihn Feik an.
Schickl kommt. Er fordert die Kinder auf heimzugehen, fordert Feik auf, jemanden von der Gemeinde oder vom Militär zu verständigen. „Er ist ein Mensch. Er hat Würde verdient."
„Ein Feind", faucht Feik und weist die zwei Männer an: „Holt den Leichenkarren, bringt ihn ins Leichenhaus."
Die Kinder schweigen, starren auf den Toten.
Franz schimpft auf Felix ein: „Und du, du mit deinen blöden Pulverkapseln", woraufhin Felix in die Jackentasche greift und ihm ein halb gefülltes Kapseldöschen gibt, ohne dafür 20 Pfennige zu fordern.
Mit hängenden Köpfen gehen sie heim, wortlos. Alle haben das Gefühl, hier sei Unrecht geschehen. Auch wenn der Tote ein Amerikaner war, er war ein Mensch.
„Er war ein Feind", ruft Karri, als er Marta, Felix und Tofan überholt. Der Helm, den er irgendwie auf den Rücken gebunden hat, ist ihm bis zum Hintern gerutscht.

20. Hitler hat den Krieg begonnen

Zu Hause will Felix sofort zu seinem Papa. Er wirft sich buchstäblich in seine Arme. Sie liegen im Heu nebeneinander und Felix erzählt von seinem Drachen am Himmel und von dem brennenden amerikanischen Jagdbomber, der führerlos, dicke Rauchschwaden hinter sich herziehend, abgestürzt sei.
„Oder es saß noch einer drinnen", sagt der Vater.
Felix erzählt, dass ein Ami abgesprungen sei, dass er mit Marta, Tofan, mit Karri und Feik zu der Stelle hingelaufen sei, dass zwei alte Männer auf den Sterbenden eingeschlagen hätten.
„Du hast gesehen, was Krieg und Hass anrichten, hast den Anblick ausgehalten."
„Ja."
„Was ging in dir vor? Welche Gefühle hattest du dabei?"
„In Mühldorf der Großangriff mit den fliegenden Festungen. Und wir haben keine Abfangjäger mehr, keine Kanonen mehr. Über 130 Tote."
„Hitler hat den Krieg angefangen."
„Ich weiß es, zuerst gegen die Russen und Franzosen, dann gegen die Amerikaner. Erzähl mir etwas von den Kämpfen der deutschen Soldaten, erzähl mir davon, wie du gekämpft hast. Gegen die Russen, gegen die Amerikaner."
„Ich gestehe, ich habe oft Angst gehabt, habe mich gefürchtet vorne im Schützengraben, wenn die Stalinorgeln über uns hinwegjaulten. Stalinorgeln nannten wir die russischen Raketen. Nach Stalin, dem Diktator getauft – und nach einer Orgel, weil die Geschosse am Raketenwerfer wie Orgelpfeifen aneinandergereiht waren. Heulend, mit einem furchterregenden Pfeifton rasten sie auf uns zu, in Sekundenfolge. Wir lagen im Graben. Ohne Abwehrchance. *Katjuscha* nannten sie die Russen,

klingt wie ein Lied zum Tanz und ist tatsächlich ein Mädchenname, die Koseform von Katharina. Katjuscha. Also Mädchen schickten sie uns herüber. Dabei waren es tödliche Waffen. Jetzt könntest du mich wieder einen Feigling schimpfen. Wenn wir an der Front das typische Pfeifen hörten, zuckten wir zusammen, wussten wir, die Geschosse sind unterwegs und gleich werden sie einschlagen, unsere Stellungen durchbohren und Menschen töten, den Kameraden töten oder mich. Ich hätte im Unterstand, wenn der Raketenhagel vorüber war, zur Ermunterung oder als Trost für die Kameraden gerne auf dem Akkordeon gespielt. Das war an der Westfront, es ging gegen die Amerikaner. Ich musste auch tote Kameraden zurücklassen."

„Du hast überlebt."

„Ich habe überlebt. Soll ich sagen, wie das geschah?"

„Sag es."

„Es war einfach das Schicksal, könnte ich sagen. Einer im Graben ist tot, einer überlebt. Mein Kamerad, einen halben Meter neben mir, war tot. Ich überlebte."

„Und du warst traurig", sagt Felix betroffen. „Und dann?"

„Ich dachte an dich und deine Mutter und dass sie uns morgen wieder mit den Granaten beschießen, dass wieder Splitterbomben auf uns fallen. Ich berührte den toten Kameraden und überlegte und dachte, dachte."

„Was?"

Der Vater zögert weiterzusprechen. Felix liegt neben ihm. Sie schweigen. Der Vater zieht seinen Tornister an sich, greift darin herum und holt jene metallene Erkennungsmarke hervor, die Felix schon einmal berührt und gleich wieder in den Tornister geschmissen hat.

„So eine zweigeteilte silbrige Marke hat jeder Soldat um den Hals. Es sind seine persönlichen Daten eingraviert. Sie hing an einem Kettchen."

Felix nimmt die Erkennungsmarke, betastet sie achtsam, dreht sie, schaut im Halbdunkel auf die Gravur, schaut seinem Papa ins Gesicht und sagt leise: „Von deinem toten Kameraden. Und du hast ihm deine umgehängt. Deshalb glaubten sie, du seiest tot."

Beide schweigen. Der Vater zerdrückt in seinen Augen ein paar Tränen.

Sie gelten dem toten Kameraden.
Felix begreift so vieles.
„Sie hing an einem Kettchen, die Erkennungsmarke?“, fragt Felix. „Ging das so leicht von Hals zu Hals?“
„Ich ertrage es nicht“, murmelt der Vater abweisend.
Da öffnet sich knarrend die Stalltür. Die Mutter kommt herein, mit zwei Butterbroten auf einem Holzteller und mit Achselzucken.
„Es wird jetzt immer weniger. Trotzdem, guten Appetit.“

21. Eierdieb

Felix liegt in der Watteschachtel im alten Schweineverschlag, der durchaus einem Unterstand vorne an der Front ähnlich ist. Er lernt, seinen Vater zu verstehen, der sich eigentlich in einem elenden Zustand befindet, sich im Heu verstecken muss. Da will er doch für sein Wohlergehen ein wenig mitsorgen.

Gegen Abend schleicht er am seitlichen Feik-Zaun entlang. Eine kleine Stofftasche hat er bei sich, die er notfalls als Tarnung über den Kopf ziehen kann. Bis zum Holzschuppen schleicht er, in dem Karri Jesus am Kreuz zerschossen hatte. Er hört das Gegackere der Hühner, die im Schuppen auf den Stangen hocken oder in den Nestern. Sie flattern aufgeschreckt herum und plustern sich auf, als er die Tür aufschiebt. Felix hat es eilig, er greift dennoch behutsam in ein Gelege und bekommt ein Ei zu fassen, greift in ein zweites Nest und kriegt zwei Eier in die Finger.

„Du stiehlst also."

Im Erschrecken fällt ihm ein Ei aus der Hand.

Frau Feik ist in den Schuppen gekommen. Er hat sie in seiner ohrtauben Aufmerksamkeit nicht gehört.

„Ein Dieb."

Die beiden anderen Eier streckt Felix Frau Feik entgegen.

„Stehlen in der Nachbarschaft."

„Weil in Mühldorf kein Mehl, sondern nur Bomben … und Karri hier unser Kreuz zerschossen hat."

Felix könnte sich entschuldigen, er tut es nicht.

Frau Feik stöhnt, jammert, ach, wie schrecklich doch die Welt sei … und ihr Sohn Karri mitunter ein Schandkerl.

„Behalte die Eier und verschwinde."

Die Hühner flattern, als klatschten sie Beifall für Felix. Er duckt sich davon und steckt die zwei Eier in die kleine Stofftasche. Zu Hause legt Felix die Eier auf die Küchenanrichte. Im vorabendlichen Geglitzer des Glaszimmers holt er sich ein Stück Glück und Zufriedenheit ab und wartet auf den Schrei der Mutter.

„Felix, komm sofort!"

Er springt die Stufen hinunter, springt in die Stube und ruft mit großer Energie: „Im Feik-Hühnerstall geklaut, von Frau Feik erwischt."

„Geklaut und von Frau Feik erwischt? Wie kommst du dazu?"

„Jetzt wird es immer weniger, hast du gesagt, als du Papa das Butterbrot gebracht hast."

„Aber deshalb darfst du nicht stehlen! Wie hat Frau Feik reagiert?"

„Wie du: Dieb! Und dann: Behalte sie. Weil ich gesagt habe, in Mühldorf kein Mehl, kein Zucker, nur Bomben über dem Kopf. Und dass Karri unser Kreuz zerschossen hat. Ein Ei ist auf den Boden gefallen."

Die Mutter schmunzelt, streichelt Felix durchs Haar. Er lacht, ganz kurz.

„Du machst uns verdächtig, du sollst das Feik-Haus meiden, du musst deinen Vater schützen, du musst im Dorf tun, als wärest du für Hitler."

Da steht Frau Feik vor der Tür, sie kommt gleich in die Stube.

Die Mutter ist verlegen, haspelt: „Er hat es mir soeben gebeichtet, das regt mich richtig auf."

„Ihr habt aber von etwas anderem gesprochen. Hitler hab ich gehört", erwidert Frau Feik.

„Ja, weil Krieg und Not. Auch Felix steckt noch der Schrecken von Mühldorf in den Knochen, in der Seele. Bei der Heimfahrt wurde der Zug beschossen. Wir hätten tot sein können."

Die Mutter holt die Geldbörse hervor. „So schlecht geht es uns auch wieder nicht."

„Lass es", sagt Frau Feik, „ich werde es meinem Mann nicht sagen". Und an Felix gewandt: „Erschreck nicht wieder unsere Hühner. Was Hitler angeht: Wenn ich Karri im Eifer so blind herumrennen sehe und meinen Mann reden höre, der immer noch an ihn glaubt." Dann winkt sie ab. „Lasst euch die Eier schmecken."

Die Mutter stellt die Pfanne auf den Ofen.

22. Leckere Schokolade

Schon in der Frühe des nächsten Tages ist Marta auf der Straße.
Felix sieht sie vom Glaszimmer aus, sieht sie Tränen aus dem Gesicht wischen. Er öffnet das Fenster und ruft: „Marta, was ist, komm zu mir!“
Sie kommt.
„Was ist passiert?“
„Du musst mir heißes Wachs auf die Hand tropfen.“
Sie lässt sich auf die Matratze fallen und weint. Felix zündet die dicke rote Kerze an, wie damals in der Watteschachtel, und tropft das heiße Wachs auf ihre Hand.
„Musst es aushalten.“
„Jetzt geht es uns gleich schlecht“, schluchzt Marta und stöhnt ein wenig, als die heißen Wachstränen in ihre Hand tropfen.
„Jetzt kriegt auch dein Papa ein Birkenkreuz am Heldendenkmal neben meinem“, tröstet Felix sie. Es ist aber für Marta kein Trost.
„Jetzt sind wir beide Kriegswaisen“, antwortet sie, weint wieder und schluchzt: „So sagt man doch, Waise. Ein komisches Wort.“
„Ja, komisch und schrecklich. Aber mich betrifft es eigentlich gar nicht“, rutscht es Felix heraus und schlägt gleich eine Hand gegen seinen Mund. „Ich meine, weil es bedeutet, der Papa ist tot“, setzt er hinzu, um seinen Fehler zu vertuschen. „Vaterlos ist ehrlicher und trauriger. Für immer ohne Vater.“
Er holt die Scho-Ka-Kola-Dose aus dem Versteck und zeigt sie Marta, während sie die kalten Wachsstreifen von ihrer Hand zieht.
„Es ist starke Schokolade, so gewellt, schau, sie macht Mut. Man darf nur ein kleines Stückchen lutschen und kauen. Schmeckt sehr gut.“
Ein Achtel bricht er ab, teilt es in zwei Stückchen und steckt das kleinere Marta in den Mund.

„Gibt Kraft und Mut."
Sie lutscht, verdreht die Augen und sagt: „Wie damals in Braunau, wo du mir Schokoladeneis gekauft hast. Von wem hast du sie?"
„Das darf ich nicht sagen. Auch nicht dir. Das hängt nämlich mit vaterlos oder nicht vaterlos zusammen."
„Dabei meine ich, wir sind die besten Freunde."
„Ja, aber du musst versprechen, dass du niemandem etwas verrätst. Auch nicht deiner Mutter."
„Verspreche es."
„Weil nämlich ..., ich muss eigentlich darüber schweigen ..., ich habe versprochen, dass ich es nicht sage, auch nicht dir ..., weil nämlich mein Papa nicht tot ist."
Marta springt auf.
„Nicht tot? Es war die Heldenehrung. Ich war dabei."
„Ja, schon. Er ist tot und sozusagen nicht tot. Weil ..."
„Das verstehe ich nicht."
Felix steckt sein Gesicht in ein Kissen. Er ist augenblicklich über den Verrat verzweifelt, schaut aus dem Kissen hervor und will Marta nicht belügen, beteuert: „Weil er nämlich lebt. Die Schokolade hat er mir mitgebracht. Das darf um Himmels willen niemand erfahren, sonst wird er erschossen."
„Ich sag es nicht weiter. Wo ist er?"
„Schwöre es."
„Ich schwöre es."
„Er ist hier, hier versteckt, nebenan im Heu."
„Im Heu versteckt? Mein Papa ist wirklich tot", stöhnt Marta und weint und sinkt von der Matratze auf den Boden, auf den kleinen Teppich. Felix legt sich neben sie und tröstet sie: „Du wirst gleich spüren, dass die Schokolade hilft."
Sie schweigen, reichen sich die Hände. Bis Marta ihre Hand zurückzieht und geht – und Felix allein liegt und mit den Fäusten auf den Boden trommelt und ruft: „Ich habe meinen Papa verraten, habe meinen Papa verraten." Er springt auf, bricht willenlos ein Achtelstück

von der Schokolade, springt die Stiege hinunter, rennt zum Gartentürchen, das Marta gerade schließt, und gibt ihr das ganze Achtel.

„Weil dein Papa wirklich tot ist. Ist nur für dich, ist wie Medizin, hilft ertragen, hilft schweigen."

Sie beißt ein kleines Stückchen ab, Tränen rollen aus ihren Augen, die sie schließt, öffnet und dann doch genüsslich verdreht.

Sie hüpft davon, tänzelt ein wenig. Felix schaut ihr hinterher.

23. Franz – und das Verhängnis

Wie so oft steht Franz auf der Straße, an dem Marta vorbei muss. Weshalb ihr Felix nun doch nachläuft, als müsste er sie beschützen und zum Schweigen anhalten. Aber er läuft damit Franz in die Hände, der ihn gleich an der Schulter packt und anschreit: „Wieder Pulverkapseln?"
Felix verneint, will sich losreißen, aber Franz fordert ihn auf, mit ihm zu kommen.
„Gefällt dir", lockt er.
Es gibt im Schicklgehöft, an den Stall angebaut, eine kleine Schmiedewerkstatt, reichlich bestückt mit verschiedenen Zangen und Hämmern und allen Werkzeugen, die ein Schmied für sein Handwerk braucht. Eine Werkbank steht an der Wand, ein Ambos daneben, eine Esse, die Feuerstelle gibt es gegenüber.
Franz packt Felix am Arm und zieht ihn mit sich. „Komm, zeig dir was, gefällt dir."
Marta geht heim. Franz kichert, zeigt sein Grinsen. Und da Felix die Werkstatt schon kennt und er neugierig ist, lässt er sich hineinschieben.
„Da an die Wand", befiehlt Franz, „gefällt dir."
Franz zieht die Schublade der Werkbank auf. Felix beugt sich vor und sieht zu seinem Erstaunen, dass die von ihm verschacherten Kapseldöschen drinnen liegen. Er will gleich danach greifen. Franz schlägt seine Hand weg und drückt ihn an die Wand.
„Stehen bleiben."
Er baut auf dem Amboss aus den runden Pappdöschen achtsam einen Turm, der umfällt, den er geduldig wieder aufbaut, Schächtelchen über Schächtelchen. Er drückt Felix, der sich nochmal neugierig vorbeugt, an die Wand, murrt: „Stehen bleiben" und greift zum schweren Schlaghammer, tritt einen Schritt zurück, holt mit dem Schlaghammer

weit über seinem Kopf aus und zerdonnert den Kapselturm.
Der Feuerblitz und das Erschrecken werfen Felix um.
„Aus, Krieg aus, keine Munition mehr, Krieg Ende“, ruft Franz und zerrt den verdatterten Felix hoch und brüllt: „Warum bist umgefallen?“ Sich abstützend tappt er an die rußige Mauer, fährt mit seiner schwarzen Hand über Felix’ Gesicht und rüttelt ihn.
„Schwarzes Gesicht lustig, Krieg nicht lustig.“
Felix rennt auf die Straße. Franz läuft ihm nach und ruft: „Krieg aus, keine Munition mehr, Krieg Ende.“
Von dem Geschrei angelockt, kommt Feik hinzu und pöbelt Franz an: „Das meinst du bloß in deinem Schwachsinn. Geh heim, Trottel.“
Er packt den tanzenden Franz, stößt ihn fort und ruft spöttisch: „Krieg aus, Idiot, Endsieg, wir erringen den Endsieg.“

Später wäscht sich Felix über einen Zuber gebeugt den Ruß aus Haar und Gesicht. Er steht mit nacktem Oberkörper vor dem Spiegel und scheitelt das Haar links, schaut sich an, murmelt: „Krieg noch nicht aus“, zerrauft das Haar und scheitelt rechts und zieht ein frisches Hemd an.
In der Stube stellt er sich ans Fenster und beißt in ein Marmeladenbrot. Vor dem Feik-Haus hält ein Militärfahrzeug. Mit Schrecken sieht er, dass Feik gewaltsam Franz über die Straße zerrt, auf ihn einschlägt und zwei dunkle Gestalten, zwei Gestapo-Männer, Franz ins Auto stoßen. Marta läuft hinzu. Felix öffnet das Fenster und hört Marta rufen: „Was macht ihr mit ihm?“
Die Gestapo-Männer verscheuchen sie: „Verschwinde, geh heim.“
Karri ist inzwischen auf der Straße. Und nun läuft Felix hinaus und sieht und hört, wie der alte Schickl seine Hände nach Franz ausstreckt und ruft: „Franz, das lasse ich nicht zu!“
Feik stößt ihn weg. Ein Gestapo-Mann hält Franz im Auto fest, den Mund haben sie ihm zugebunden, die Hände gefesselt, der zweite setzt sich ans Steuer.
„Lasst meinen Sohn da, habt ihr noch einen Rest von Menschlichkeit in

euren Herzen?“, ruft Schickl.
„Pass auf, was du sagst, pass auf jedes Wort auf“, schreit ihn Feik an.
„Es ist mein lieber Franz. Das lasse ich nicht zu.“
Das Militärauto fährt mit Franz weg.
„Mein Sohn“, klagt Schickl, und es ist ein herzzerreißendes Klagen, „den Mund zugebunden, die Hände gefesselt.“
Er läuft einige Schritte dem Auto hinterher, ruft: „Nachbarn sind wir, ein Leben lang Nachbarn. Und jetzt?“
Mit hängenden Armen, keuchend, den Kopf schüttelnd, bleibt er stehen. „Was macht ihr mit meinem Sohn, ihr Gottlosen?“
„Halt dein Maul“, faucht ihn Feik an und geht – und stellt sich hoffentlich im Innersten doch eine Frage.
Die sich Marta stellt: „Was tun die mit Franz?“
Plötzlich ist Tofan da. Er fragt gleich: „Was hat er denn angestellt?“
„Was der gemacht hat, ist Wehrkraftzersetzung. Ein Schwachsinniger. Solche Leute muss man ohnehin ausmerzen“, geifert Feik und greift in die Innentasche seiner Jacke und holt ein seltsames Ding hervor.
„Kommt her, kommt alle her. Ihr sollt staunen, ihr sollt euren Führer kennenlernen.“
Feik hebt das seltsame Ding hoch, das aussieht wie ein Malerpinsel. Aber es sind keine Borsten am hölzernen Griff, abblätterbare Bilder sind es. Das Ding sieht wie ein Spielzeug aus. Die Kinder recken ihre Köpfe, ein solches Spiel haben sie noch nie gesehen. Auch Karri ist dabei, er hüpft vor Aufregung. Über den Kinderköpfen entsteht ein Bilderkino, von Feik mit dem Daumen durchgeblättert, ein Daumenkino. Die Kinder können der Zauberei gar nicht folgen, so schnell ist das Bilderkino abgelaufen. Sie spitzeln sich auf die Zehen. Feik blättert die Bildergeschichte erneut unter seinem Daumen ab. Augenblicklich erscheint Hitler, der bewegte Hitler in herrischen Posen. Den Mund reißt er auf, die rechte Hand streckt er hoch, den Kindern entgegen, die Hakenkreuzbinde flattert am Arm und Feik spricht, macht das Hitlergekreische nach, dieses kaum verständliche krächzende Geschrei: „Ich bin euer Führer Adolf Hitler, ich weiß, worum es geht. Ihr seid die deutsche Jugend, treu

eurem Führer, alle müssen bis zum Endsieg kämpfen. Um die deutsche Rasse geht es, um den deutschen Geist, das Germanentum, den Endsieg. Heil Hitler! Amen."
Sogar Tofan hebt die Hand zum Führergruß.
Felix ist ganz benommen. Marta löst sich aus dem Gedränge, wispert: „Ich denke an Franz."
Karri ballt die Fäuste und übernimmt die Befehle des Führers: „Hierher, mir nach, auch du, Tofan, an meine Seite."

24. Mutprobe

Er rennt voraus zum nahen Sägewerk, wo Baumstämme gelagert sind und ein Gleis in den Werkraum mit dem Sägegatter führt. Ein Rollwagen, eine Lore, steht auf dem schmalen Gleis, auf dem üblicherweise die Stämme zum Gatter gebracht werden. Tofan und Marta setzen sich auf den obersten Stamm.
„Mutprobe", fordert Karri. „Keiner ist ein Feigling. Tofan, jetzt kannst du es beweisen. Komm, ins Gleisbett."
Er deutet darauf. Tofan bleibt neben Marta sitzen, die: „Nein, Karri, das ist böse", ruft, aufsteht und mit den Händen abwehrend gestikuliert.
Karri aber steigt protzend ins Gleisbett, legt sich auf den Rücken, ruft in dieser Lage: „So geht's", steht gleich wieder auf und schiebt den Rollwagen in Stellung, das heißt, für den Anlauf, das Anschieben, ein gehöriges Stück zurück.
„Felix, du machst den ersten", befiehlt er.
Der legt sich wortlos ins Gleisbett, rüttelt sich darin, als müsse er eine bequeme Lage finden und liegt reglos auf dem Rücken, den Kopf auf einem Ohr. Er atmet ein, atmet aus und macht sich ganz flach. Er weiß, dass ihm sonst die Achsen den Kopf zertrümmern, wenn der Rollwagen über ihn hinwegrattert.
Karri veranstaltet ein wildes Geschrei, tritt an, schiebt, schnell, schneller und bleibt dann stehen. Die Lore rollt allein.
Marta warnt laut: „Nein, du bist frech und blöde."
Felix atmet ein, atmet aus. Tofan springt aufgeregt hoch und hält sich vor Schreck die Augen zu. Der Rollwagen rollt über Felix hinweg, der noch für Augenblicke liegenbleibt, den Kopf dreht, sich bewegt und aufsteht. Karri will ihm die Hand reichen, Felix schlägt sie weg. Karri meckert: „Dann eben nicht, der Nächste, bitte" und schiebt den Rollwagen wieder

in Stellung. „Tofan, jetzt kannst du deinen Mut beweisen, so wie der deutsche Soldat, der sich von einem feindlichen Panzer überrollen ließ und unten die Mine festdrückte."
„Nein, das ist gefährlich", ruft Marta. Sie will Tofan zurückhalten.
Der aber steht auf, schaut Karri ins Gesicht und legt sich wortlos ins Gleisbett. Ein paar Schritte daneben steht Felix.
„Tofan, ganz flach, Kopf zur Seite, ausatmen."
„Und du auf den Rollwagen", befiehlt Karri und deutet auf Felix. „Du kniest dich auf den Wagen, schaust auf ihn nieder und überrollst ihn."
Felix erwidert: „Oder du ins Gleis und Tofan oben drauf … und ich schiebe."
„Quatsch nicht", höhnt Karri, „haben wir nicht gerade den Führer gesehen und gehört? Tofan will es uns beweisen, er will es dem Führer beweisen."
Wieder empört sich Marta: „Karri, bist du wirklich zu den anderen so böse, nur weil dein Vater Dorfansager ist?" Karri antwortet nicht. Marta setzt eins drauf: „Weil dein Vater Ortsgruppenleiter der Dingsda … NSDAP ist, mit Uniform und so?"
„Mit Hakenkreuzrune", protzt Karri.
Felix denkt an seinen Papa und kniet sich auf den Rollwagen. Tofan legt sich ins Gleisbett.
„Gleich geht's los. Alle haben kapiert", ruft Karri. „Es geht um den Preis der Tapferkeit."
Er schiebt jaulend, schnell, schneller. Marta dreht sich weg. Niemand sagt etwas. Nur das Rattern und Quietschen des Rollwagens ist zu hören. Tofan liegt flach, Karri schiebt, hüpft dann zur Seite, der Wagen mit dem darauf knienden Felix rollt allein auf Tofan zu und überrollt ihn.
Felix springt vom noch rollenden Wagen, läuft zu Tofan zurück, reicht ihm die Hand, lässt ihm Zeit zum Durchatmen und zieht ihn hoch.
„Tofan, das hast du nur für dich getan."
Tofan sucht Entspannung, sagt: „Wir sind Brüder."
„Wenn er da versagt hätte, der Ausländer", motzt Karri.
Tofan läuft unvermittelt davon. Marta läuft mit ihm.

25. Brandstiftung

Felix sitzt im Glaszimmer auf der Matratze und spielt Akkordeon. Ganz eigene Töne sucht er, laute, schrille, lärmende, quietschende Töne.
Kein Geglitzer der Glasscherben und Spiegelspitzen ist im Raum. Der Wind treibt graue Wolken heran, so dicht vor das Fenster, dass es dunkel wird. Karri stürmt zur Tür herein. Felix springt auf.
„Jetzt kannst du den nächsten Beweis liefern, dass du kapiert hast, worum es geht. Um bedingungsloses Zusammenhalten. Gegen die Feinde, gegen die anderen."
„Du mit deinen Sprüchen", fährt Felix dazwischen, „die Welt kann so friedlich sein, hör mal zu."
Er spielt seinen Lieblingsländler.
„Einen Marsch will ich hören, Militärmusik", ruft Karri. „Du weißt, wo das Zelt ist, wo die Zigeuner hausen. An der Heimatfront muss man genauso kämpfen wie an der echten."
Er zerrt Felix das Akkordeon aus den Händen und vom Leib.
„Spinnst du! Und vor allem, Tofan ist kein Feind, sein Opa auch nicht. Tofan hat seinen Mut bewiesen."
„Und ist dann abgehauen. Er ist einfach anders, das siehst du schon an seinen schwarzen Augen, seinen schwarzen Haaren. Wenn du nicht dafür bist, bist du dagegen, bist du ein Feind des Deutschen Reiches. Wer nicht für mich ist, ist gegen mich. Das hat sogar dein Jesus gesagt, hab ich mal gehört."
Karri schlägt mit der Faust einige Glasspitzen weg, holt sich dabei eine kleine Schnittwunde und kreischt: „Dein blödes Scherbenzimmer. Ich komme am Abend wieder."
Das Blut vom Finger leckend geht er, knallt die blaue Türe zu und stößt von draußen mit dem Fuß dagegen.

Felix muss seinen Vater schützen, er muss im Dorf einen Hitleranhänger spielen, das weiß er. Und er will gleichzeitig Tofans Freund sein. Er hofft, dass Karri am Abend nicht wiederkommt. Er ist dennoch unruhig, setzt sich trotz Wind und Kälte vor die Haustür. Die Mutter ist mit dem Rad weggefahren. Es ist schon dämmrig. Da schleicht zwischen den Obstbäumen Karri heran. Eine Wollhaube hat er als Tarnung ins Gesicht gezogen, ein Rucksäckchen über eine zu große Jacke gehängt, dessen Inhalt er sofort auspackt.

Ein mehliges, doppelt faustgroßes Wollknäuel holt er hervor, gebündelte Streichhölzer und ein Fläschchen, das er öffnet und Felix unter die Nase hält.

„Brandsatz, Brandbeschleuniger, Feuer, du verstehst. Das Benzin schüttest du an Ort und Stelle dazu."

„Bestimmt nicht. Was, wo an Ort und Stelle? Was hast du Böses im Sinn?", entsetzt sich Felix. Er bleibt sitzen. Karri zerrt ihn hoch.

„Das ist ein Verbrechen, du planst ein Verbrechen", verteidigt sich Felix. Karri nennt ihn Feigling, Schwächling, Versager, und warum er immer am linken Schuh die Schnürsenkel schlapp herunterhängen lasse. Er habe ihn beobachtet.

Dabei schlägt er die Hacken zusammen, stellt sich stramm hin, hebt die rechte Hand zum Hitlergruß und ruft: „Deutschland muss gewinnen, der Feind muss verlieren."

Felix ist verlegen. Links hängen wirklich die Schuhbänder schlapp herunter.

Karri rennt los, seine Wollhaube tief ins Gesicht gezogen. Felix ist ohne jegliche Tarnung. Quer durch den Obstgarten laufen sie, die Straße meidend. Um kleine Anwesen schleichen sie herum und nähern sich dem Hof, hinter dem jenes Zelt aufgebaut ist.

Weil Felix stehen geblieben ist, zischelt Karri: „Wo bleibst du, hast du wieder den Mut verloren?"

Niemand scheint im Zelt zu sein. Karri schnürt den Rucksack auf, holt das mehlige Wollknäuel hervor und drückt Felix das Fläschchen mit Benzin in die Hand.

„Los. Oder bist du doch der Feigling, der Schwächling?“
Die Verzweiflung steht Felix ins Gesicht geschrieben. Er schraubt das Fläschchen auf und denkt an seinen Papa, den er beschützen muss. In der Unsicherheit und in der Verzweiflung überfällt ihn ein Hustenanfall. Er verschüttet die Hälfte aus dem Benzinfläschchen.
„Was stellst du dich so an?“, zischelt Karri. „Soldat Zitterfinger.“
Er führt Felix’ Hand und prahlt: „Ja, das riecht nach Brand, so riecht Krieg.“
Felix gießt den Rest des Fläschcheninhaltes auf das Wollknäuel. Karri wirft es zum Zelteingang, schubst es mit einem Fußtritt ganz hinein und schmeißt die brennenden Streichhölzer dazu. Zur Zündsicherheit hat er drei zusammengebündelt.
Felix schaut gebannt zu, tritt entsetzt über das Geschehene ein paar Schritte zurück. Das Wollknäuel glimmt, brodelt, wird augenblicklich zu einer kleinen Bombe.
Beide rennen davon. Felix blickt sich um, die Flammen züngeln hoch, der Wind entfacht sie zu einer Feuerwolke.
„Verzeih, Tofan“, murmelt er, dabei will er die Tat ungeschehen machen. Karri ist voraus, schreit: „Das ist eine Tat, sich anschleichen und Feuer legen. Wenn du was verrätst, bist du dran.“
Sie laufen wieder an den kleinen Gehöften vorbei, steigen über Zäune, meiden die Straße. Der Wind weht in Böen. Vielleicht würde er das Feuer auslöschen, hofft Felix. Er sieht Karri nicht mehr, quert endlich den eigenen Garten und läuft sogleich zum Scheunentor, klopft aufgeregt daran und zuckt zurück, denn er hört die Mutter, die vor der Haustür steht.
„Nein, nicht.“
Felix geht heftig atmend und mit gesenktem Kopf auf sie zu.
„Du musst immer achtsam sein, sollst nicht an das Scheunentor klopfen. Wo warst du denn? Du bist im Dunkeln unterwegs und ich habe Angst.“
„Im Dorf so tun, als sei ich für Hitler.“

26. Schlechtes Gewissen

In der Nacht wälzt sich Felix auf seiner Matratze. Er kann vor Schuldbewusstsein nicht schlafen, murmelt fortwährend: „Tofan, Tofan, verzeih."
Noch dazu heulen die Sirenen, Alarmstufe II. Felix schaut aus dem Fenster in die Nacht, die Wolken sind weg, auseinandergerissen für einen freien Blick auf den glimmenden Sternenhimmel, der aber durchkreuzt wird von Lichtsäulen, die die Nacht nach feindlichen Flugzeugen abtasten. Es sind die Suchscheinwerfer der Flakartillerie. Und schon prasselt es, die Kanonen feuern. Felix stellt sich ans Fenster, schaut hoch, trappelt die Stiege hinunter und geht durch den Stall in die Scheune.
Sein Vater schaltet gleich die Taschenlampe an, empfängt ihn mit: „Felix, kannst auch du nicht schlafen? Komm ins Heubett."
Aber Felix späht zuerst durch die Bretterritzen des Scheunentors, späht nach den suchenden Lichtsäulen, die sich am schwarzen Himmel kreuzen.
Sein Vater kommt zu ihm und schiebt das Tor ein Stück auf. Eine feindliche Maschine ist im Kreuzungspunkt zweier Lichtsäulen gefangen.
„Im Fadenkreuz", wispert Felix.
Aus den auseinanderspritzenden, aufblühenden Explosionswolken im Nachthimmel prasseln Granatsplitter auf die Erde.
Felix dreht sich zu seinem Vater um. Da kommt die Mutter gelaufen.
„Da bist du, da seid ihr", haspelt sie erleichtert.
„Ich wollte bei Papa sein, will bei ihm bleiben", sagt Felix.
„Und ihr beschützt euch gegenseitig, ja? Dann sage ich gute Nacht. Die Flieger sind über uns hinweg, denke ich."
Felix kann nicht einschlafen. Er kuschelt sich im Heu an seinen Vater, der ihn fragt: „Warum bist du so unruhig?"
„Ein Flugzeug war im Fadenkreuz", weicht Felix aus. „Wie mögen sich

da Pilot und Bordschütze vorkommen? Jeden Moment kann es krachen, jeden Moment können sie abstürzen."
„Die treffen nicht, die 16-jährigen Flakjungen", antwortet sein Vater: „Die kriegen den nicht runter."
„Ist das gut oder schlecht?"
„Was meinst du? Wie denkst du darüber?"
„Ich wäre dafür, dass sie ihn runterkriegen."
„Ich wäre dagegen."
Dann schweigen beide.
„Schlaf gut", sagt der Vater.
Felix wälzt sich.
„Schlaf, die Amis sind weg."
„Es ist etwas passiert, etwas anderes ist passiert", bekennt Felix.
„Was ist passiert?"
„Du würdest erschrecken, wenn ich es sage. Du würdest mich tadeln. Zu recht."
„Wenn es dich erleichtert, sag es trotzdem."
„Du würdest mir eine Ohrfeige geben."
„So schlimm?"
„Es muss ewig unter uns bleiben. Ewig. Ehrenwort."
„Ehrenwort."
Felix hat sich in der Aufregung hingekniet.
„Mit Karri gibt es oft Streit. Er steht für Hitler, er hat unser kleines Kruzifix zerschossen. Mein wirklicher Freund ist Tofan, der Flüchtlingsjunge. Seine Mutter ist noch in Siebenbürgen."
„Aber er ist doch nicht ganz allein hier?"
„Nein. Sein Opa ist da. Sie haben hinter einem Bauernhof ein Zelt aufgeschlagen. Das heißt, sie hatten ein Zelt."
„Hatten ein Zelt?"
„Weil am Abend, heute … am Abend … Karri und ich … es angezündet haben."
Der Vater erschrickt, setzt sich auf.
Felix dreht sich zur Seite, er kann dem Vater nicht mal in der Dunkelheit

ins Gesicht schauen, stammelt: „In Ewigkeit darfst du es niemandem sagen, schon gar nicht der Mama."
„Der Krieg ist längst in Deutschland. Was du da erzählst, ist Krieg vor der Haustür, ist Krieg gegen arme Flüchtlinge. Das ist wirklich eine Sünde."
„Ich habe mich von Karri überreden lassen. Ich wollte es nicht, ich schwöre, ich wollte es nicht."
„Aber du hast mitgemacht."
„Ich hab Benzin auf das Wollknäuel gegossen. Er hat das Zündholzbündel dazugeschmissen. Er hatte alles vorbereitet. Und ich hab mich darauf eingelassen, weil ich im Dorf so tun muss, als wäre ich für Hitler. Damit kein Verdacht aufkommt."
„Also bin ich schuldig", murmelt der Vater. „Ich nehme die halbe Schuld auf mich. Es muss aber zu Frieden und Ruhe in unseren Herzen kommen. Draußen ist der Lärm vorbei. Es waren falsche Lichtkreuze am Himmel. Keine Hoffnungszeichen. Schlaf jetzt."

27. Woher die Fliegerschokolade?

Am nächsten Morgen beim Frühstück mit der Mutter ist Felix unausgeschlafen. Er gähnt, reibt an seinen Augen.
„War die Nacht bei Papa schön oder eher unruhig?“
„Ja, schön und unruhig.“
„Was war denn da gestern Abend, also vorher, draußen?“
„Was meinst du?“
„Mit Karri.“
„Er will immer der Held sein.“
„Er hat bei uns nichts zu suchen. Jetzt musst du zur Schule. Du bist spät dran.“
Felix steht auf, sieht jemanden am Fenster vorbeihuschen. Er läuft hinaus, schaut an der Haustür nach rechts und links und entdeckt Karri am Scheunentor. Felix läuft gleich zu ihm.
„He, du schon wieder, Herumschleicher. Hau ab! Du hast bei uns nichts zu suchen“, meckert er mit einem Mut, den er am Abend zuvor nicht hatte.
„Was ist denn da bei euch?“, fragt Karri.
„Bin noch nervös von gestern. Tut mir leid, dass ich mitgemacht habe. Ehrenhaft ist etwas anderes.“
Auf der Straße läuft Marta, so kurz nach 8 Uhr, nicht zur Schule, sondern von der Schule kommend.
„Kein Unterricht mehr, auch morgen kein Unterricht“, ruft sie, „weil die Amerikaner so nahe sind.“
„Die Amerikaner so nahe?“ Das regt Karri auf. „Das muss ich meinem Papa melden“, krächzt er, als hätte er plötzlich Halsschmerzen. Er greift auch an seinen Hals und läuft davon und lässt für Marta das Gartentürchen offen.

Die Mutter hört die Neuigkeit. Sie geht kommentarlos ins Haus.
Felix erwartet Marta mit der Frage: „Wirklich keine Schule mehr?"
Sie nickt, hat aber eine bestürzendere Nachricht.
„Tofans Zelt ist abgebrannt. Er und sein Opa haben keinen Schlafplatz mehr. Tofan hat geweint."
„Tofan?", wispert Felix so, als wäre es wirklich eine Frage.
„Ich habe ihn getröstet", sagt Marta, „habe ihn eingeladen, mich am Nachmittag zu besuchen. Vielleicht hat meine Mutter etwas für ihn übrig, zum Essen und Anziehen."
Felix weiß nicht, wie er reagieren soll.
„Ich würde ihm auch gern helfen", murmelt er mehr vor sich hin. Er ist höchst verlegen, greift zu Martas Händen und sagt: „Warte, ich komme gleich wieder." Im Glaszimmer holt er die Schokodose aus dem Versteck, aus der obersten Schublade der kleinen Kommode. Es liegen noch drei Achtelstücke in der runden Dose.
Eines bricht er ab, zögert, bricht noch ein halbes ab. Dann hüpft er die Stufen hinunter, wo Marta wartet, sagt: „Ich hab für dich noch ein Stückchen von der starken Schokolade."
Er gibt ihr das kleine Eckchen. Sie steckt es gleich in den Mund, nickt ein Dankeschön, lächelt ein Dankeschön. Das ganze Stück behält er, verunsichert wie er ist.
Vor der Haustür bleiben beide stehen, als hätten sie einander noch etwas zu sagen. Und wie von Marta gewünscht und von Felix befürchtet, kommt Tofan mit einem alten Fahrrad von der Schulseite her, eine leere Tasche am Lenker. Und weil er die beiden sieht, hält er vor dem Gartentürchen.
„Tofan", ruft Marta.
Sie will zu ihm laufen, Felix hält sie am Ärmel zurück.
„Warte. Gib ihm das Stückchen. Es soll ihm Kraft und Mut machen."
Sagt es so und legt das ganze Achtelstück in ihre Hand.
„Ist nur für ihn."
Tofan winkt eingeschüchtert und flüstert etwas. Felix will daraus „Felix" ablesen.

Marta steckt das Achtelstück in das Täschchen ihres Kleides und läuft zu Tofan.
Felix stellt sich in der Stube an das Fenster zur Straßenseite. So kann er die beiden beobachten. Sie reden miteinander. Tofan zuckt mit den Schultern, wischt einmal über sein Gesicht, als wolle er Tränen wegwischen. Felix öffnet das Fenster, er will auch hören, was sie sagen.
„Augen zu, Mund auf", sagt Marta, bricht das Achtelstück auseinander und steckt ein Stückchen in Tofans Mund.
„Macht mutig, ist stark. Du darfst niemandem etwas davon sagen."
Tofan lutscht, wie es Felix am Fenster deutet, sagt bei vollem Mund: „Schmeckt gut", wie es Felix sich wünscht, weil er ihm das Wohlbehagen gönnt, sagt auch: „Ich muss weiter" und fährt weg.

Karri ist hinterm Zaun versteckt. Er hat alles gesehen und gehört.
Marta will heimgehen. Karri springt über den Zaun, fasst sie am Arm und ruft: „Was hast du ihm in den Mund gesteckt?"
„Nichts."
Er reißt den Mund auf und deutet mit beiden Zeigefingern hinein.
„Lügen hat keinen Zweck. Was der kriegt, kriege auch ich", fordert er.
Marta will sich losreißen, wehrt sich, ruft: „Nein, das geht dich nichts an."
Karri wird sofort wütend, greift Marta ins Gesicht.
Würgt er sie sogar? Ringt sie nach Luft?
Felix kann nicht aushalten, was er sieht, eilt zur Haustür, will eingreifen, will Marta helfen, überlegt es sich anders, eilt wieder ans Fenster und hört Karri ein zweites Mal fordern: „Was der kriegt, kriege auch ich."
Er hat den Mund offen, wartet so – Marta steckt tatsächlich das restliche Stückchen in seinen Mund.
„Nein", zischelt Felix, „Marta, nein." Er will es laut rufen, dabei klingt seine Stimme erstickt.
„Schmeckt prima", gibt sich Karri zufrieden, „so was Gutes habe ich noch nie gelutscht. Von wem hast du die Schokolade?"
Marta schüttelt den Kopf. Sie will heimlaufen.

„Halte sie fest“, ruft Feik.
Er hat an der Haustüre gestanden, ist an den Zaun gekommen, packt Karri an den Haaren, zieht seinen Kopf zurück und fordert: „Mund auf!“
Er fingert das Schokoladenstück heraus und hält es hoch.
„Gerippte Fliegerschokolade“, wundert er sich und ruft Marta zu: „Von wem hast du die Schokolade?“
Marta ist vor Schreck wie erstarrt stehen geblieben. Sie begreift ihren Fehler, schaut hilfesuchend zum Glaszimmer-Fenster hoch. Felix sieht es, spürt, was in ihr vorgeht und kann nicht eingreifen.
„Von wem hast du die Schokolade?“, fragt Feik ein zweites Mal.
„Von meinem Papa, als er auf dem letzten Urlaub da war.“
„Lügnerin.“
Felix rauft sich die Haare. Die Mutter kommt in die Stube.
„Was ist mit dir los, warum schaust du so verzweifelt?“
„Jetzt ist es passiert.“
„Was?“
„Was nicht passieren durfte. Ich bin schuld.“

Felix gesteht alles der Mutter, gesteht alles seinem Vater. Sie beratschlagen im Heustadel.
„Ich weiß im Wald eine Hütte“, überlegt der Vater.
Als er vor einem Jahr auf seinem letzten Urlaub mit seiner Frau auf der Suche nach einem Wohnplatz war und sie dabei das Haus fanden, waren sie in den Auen spazierengegangen. Sie fanden die alte Waldhütte und machten darin eine Rast.
„Ja, das ist eine Möglichkeit“, seufzt die Mutter. Sie ist aber kaum erleichtert, packt von dem Wenigen, das sie zu Hause haben, Brot, Butter, gekochte Eier, Weichkäse, eine Wurstecke und eine Flasche Milch in einen Rucksack. Zum Abschied fließen Tränen. Sie umarmen einander. Die Mutter ist eigentlich verzweifelt, sie will es sich nicht anmerken lassen.
„Der Krieg dauert nicht mehr lange“, tröstet sie der Vater, „es geht nur noch um wenige Wochen. Die werde ich im Wald überleben.“

28. Papas Hüttenlager

Felix und sein Vater schlagen sich auf einem schmalen Pfad durch den Auwald. Der Vater hat einen großen Rucksack umgehängt, Felix einen kleinen. Sie haben auch einen Packen mit wasserdichter Plane und eine Bettdecke dabei.
Felix schaut sich um, er muss sich den Weg merken, er schaut aber auch in Unruhe zurück. Verfolgt sie eine huschende Person? Karri?
Sie müssen über einen wackeligen Steg und finden endlich die Hütte. Ein von Sträuchern halb zugewachsener Bach fließt daran vorbei. Die Tür ist nur mit einem Eisenriegel verschlossen. Der Vater legt gleich die Plane auf den feuchten Boden und überlegt: „Kommen Kinder oder Jugendliche hierher?"
Felix zuckt mit den Schultern, der Zustand der Hütte sieht nicht danach aus.
„Ist es ein Übungsplatz für die Hitlerjugend?"
„Die sollen lieber durchs Feuer rennen", bemerkt Felix. „Es sind keine Tritte auf dem Boden zu sehen."
Der Vater drückt ihn an sich. „Wir brauchen Mut und Hoffnung. Alles kann nur besser werden."
Felix bleibt über Nacht bei seinem Vater. Sie hatten der Mutter diese Absicht schon angekündigt.
„Die Fliegerschokolade, die Fliegerschokolade, die so gut schmeckt und durch meinen Leichtsinn dieses Unheil brachte", so klingt dann Felix' Nachtgebet. „Papa, verzeih."
Beim ersten Sonnenlicht macht er sich nach herzlicher Verabschiedung auf den Heimweg. Es darf ihn niemand sehen.
Die Mutter hatte inzwischen im Heustadel alle Spuren verwischt und das Heu zurückgefegt.

„Ging alles gut?“, ist ihre aufgeregte Frage.
„Alles gut.“
Sie umarmen einander. Felix erzählt von Papas Hüttenlager und verspricht, im Dorf nicht auf die Straße zu gehen, was die Mutter nicht gutheißen kann. Genau dieses auffällige plötzliche Fernbleiben könnte verdächtig sein.
Nach zwei Tagen, die gefüllt sind mit Fragen und Wünschen – es ist ansonsten nichts Aufregendes oder Auffallendes geschehen – schlägt sich Felix am frühen Morgen allein durch den Auwald, das Rucksäckchen umgehängt und zum Schutz auch sein Runengewehr. Er bringt seinem Vater Essensnachschub, pfeift so vor sich hin. Zu beiden Seiten des Weges gibt es Stauden und Dickicht und plötzlich ein Rascheln. Felix zuckt zurück. Ein Rebhuhn stiebt aus dem Unterholz hervor, lärmend, aufgeregt. Felix atmet durch, spricht vor sich hin: „Ich wünsche, ein aufgeschrecktes Rebhuhn bringt Glück.“ Es ist ihm klar, er hat es gestört. Es hockt im Nest und sieht ihn als Feind, der das Gelege will. Er ist dennoch gehörig erschrocken, schaut dem davonstiebenden Rebhuhn hinterher und wispert: „Ach, entschuldige.“
Ohne weitere Überraschung findet er den wackeligen Steg und auch die Hütte. Die Begrüßung ist aufgeregt und herzlich. Felix richtet die guten Wünsche der Mutter aus.
„Du versorgst mich mit Lebensmitteln“, sagt der Vater. „Ulkig finde ich die Sache schon, dabei ist sie eher gefährlich.“
Sie hocken auf der Bodenmatte, essen und erzählen und hoffen auf das baldige Kriegsende. „In drei Tagen komme ich wieder“, verspricht Felix.

Was auch so ist. Erneut macht er sich frühmorgens auf den Weg. Wieder schießt das Rebhuhn aufgeregt aus dem Gesträuch hervor, wieder erschrickt er und summt vor sich hin. Er kommt sicher über den Steg und läuft die letzten Meter bis zur Hütte.
„Hat dich jemand verfolgt?“, ist die erste Frage des Vaters.
„Nein. Das Rebhuhn hat mich erschreckt, dabei hatte ich es zuerst erschreckt.“

Dann erst umarmen sie einander. Auf dem Boden hockend essen sie die mitgebrachten Brote. Felix ist weniger aufgeregt als beim ersten Besuch. Er zeigt dem Vater die vertrauensseligen Runen auf seinem Holzgewehr.
„Hab keine Angst, auch wenn Gefahr droht."
„Und das zweite Zeichen? Das so aussieht wie ein X und ein Dach darüber?", fragt der Vater.
„Vertraue deinem Traum, vertraue deinem innigsten Wunsch."
„Das sind wunderbare Erwartungen und Gedanken, wie Gebete. Die Menschen brauchen in Gefahr immer Hoffnung. Das war auch vor zweitausend Jahren so. Da fällt mir eine schöne Geschichte ein. Kennst du das Märchen vom goldenen Schlüsselchen?"
Felix schüttelt den Kopf.
„Die Geschichte vom goldenen Schlüsselchen, das alle Türen zu den Abenteuern des Lebens öffnet? Zu den schöneren Abenteuern natürlich."
„Nein, kenne ich nicht."
„Das zu einem vergrabenen Kistchen passt?"
„Das ich ausgraben muss?"
„Ja."
„Und drinnen?"
„Sind deine Träume, mit denen du den Wind fangen kannst, der dich zu den Abenteuern des Lebens trägt, zu den glücklichen in einer friedvollen Zeit. Aber jetzt schau, dass du unentdeckt heimkommst. Und gib deiner Mutter einen Kuss und übertreib es nicht mit der Hitlerei."
Felix hängt seinen kleinen Rucksack um. Der Vater drückt ihn an sich.
„Und wo finde ich das goldene Schlüsselchen?"
Der Vater steckt einen Finger an Felix' Kopf.
Felix lacht, ist nachdenklich und geht.

29. Von Karri verfolgt

Etwas verträumt wandert er den Weg zurück. Er hat sein Gewehr umgehängt, murmelt „goldenes Schlüsselchen“, da machen ihn knackende Äste hellhörig.
„Liebes Rebhuhn, brauchst nicht erschrecken“, murmelt er und wirft vorsorglich, ohne jemanden gesehen zu haben, den Rucksack ins Gebüsch. Dann greift er zum Gewehr und schreckt in einer Art Schutzstellung zurück, gebeugt und verteidigungsbereit – und das zu recht.
Karri schlüpft aus dem Gesträuch, spöttelt: „Schleichst einfach so herum, als Spaziergänger.“
Felix behält Fassung und Selbstvertrauen.
„Besuchst den versteckten Deserteur, von dem du die Schokolade hast?“
„Blödsinn.“
„Wo ist dein Rucksack?“
„Welcher Rucksack?“
„Glaubst du, ich bin blind?“
Karri sucht im Gebüsch. Felix schaut zuerst zu, stößt ihn dann zur Seite.
„Sieht aus wie ein Rucksack“, triumphiert Karri und zerrt ihn hervor.
„Das geht dich nichts an“, sagt Felix.
Er will Karri den Rucksack entreißen. Sie raufen sich dabei nieder. Felix schlägt mit seinem Runengewehr auf Karri ein, trifft ihn am Kopf. Karri taumelt einen Moment. Felix reißt den Rucksack an sich und rennt davon. Karri bleibt stehen, reibt an seinem Kopf und ruft: „Renn, jedenfalls wissen wir jetzt, dass es ihn gibt.“
Felix fühlt sich gehetzt, schaut immer wieder zurück, sieht sich von Karri nicht verfolgt. Er läuft trotzdem den ganzen Weg nach Hause, läuft querfeldein, geht nicht am Sägewerk vorbei, steigt den weglosen, mit Sträuchern bewachsenen Hang hoch. Oben, an der Bergkante

der ehemaligen Flussterrasse, steht das Haus. Felix wirft sich gleich in Deckung, denn er hört Feik und die Mutter streiten.
„Willst du mich für dumm verkaufen, mach das Tor auf!“, ruft Feik.
Unwillig schiebt die Mutter das Tor auf, wie Felix aus seiner Deckung sieht. Feik geht gleich in die Scheune, das nutzt Felix. Hinterm Holzschuppen wirft er den Rucksack weg, huscht um den Schuppen herum, tut dann so, als käme er aus dem Klohäuschen und stellt sich vor das Scheunentor.
Feik schimpft gerade auf die Mutter ein: „Das Heu drehe ich nicht um. Wenn's ein Deserteur ist, bist du dran. Das ist Wehrkraftzersetzung.“
„Niemand ist versteckt, drangsalier mich nicht so“, verteidigt sich die Mutter.
Wie aus dem Erdboden emporgestiegen, steht Felix da. Die Mutter atmet durch, sie ist augenblicklich entspannter, schweigt klugerweise.
„Wo kommst du denn her?“, faucht Feik Felix an.
„Aus dem Klohäuschen. Ich hab den Radau gehört. Da konnte ich nicht länger hocken bleiben.“
„Lass uns in Frieden“, sagt nun die Mutter gelassen zu Feik, gestärkt durch Felix' Anwesenheit. „In unserem Garten hast du nichts zu suchen.“
„Wir sind im Krieg! Feiglinge und Deserteure haben da keinen ruhigen Platz“, plärrt Feik mit überschnappender Stimme.
Die Mutter schweigt.
„Welcher Deserteur soll denn das sein?“, fragt nun Felix ganz gelassen. „Mein Papa ist tot. Falls du blödsinnigerweise ihn meinst. Du hast die Heldenehrung gehalten.“
„Ja, das schon, das stimmt“, stottert Feik verunsichert, „er ist tot, habe die Heldenehrung gehalten. Aber das ist deshalb nicht blödsinnigerweise ein Verdacht, könnte ein anderer Deserteur sein.“
Er winkt ab, schickt sich an zu gehen, murrt: „Man kennt sich in dieser Zeit nicht mal im eigenen Kopf aus.“
„Warum sollte sich irgendein anderer gerade bei uns verstecken?“, sagt Felix ganz gelassen. „Es gibt größere Heustadel.“

In der Stube sitzen sich die Mutter und Felix gegenüber.
„Erzähl“, bittet die Mutter.
„Ich weiß nichts Gutes zu berichten“, bekennt Felix. „Auf dem Rückweg hat mich Karri überfallen. Er hat meinen Rucksack gefunden, er hat alles begriffen.“
„Das konnte doch Feik noch nicht gewusst haben. Das konnte ihm Karri noch nicht erzählt haben.“
„Stimmt. Aber er wird es seinem Vater erzählen. *Jedenfalls wissen wir jetzt, dass es ihn gibt,* hat mir Karri zugerufen. Wahrscheinlich ist wirklich die Fliegerschokolade schuld“, überlegt Felix. „Damit kam der Verdacht auf. Wer hat schon eine gerippte Fliegerschokolade? Feik hat Marta nicht geglaubt. Jedenfalls soll ich einen Gruß vom Papa ausrichten – und jedenfalls werde ich das goldene Schlüsselchen finden.“
„Was?“
„Das goldene Schlüsselchen, das für mein Glück zuständig ist, das dazu passt, meinen Kopf für das Glück aufzusperren.“
Die Mutter lacht und küsst Felix auf die Stirn.

30. Holzgewehr gegen Bordwaffe

Was dann geschieht, kann Felix nur aus der Ferne verfolgen, indem er auf Sichtweite der Gruppe alter Männer nachschleicht. Feik ist der Befehlshaber. „Dorthin, ins Gebüsch, hinter das Gebüsch." So seine Rufe. Hundegebell hat Felix hellhörig gemacht. Die Männer haben in einer Art Treibjagd auf der Suche nach dem Deserteur einen Hund dabei. Das ist bei Treibjagden so. Karri läuft als Wegweiser und Spurensucher voran. Sie durchstreifen den Auwald.

Felix ist sich sicher, der bellende Hund ist für seinen Vater rechtzeitige Warnung. Er ist sich sicher, dass der Vater seine Habe im Gebüsch versteckt hat und aus der Hütte geflohen ist.

Die Mutter aber macht sich Sorgen. Noch dazu gibt es Fliegeralarm.

„Vielleicht muss Feik bei *Alarmstufe Zwei* nach Hause", hofft Felix, „und er lässt die Suche abbrechen."

Es ist so. Feik ist wieder auf der Dorfstraße. Vom Glaszimmer aus sieht Felix ihn, er sieht auch Marta und Tofan, der am Gartentürchen stehenbleibt, während Marta heimgeht.

Felix eilt die Stiege hinunter und läuft Tofan entgegen. Er kann ihm gar nicht richtig in die Augen schauen, murmelt verlegen: „Tofan, schön, dass du mich besuchst. Komm mit in mein Zimmer."

Er führt ihn zur blauen Tür hoch.

„Wenn die Sonne scheint, die Nachmittagssonne", erklärt Felix, „gibt es dahinter eine Überraschung. Heute siehst du nur spitze Glasecken. Du musst dir das farbige Geglitzer vorstellen."

Er öffnet die blaue Tür. Tofan schaut sich verwundert um.

„Sehr schön, das Geglitzer", freut er sich. „Glaskanten strahlen nämlich immer Licht ab."

Felix stimmt erstaunt zu: „Ja, irgendwie flimmern sie immer."

Sie hocken sich auf den Boden.
Felix erwähnt nichts von dem Missgeschick mit der Fliegerschokolade, die von Marta zu Karri und zu Feik weitergewandert ist, er erwähnt schon gar nicht das abgebrannte Zelt. Zu seiner Ermunterung verwandelt sich die Deckenschräge nun doch zu einem funkelnden Sternenhimmel. Die Sonne ist durch die Wolken gebrochen.
„Es ist mein Friedenszimmer", fällt Felix ein.
Diesen Gedanken hat er bisher nie gehabt. Tofan ist ganz ergriffen.
„Friedenszimmer. Ich möchte hier wünschen dürfen oder gar beten."
Das berührt Felix' Gemüt. „Hier wünschen dürfen."
Beide schweigen, verweilen bei ihren Gedanken. Sirenengeheul, an- und abschwellend, reißt sie wieder in die Wirklichkeit.
„Das war nicht mein Wunsch", bemerkt Tofan.
Heranbrausendes Gedröhn, das dann donnernd wie ein Strich über das Haus zieht, lässt die Jungen sich zuerst ducken, dann hochspringen. Felix reißt beide Fensterflügel auf. Er sieht noch den Tiefflieger seitlich verschwinden, dem ein zweiter folgt, der direkt auf das Haus zujagt. Felix greift zu seinem Holzgewehr und zielt. Eine einmotorige Propellermaschine ist es, der Pilot in der Kanzel ist zu sehen, der Schütze an der Bordwaffe.
Auf das Fensterbrett niedergebeugt, rattert Felix Schüsse. Tofan sucht Platz an seiner Seite. Da schlägt eine Salve von Schüssen knapp unterhalb des Fensters ein, der Mauerputz spritzt weg.
Ein Aufschrei von Tofan, ein Aufschrei von Felix. Beide reißt es zurück, das Erschrecken reißt sie zurück. Das Holzgewehr fliegt ins Zimmer.
„Mich hat's erwischt, mich hat's erwischt", jammert Felix und sackt in sich zusammen. Tofan fängt ihn mit beiden Händen ab, wird dadurch selbst umgeworfen. Sie liegen auf dem Boden. Felix tastet seinen Körper ab, stöhnt: „Mich hat's erwischt, da, da."
„Nein, alles ist gut, du bist nur so erschrocken", beruhigt ihn Tofan.
Die Mutter kommt aufgeregt herein, sieht Felix liegen und seinen Freund helfend über ihn gebeugt.
„Was ist passiert?", ruft sie.

„Sie haben auf uns geballert", stöhnt Tofan ganz aufgeregt.
„Warum müsst ihr auch am Fenster sein?"
„Mein Kamerad Tofan hat mich in den Graben gezogen", murmelt Felix zwischen Ernst und Entspannung.
„Fehlt dir wirklich nichts?", fragt die Mutter und hilft Felix auf die Beine. Dann beginnen sie zu lachen, als würden sie es brauchen, um den Schrecken abzuschütteln. Die Mutter stellt sich ans Fenster, beugt sich vor, sieht die faustgroßen Einschläge an der Hausmauer und seitlich Schickl in seinem Garten.
„Es ist der Siegerübermut, so kurz vor Braunau. Sie ballern einfach drauflos", ruft Schickl. „An mein Haus haben sie eine ganze Girlande von Einschusslöchern gehängt."
„Es ist kein schöner Gruß. Wie lange wird der Schrecken noch dauern?", fragt die Mutter und wendet sich den Jungen zu, woraufhin Tofan antwortet: „Höchstens noch ein paar Tage, sagt mein Opa. Dann bekommen wir hoffentlich auch ein neues Zelt."
„Ein neues Zelt?", wundert sich die Mutter.
„Weil doch unser altes abgebrannt ist, angezündet wurde."
„Angezündet? Wer macht denn so was?"
„Einer, der Flüchtlinge nicht mag."
„Das glaube ich nicht", antwortet Felix, und es ist ihm dabei nicht sehr wohl.
Er begleitet Tofan bis zum Gartentürchen. Sie schauen zurück auf die Hauswand und zählen die Einschusslöcher. Sieben sind es.
„Komm bald wieder", bittet Felix, während einige alte Männer, mit Schaufeln und Spaten ausgerüstet, an ihnen vorbeigehen, Männer des Volkssturms, der Heimatverteidigung, die Feik befehligt. Sie reden aufgeregt von den Tieffliegern, die über das Dorf gejagt waren und gesellen sich zu der kleinen Gruppe von alten Männern, die schon vor dem Feik-Haus warten.
Tofan ist neugierig geworden. „Volkssturm? Männer mit Spaten und Schaufeln, warum das?"
„Sie heben am Dorfeingang Schützengräben aus", erklärt Felix, „ich

werde zuschauen, ich will dabei sein."
„Das möchte ich auch", sagt Tofan, eine Antwort, die Felix nicht so erwartet hat. „Ich laufe erst noch zu meinem Opa und komme dann."

31. Der Volkssturm und die Wuwa

Felix stellt sich zur Gruppe der Volkssturmmänner. Dahinter, am Gartenzaun, hängt Karri, feixend und spottend: „Du hast dein Holzbrett vergessen."
Die Bemerkung lässt Felix kalt. Er hat aufgewühlte Gefühle in sich, die bedeutender sind. Es geht um die Dorfverteidigung. Feik steckt in seiner Uniform mit der Hakenkreuzbinde. Er will ernst genommen werden, gibt der Truppe Befehle und Anweisungen.

„Achtung, stillgestanden. Die Gräben der besseren Sicht wegen auf der Westseite der Straße ausheben. Wenn sie kommen, die Amis, empfangen wir sie mit Panzerfäusten und Gewehrsalven. Aushub als Erdwall."
Felix drängt sich vor. Feik faucht ihn an: „Du kommst mir gerade recht. Ohne Rucksack, ohne Holzgewehr. Wir kriegen ihn, euren Deserteur. Dann geht's auch dir an den Kragen."
„Den Deserteur gibt es nicht", erwidert Felix, als müsste er einen Bericht erstatten.
„Er will doch mitkämpfen", ruft ein Volkssturmmann. „Kinder für den Führer."
„Jeder muss kämpfen", verkündet Feik. „Wir lassen uns nicht besiegen. Jetzt setzen wir die fürchterliche Wuwa ein."
„Wuwa, was ist eine Wuwa?", wundert sich Karri, der eine Gasmaske bei sich hat, die er hin- und herschlenkert. „Von der Wuwa hast du mir nie etwas erzählt."
„Wuwa, Wunderwaffe, strengste Geheimsache, schwarzer Einflügelbomber, unsichtbar, erreicht London."
„Unsichtbar", murmelt Felix, und Karri will wissen: „Wenn die Amis Gas abwerfen, was dann?" Er zieht die Maske vor sein Gesicht.

Felix meldet sich so, als wäre es eine Beschwerde: „Ich hab keine Gasmaske."
„Du kannst fünf nasse Taschentücher vor das Gesicht binden. Das hilft auch", rät ihm Feik, dessen Frau schnellen Schrittes auf die Straße eilt und Karri an sich reißt, der im blöde aussehenden Maskengesicht völlig sprachlos ist. Sie zerrt ihn mit ins Haus. Felix sieht es mit Vergnügen.
Er stellt sich stramm zu den Volkssturmmännern, während Feik in erhöhtem Ton ruft: „Volk steh auf und Sturm brich los, so heißt es jetzt. *Volk steh auf und Sturm brich los.*"
Felix ist überwältigt. Dabei klingt Feiks Stimme eher krächzend, was er selbst bemerkt haben dürfte, weshalb er das Geschrei wiederholt: „Volk steh auf und Sturm brich los."
Der Satz fährt Felix in die Knochen. Es ist ein beschwörender Aufruf, wie er Aufrufe von Gebeten her kannte, von den eindringlichen Gesängen und Bittrufen in der Kirche. Der Satz hat die Wucht von Sprüchen aus dem Alten Testament, hat etwas von der Weltuntergangsfurcht. Noah hatte ein großes Schiff gebaut, um seine Familie und die Tiere vor der Sintflut zu retten. Höchste Gefahr herrschte damals, wie offenbar auch jetzt. Felix zittert. Angst überfällt ihn, als begreife er alles oder nichts.
„Sturm brich los."
Vielleicht sollte er lieber heimgehen und sich von der Mutter umarmen lassen. Sie wird auf ihn warten. Sie sucht ihn ungern auf der Straße.
So in Gedanken versunken, hat er Feiks Befehl zum Abmarsch der Volkssturmmänner und die erneute Anweisung, die Straße am Dorfeingang mit Schanzen und Stacheldraht zu sichern, beinahe überhört. Sie marschieren geordnet los, Schaufeln und Spaten über den Schultern. Felix macht große Schritte, er sucht den Gleichschritt.
An Ort und Stelle beginnen die Männer sofort mit dem Ausschaufeln der Gräben, bauen aus dem Aushub Verschanzungen. Felix hilft einem Mann, eine Stacheldrahtrolle auszurollen. Zwei andere schleppen eine Kiste heran, Panzerfäuste der Inhalt, wie Felix erfährt. Er lässt die Stacheldrahtrolle los, die sich, in ihrer Spannung auf dem Boden liegend, von selbst wieder einrollt.

„Warum lässt du los?“, schreit ihn der Mann an.
Weil er Tofan sah, hatte er losgelassen.
„Tofan, du bist da.“
„Ich will mithelfen“, seine Antwort.
„Ich auch. Die Deutschen haben jetzt die Wuwa, hast du es schon gehört?“
„Wuwa. Was ist das?“
„Wunderwaffe, schwarzer Einflügelbomber, unsichtbar, erreicht London.“
Die Sirenen heulen. Beide werfen sich hinter eine Erdschanze, sie liegen nebeneinander.
„Wir sind dabei, du bist mein Freund“, bekennt Felix und murmelt nach einigen Atemzügen: „Tut mir so leid.“
„Was?“
Felix erlebt in dieser absurden Situation einen Moment der Besinnung und der großen Suche nach Ehrlichkeit.
„Dass wir nicht schon immer die besten Freunde waren.“
„Ist schön, dass wir es jetzt sind.“
„Ist deine Mama noch in Siebenbürgen?“
„Ja. Ich freue mich schon darauf, wenn ich sie endlich wiedersehe.“
„Dann, wenn der Krieg vorbei ist.“
Felix springt auf. Ein Volkssturmmann öffnet eine der zwei Kisten. Das macht ihn neugierig. Zwei Panzerfäuste liegen darin.
„Das kannst auch du“, sagt der Volkssturmmann, während er etwas mühsam in den Graben steigt, nach einer Panzerfaust im Holzkasten greift und sie mitnimmt.
„Spring hinein.“
„Ich, meinst du mich?“, fragt Felix und deutet mit dem Zeigefinger auf sich.
„Dich meine ich.“
Felix springt in den Graben, der nichts anderes als ein Erdloch ist, Platz für zwei Männer. Ein Stück weiter, in Fortsetzung, schaufeln die Männer ähnliche Schutzlöcher und Wälle. Felix kauert sich neben den Mann im Loch. Wenn er aufsteht, sieht er ins flache Gelände jenseits der Straße.

Wenn er sich duckt, ist er vor direktem Angriff geschützt.
Tofan steht jetzt oben neben der Kiste, in der nur mehr eine Panzerfaust liegt. Er schaut zu, hört zu.
„Pass auf, ich erklär's dir, ich erklär dir die Waffe", sagt der Volkssturmmann zu Felix. „Hier Kopf, Visier, Abzug, Rohr. Aus dem Rohr brennt der Feuerstrahl nach hinten ab. Kopf und Flügelschaft sausen auf das Ziel zu, bestenfalls auf den feindlichen Panzer. Dann kannst du jubeln. Die drinnen verbrennen. So ist die Waffe feuerfertig."
Der Volkssturmmann blickt zu einem Kollegen hoch, der jetzt neben Tofan steht und im Geheul der Sirene meldet: „An der Bachschlucht, auf der kleinen Anhöhe, wo Sträucher und zwei Bäume Deckung geben, sollte im Ernstfall ein Posten stehen."
Der Mann im Loch legt Felix die Panzerfaust auf die rechte Schulter. Tofan schaut zu, während Felix sich bemüht, die schwere Waffe richtig in den Griff zu kriegen, ihr festen Halt auf der Schulter zu geben. Er blickt dabei zu Tofan hoch und sagt: „Ich komme gleich."
„Nein, bleib da, probier's", fordert ihn der Mann im Loch auf. „Sicherheitsstift vor bis zum Anschlag. Das machst du mit dem Daumen. So!"
Er zeigt es Felix, der es mit dem rechten Daumen versucht, nicht schafft und zu Tofan hochschaut. Er sieht ihn nicht mehr.
„Hinten muss für den Feuerstrahl freier Platz sein, sonst bringst du dich selbst um", hört er den Volkssturmmann sprechen.
„Ich will zu Tofan, Tofan ist weg", ruft Felix, als ahne er Schreckliches und schiebt die Panzerfaust von der Schulter, die ihm der Mann auch gleich einsichtig abnimmt.
„Ist doch nichts für Kinder."
Felix krabbelt aus dem Loch und sieht, dass die Panzerfaustkiste leer ist. Der Himmel über ihm dröhnt, amerikanische Kampfbomber sind im Anflug, in Staffelformation gereiht wie Vögel im Flug.
„Bleib da, im Graben", warnt der Mann, „da bist du geschützt."
Felix aber rennt über die Straße, sieht nirgends Tofan, rennt in die Wiese, ins freie Gelände, „Tofan, Tofan" rufend, während die Flakabwehr feuert und der Himmel voller Explosionsgeprassel ist, voller

aufblühender Explosionswolken. Wie kleine Wattebausche sehen sie aus, schrecklicherweise schön anzuschauen. Weiße Blumensträuße, die im Blau des Himmels flockig aufquellen und sich weich auflösen. So ähnlich fühlt Felix bei all dem Schrecken, hat er dieses Schauspiel doch schon so oft gesehen. Die Granatensplitter fallen daraus und prasseln auf die Erde nieder.

Die amerikanischen Kampfflugzeuge dröhnen, die Sirenen heulen.

„Tofan, ich komme", keucht Felix und rennt, wirft sich auf den Boden, blickt im Liegen hoch und sieht Bomben fallen, sieht, wie sie aus den mächtigen Leibern der Flugzeuge herausbaumeln und schaukelnd niedersinken. Das Telegrafenamt und den großen Simbacher Bahnhof wollen sie zertrümmern.

Felix zeichnet die tanzenden Bewegungen der Bomben mit einer Hand in der Luft nach, springt auf und rennt, als wolle er ins Inferno, rennt auf die Bombeneinschläge zu, dem Lärm und Getöse entgegen. Er hat die Knallerei der Flak wie das Tackern von Spielzeugpistolen in den Ohren und vor sich die aufsteigenden Brandwolken. Ins Getöse hinein, in diese Zerstörung hinein, in der Menschen sterben, ruft er: „Tofan, ich wollte es dir längst gestehen. Tofan, wo bist du? Ich war's, verzeih."

Er wirft sich in die Ackerfurche.

32. „Hitler ist tot"

„Felix, Felix!“

Er hat Mühe, zu sich zu finden und das Geschehen als Wirklichkeit zu begreifen.

„Felix.“

Eine besorgte, flehende Frauenstimme, während der Himmel dröhnt und grau ist.

„Wohin rennst du, warum gehst du nicht heim, wenn Bomben fallen?“

Die Mutter wirft sich neben ihn auf die Ackererde und bleibt erschöpft liegen.

Vor ihnen steigen Rauchwolken hoch, rot die Feuerzungen und an den Rändern rußig. Das Gedröhne der verschwindenden Bomber wird zur Musik. Das Flakgeprassel klimpert dazu, hört auf. Es ist sonderbar still. Zwei Menschen atmen hastig – während in den Flammen und Trümmern andere sterben.

Mutter und Sohn stehen auf, wischen über ihre Augen und gehen schweigend, die Köpfe gesenkt, zurück ins Dorf.

Und möchten weinen.

Und hören einen erlösenden Ruf.

Schickl steht allein auf der Straße.

„Hitler ist tot. Im Radio hab ich es gehört. Das Ungeheuer ist tot.“

Die Mutter bleibt stehen, Felix bleibt stehen.

„An vorderster Front gegen den Bolschewismus kämpfend sei Hitler gefallen, so die Nachricht“, ruft Schickl. „Eine Lügenmeldung. Wie alles Lüge und Bosheit war. Umgebracht wird er sich haben, statt sich der Verantwortung zu stellen, der Feigling, der Unmensch.“

Ein paar Leute kommen hinzu, auch Marta. Sie weiß es schon.

„Hitler tot?", fragt Felix mit kleiner Stimme und greift an seine Stirn. Ihm ist schwindlig.
„Gerade hat sich die Welt verändert", sagt die Mutter.
Sie ruft es, auf der Straße stehend, beschwörend zum Himmel hoch und hinab in die Tiefe der Gräber. „Ihr Toten seid umsonst gestorben, wir können euch nur noch beweinen. Aber der Verbrecher ist tot, endlich tot. Zu spät."
Feik kommt aus seinem Garten, läuft auf die Mutter zu – er hat ihre Klage gehört – und wird sofort handgreiflich.
„Du Verräterin. Ich hatte dich schon immer in Verdacht. Weibsstück, falsches!"
Felix stößt Feik weg, der mit seinem Hinkebein nicht fest auf dem Boden steht. Die Mutter wehrt sich, läuft zum Gartentürchen, läuft mit erhobenen, wedelnden Händen und ihrem fliehenden Körper, einem Tanz gleich, bis zur Haustür, dreht sich im Kreis und jauchzt und lacht.
Felix sieht verwundert ihre Gebärden und ihr Glück.
„Er ist tot", heißt sein Beitrag. Er spricht es, als wäre er erschöpft.
„Wie wird es deinem Papa gehen?", fragt die Mutter und holt tief Luft. Sie umarmt Felix und ist nicht verzweifelt.
„Wo ist Tofan?", fragt Felix.
Er ist verzweifelt.
Beide gehen in die Stube.
„Ich werde bügeln und dabei zum Fenster hinausschauen", sagt die Mutter, „damit ich den Frieden nicht übersehe."
Sie trägt den Wäschekorb in die Stube, stellt das Bügelbrett auf und glättet als erstes einen weißen Kopfkissenbezug und singt: „Die weiße Fahne, die ersehnte weiße Fahne."
Sie hebt den Bezug hoch, schwenkt ihn wie eine Triumphfahne, sodass er wirklich wie die Friedensverheißung aussieht.
„Das heißt aber auch, wir ergeben uns den Feinden", bemerkt Felix und seufzt dabei ein wenig.
„Dort liegt das Schächtelchen mit Reißnägeln. Den Besenstiel habe ich an die Stiege zur blauen Tür gelehnt", sagt die Mutter.

Im Glaszimmer kniend heftet Felix den Kissenbezug an den Besenstiel. Er achtet auf die gleichen Abstände der Nägelchen. Probehalber hält er die weiße Fahne schon mal zum Fenster hinaus und schwenkt sie. Die Hände zittern ihm. Er holt die Fahne wieder herein und legt sie auf sein Matratzenbett.
„Hoffentlich hat es Feik nicht gesehen."
Die Mutter bügelt.
„Die weiße Fahne ist probegehisst, sie liegt bereit", meldet Felix und steht vor dem Hitlerbild und reißt es in einem Wutanfall vom Nagel. Die Mutter sieht es sprachlos.
Felix hält den Hitlerkopf beidhändig vor sich, sodass er kaum etwas anderes sehen kann als diesen Schädel mit dem schrecklichen Gehirn, das sich die Weltzerstörung ausgedacht hatte.
Er spuckt auf den Kopf, den er hinrichten will, läuft in den Hof hinaus und stößt, Hitlers Gesicht im Gegenüber, mit dem heranhumpelnden Feik zusammen.
Felix stürzt, Feik stürzt. Das Hitlerbild liegt auf dem Boden, das Glas ist zersplittert.
„Wo ist er?", ruft Feik, immer noch von seinen verrückten Vorstellungen gefangen, und tappt mit den Händen in die Glasscherben. „Was willst du mit dem Führerbild?"
Felix rappelt sich schneller hoch. Er zerrt unter den Scherben, während Feik sich mühsam erhebt, den Papierhitler an sich und zerreißt ihn in Fetzen.
„Was tust du mit ihm?", keucht Feik.
„In die Abortgrube."
In die er ihn auch tatsächlich wirft.
Feik sieht es, bleibt wie angewurzelt stehen, er wirkt erschöpft.
„Unverschämt, unser Führer", ruft er dennoch. Er will sicher noch mehr sagen, aber ein Motorengeräusch von der Straße her lässt ihn aufhorchen und in seinem Glaubenswahn verharren. Ein deutscher Militärlaster hält. Feik humpelt zur Straße, reißt schon unterwegs die rechte, von Glassplittern aufgeritzte Hand zum deutschen Gruß hoch.

Felix sucht inzwischen in großer Zufriedenheit aus den Hitlerscherben einen Splitter und hält ihn gegen das Sonnenlicht. Die Glaskanten glitzern, als kündeten sie von einer Hoffnung. Und hinter dem aufgespaltenen Licht, im funkelnden Spiel von Violett, Grün, Gelb und Rot, erscheint Felix' Papa.

„Papa", ruft Felix, als begrüße er ein Wunder und begreift die Welt nicht und nicht das Geschehen um sich herum, „Papa."

Das Scheunentor hat sich wie von selbst geöffnet. Felix läuft auf seinen Papa zu und springt ihm in die Arme. Sein Papa hebt ihn hoch, dreht sich mit ihm ausgelassen im Kreis. Die Mutter, die Feik durchs Fenster kommen und wieder weghumpeln gesehen hat, eilt herbei, sodass ein Tanzen und Weinen und Jauchzen entsteht, ein Freudentaumel und die Frage an den Vater: „Wann bist du gekommen?"

„Ich habe den Fliegerangriff mitgekriegt und dachte, bei so lautem Getöse und so heftiger Zerstörung sucht niemand einen Deserteur. Also habe ich die Hütte verlassen, mein Zeug mitgenommen und mich hier ins Heu gelegt, bin vor Erschöpfung eingeschlafen und in der Gewissheit, dass der ganze Irrsinn in ein paar Tagen vorbei ist."

„Hast du gesehen, dass ich die Hitlerfetzen in den Abort geworfen habe?", fragt Felix.

„Habe es gesehen."

„Ich will die weiße Fahne hissen", ereifert sich Felix in seiner Ungeduld.

„Feik wird wiederkommen", fürchtet die Mutter, „der lässt uns bis zur letzten Minute keine Ruhe."

Sie nimmt ihren Mann an der Hand, geht mit ihm in die Scheune und bittet ihn, im Versteck zu bleiben. Liebevoll umarmt sie ihn und bringt ihm etwas zu essen, kehrt in die Stube zurück und bügelt. Sie will hören und sehen, was vor der Haustür und auf der Straße los ist.

33. Deserteur gesucht

Felix schwenkt probehalber in seinem Friedenszimmer die weiße Fahne, hält sie für Sekunden aus dem Fenster und holt sie sofort zurück. Ein deutsches Wehrmachtsauto hält vor dem Gartentürchen. An beiden Seiten springt ein Soldat heraus, beide von der Waffen-SS, wie Felix an ihren Uniformen erkennt.
Er stößt die weiße Fahne unter die Matratze, springt die Stiege hinunter und streckt den Kopf in die Stube: „SS-ler."

Die Mutter hatte sie nicht gesehen. Vor Schreck lässt sie das heiße Bügeleisen auf dem Wäschestück stehen und eilt zur Haustür. Felix rennt zum wieder verschlossenen Scheunentor und ruft verhalten, aber drängend: „SS-ler. Geheimkammer in der Watteschachtel, sofort in meine Geheimkammer."
Die zwei SS-Männer stürmen großschrittig auf die Mutter zu.
„Sie haben einen Deserteur versteckt", so ihre Anklage.
Felix verhält sich, ans Scheunentor geduckt, still und unsichtbar. Inzwischen strömt Rauch aus dem offenen Stubenfenster. Ein SS-ler sieht es, ruft: „Was brennt da?"
Er eilt zur Haustür, eilt in die verrauchte Stube, ebenso die Mutter.
„Was haben Sie angezündet?", ruft der zweite SS-ler.
Die Mutter stößt das Bügeleisen vom Brett, kriegt es am Griff zu fassen und stellt es auf den Herd. Ein SS-ler reißt das verbrannte Wäschestück weg.
„So können Sie das ganze Haus anzünden", rügt er, als sei er besorgt.
„Weil Sie so einfach in meinen Garten kommen, in meinen Hof und mich erschrecken", weist ihn die Mutter keck zurecht. „Nicht einmal im eigenen Garten und Haus hat man Ruhe."

„Wir haben einen Auftrag, wir suchen den Deserteur."
Felix steht inzwischen in der Stube.
„Es gibt hier keinen Deserteur. Vielleicht woanders in der Welt."
„Halt dein freches Maul", faucht ihn ein SS-ler an.
„Zum Glück sind Sie nicht von der Totenkopftruppe", bemerkt Felix. „Es fehlt der Totenkopf auf dem Käppi."
„Das ist kein Käppi, das ist eine Mütze der Waffen-SS", faucht ihn einer an.
Mit „Er ist immer so neugierig." will sich die Mutter für Felix entschuldigen und die Situation ins Komische ziehen, was ihr auch gelingt. Sie hebt das verbrannte Wäschestück auf.
Knurrend und Zigarette rauchend gehen die SS-ler zum Scheunentor und verlangen, es zu öffnen.
Die Mutter ist ihnen gefolgt.
„Mit brennender Zigarette geht mir da keiner rein", fordert sie energisch. „Es brennt schon die halbe Welt. Hitler ist tot. Ihr könnt eure eckigen Kragenzeichen herunterreißen."
Felix erschrickt über die kühnen Worte seiner Mutter.
„Respektlose Person", faucht der SS-ler, „mach das Tor auf."
Die Mutter rührt sich nicht.
„Dann du", schreit der zweite Felix an.
Die Mutter schüttelt den Kopf. Felix versucht es trotzdem, zögert absichtlich. Sie will nicht *nein* rufen, der Verdacht wäre nur verstärkt gewesen. Auch Felix hat das begriffen. Er entriegelt und schiebt das Tor körperbreit auf.
„Na endlich."
Ein SS-ler öffnet es ganz, damit Licht hineinfällt. Beide gehen in die Scheune.
Die Mutter und Felix trotten hinterher, darauf bedacht, ihre Aufregung zu verbergen.
„Was wollt ihr eigentlich?", fragt die Mutter.
Die SS-ler treten mit ihren Stiefeln ins Heu, was nichts Aufregendes verrät, bis eine Stiefelspitze an ein Blech stößt.

„Da habe ich mit Marta Krieg gespielt, damals, als wir an Hitler einen Brief geschrieben haben.“ So geistesgegenwärtig will Felix die Situation retten. Er hebt ablenkend eine Handvoll Heu hoch, hustet angestrengt und absichtlich, verstreut das Heu und behält ein Büschelchen in der Hand.

„Hier haben wir Krieg gespielt.“

„Willst du uns zum Narren halten“, faucht der eine SS-ler und der andere motzt: „Eine schöne Geschichte, an Hitler einen Brief geschrieben.“

„Das haben die Kinder, ohne dass ich es wusste, wirklich getan“, bekräftigt die Mutter. „Feik, der Herr Ortsgruppenleiter, hat sich darüber furchtbar aufgeregt.“

„An den Ohren hat er uns gezogen, Ohrfeigen hat er uns gegeben“, steigert Felix die Aufregung, „Marta und mir Ohrfeigen.“

„Wir sind nicht zum Märchenanhören da“, schimpft der SS-ler, der einen Essenstopf gefunden hat und ihn grinsend hochhebt.

„Vom Kriegsspiel mit Marta“, betont Felix.

„Wo ist er, der Deserteur? Du zeigst uns das Versteck. Wohin führt diese Tür?“

„Zum leeren Kuh- und Schweinestall.“

Ein SS-ler öffnet die Tür, beide gehen durch, Felix hinterher, die Mutter als letzte. Der erste SS-ler ist schon am Schweineverschlag vorbei, der zweite bleibt davor stehen.

„Mit Abdeckung“, sagt er und klopft darauf.

„Meine Watteschachtel“, beeilt sich Felix mit seiner Erläuterung. „Watteschachtel hat nämlich Herr Feik, unser Ortsgruppenleiter, den Bunker im Berghang unterhalb der Schule genannt. Watteschachtel. Ich baute meine eigene, damit mich die Amis nicht erwischen können.“

„Gut gemacht, Deckung vor dem Feind“, lobt der SS-ler, verschiebt einige Bretter und steckt seinen Kopf durch.

Felix hustet, beugt sich im Husten vor, keucht, sodass sich ihm der SS-ler zuwendet und ihm auf den Rücken klopft.

„Na, kannst den Heustaub nicht vertragen und hältst das Büschel immer noch in der Hand. Wirf es weg. “

„Danke“, sagt Felix und lässt das Heubüschel fallen. „Hab nicht daran gedacht, nicht an meine Allergie gedacht.“
„Und hast im Heu Krieg gespielt.“
„Dabei auch gehustet, wie ein Verletzter gestöhnt und durchgehalten. Danke, geht wieder gut.“
„Draußen ist bessere Luft, gehen wir hinaus“, sagt der SS-ler.
Felix atmet durch, ist wie erlöst, hustet aber noch einmal.
„Die Wohnung wollen wir noch durchstöbern. Da lässt sich auch einer verstecken“, betont ein SS-ler, der zweite stimmt zu.
Felix erklärt dann sachlich: „Hier links die Stube, hier rechts Waschkammer, früher Rattenkammer, waren wirklich Ratten drin, Hunderte.“
„Ratten?“, fragen beide SS-ler gleichzeitig.
„Es wimmelte vor Ratten“, mischt sich die Mutter ein, „als wäre die halbe Welt voller Ratten, Ungeziefer, Unheil bringend. Sind alle vertrieben, erschlagen. Säuberung. Hoffentlich kommen sie nie wieder.“
Es folgt Stille.
Die Mutter bekommt Angst. Felix sieht es ihr an. Hatte sie etwas Falsches gesagt?
Felix begreift, dass eine Antwort fällig ist.
„Jetzt bitte Achtung“, spricht er wie einen Befehl.
Das Wort *Achtung* erschreckt SS-ler üblicherweise, fordert sie zu Haltung auf, jetzt bleiben sie ruhig. Sie steigen zur blauen Tür hoch, Felix voraus, gefolgt von der Mutter.
Es ist Nachmittag, die Sonne scheint, Felix stößt die blaue Tür auf, die SS-ler halten wie geblendet die Hände über die Augen.
„Was ist denn das Wunderbares?“
„Mein Glitzerzimmer.“
Sie sind umstrahlt von den blinkenden Glasspitzen.
„So etwas Schönes“, staunt ein SS-ler und schlägt dennoch einige Glasscherben herunter.
„Nein, nicht“, protestiert Felix und der SS-ler gehorcht ihm.
„Ich habe auch ein Kind, eine Tochter, so alt wie du, das würde ihr gefallen.“

Die beiden sind offensichtlich angerührt, sagen: „Glitzerscherben“, sagen: „Was es alles gibt“ und trampeln mit ihren Stiefeln die Stiege hinunter.

Die Mutter vermeidet es zu antworten. Vor der Haustür gibt einer in guter Haltung die Meldung ab: „Keinen Deserteur gefunden.“

„Wir haben nichts Unrechtes getan. Und ihr beide seid in Ordnung“, bestätigt die Mutter. „SS heißt ja schließlich Schutzstaffel, wenn ich es recht weiß. Ich deute das jetzt, wie ich es will.“

„Was soll das heißen?“

„Wie ich sagte, Schutz und Ordnung.“

„Ich traue dir nicht recht“, antwortet einer.

Die Mutter lächelt. Beide SS-ler gehen schnellen Schrittes zum Gartentürchen. Felix läuft im Abstand hinterher. Die beiden steigen in ihr Militärfahrzeug. Felix stellt sich stramm daneben. Mit ziemlichem Tempo fahren sie in Richtung Schule davon. Marta kommt entgegengelaufen, kann gerade noch zur Seite springen.

„Verrückt, die wieder“, ruft sie, sieht Felix und fragt schnaubend: „Weißt du, wo Tofan ist?“

„Endlich sind sie weg“, stöhnt Felix und schüttelt den Kopf: „Weiß es nicht.“

„Tofan ist nicht heimgekommen. Sein Opa macht sich Sorgen“, kümmert sich Marta aufgeregt. „Die blöden SS-ler würden einen glatt umfahren.“

34. Felix sucht Tofan

Ohne ein Wort zu sagen, rennt Felix in Richtung Bachschlucht. Marta will ihm eigentlich folgen, bleibt aber zurück und geht nach Hause.

Felix läuft, stammelt: „Tofan, Tofan, was ist passiert? Ich suche dich." Sein Kopf ist zum Bersten voll mit Fragen und Vorwürfen: *Tofan, zuletzt habe ich dich vom Schützengraben aus gesehen. Ich rückte die Panzerfaust auf der Schulter zurecht. Als ich hochschaute, warst du verschwunden. Eine Panzerfaust fehlte. Ich bin losgerannt, fast in den Bombenhagel hinein, bin gestürzt, blieb in der Ackerfurche liegen, sah die Bomben herunterschaukeln, hörte das Krachen der Einschläge. Die Mutter lag plötzlich neben mir.*

In der Schlucht, wo sich der kiesige Weg und der schnelle Bach ohne Brücke queren, springt Felix durch das wadentiefe Wasser und verlangsamt seine Schritte. Drüben steigt das Gelände an. Felix stockt der Atem. Er muss nicht suchen. Tofan liegt unter zwei Bäumen auf der Anhöhe, der Schaft der Panzerfaust neben ihm. Felix sinkt auf die Knie.

„Tofan, verzeih."

Er rutscht auf Knien weiter, steht auf und steigt die kleine Anhöhe hoch. Tränen fließen über seine Wangen. Er hält sich die Augen zu und muss doch das Geschehene wahrnehmen. Er will Tofan berühren, kniet sich an seine Seite, schließt wieder die Augen und weiß dann, als er heimläuft, nicht mehr, ob Tofans Gesicht verbrannt oder zerfetzt war. Er glaubt, es ist verbrannt und zerfetzt. Er weiß noch, dass er beim Weglaufen zwei Männer sah, die Tofan forttrugen. Aber er hatte Tofan berührt, dessen war er sich sicher. „Tofan, verzeih", hatte er gestammelt, hatte sein Haar zerrauft, die Finger mit Tränen genässt und jede Spur eines rechten Scheitels vernichtet. „Tofan, der Krieg, der Krieg ist schuld", hatte er gerufen, als er sich umblickte und die zwei Baumstämme sah. Tofan hatte die Anweisung: *Hinten muss Freiraum für den Feuerstrahl sein, sonst bringst du dich selbst um!* nicht mehr gehört. An einen Baumstamm gelehnt, schoss er zur Übung die Panzerfaust ab. Dahinter stand der zweite Baum. Oder er hatte im Liegen die Waffe abgefeuert und der Rückstoß hatte sie ihm aus den Händen gerissen. Der Feuerstrahl traf sein Gesicht. Wieder springt Felix durch das Bachwasser, wünscht sich ein Meer zum Versinken, rennt und erreicht das Dorf, und ruft: „Marta, er ist tot, Tofan ist tot."

Feik steht auf der Straße. Im Vorbeilaufen stößt Felix ihn weg. „Tofan ist tot."

35. Erlösung

Bernd hat sich aus dem Versteck gewagt. Er sitzt mit Anna in der Stube am Tisch. Über das nahe Kriegsende reden sie, über die Millionen toten Soldaten und Zivilisten und über die zerstörten Städte.
„Heute Nacht hat es im Heu geraschelt“, erwähnt Bernd.
„Es hat geraschelt?“
„Ich will es dir eigentlich nicht sagen.“
„Sag es.“
„Ich bin gleich aufgesprungen. Eine Ratte war es. Oder es waren zwei. Oder einige mehr.“
„Oh je, bloß nicht wieder. Das halbe Haus war voller Ratten. Das muss vorbei sein, mit den Ratten. Das brauchen wir kein zweites Mal.“
„Wenn gar nichts hilft, wenn das Beschwören und Vertreiben nicht hilft, musst du Rattengift besorgen.“
„Vielleicht waren es bloß Mäuse.“
Da springt die Tür auf, Felix stürzt weinend herein.
„Tofan ist tot.“
Bernd schnellt hoch: „Tofan tot?“
„Er hatte eine Panzerfaust mitgenommen.“
„Die Verrückten lassen die Kinder an die Waffen.“
Die Mutter zieht den schluchzenden Felix an sich, der „Tut mir so leid, ich bin schuld“ klagt.
„Nein, du bist nicht schuld.“
Der Vater sagt, als möchte er Felix von seinem Leid ablenken: „Mich hat dein Husten und Keuchen gerettet, ich zwängte mich in deine Geheimkammer.“
Die Mutter springt auf, stößt dabei Felix von sich, sie sieht SS-ler am Fenster, ruft: „Die wieder.“

Sie umarmt den Vater. Felix steht starr da.
„Ruhe bewahren", sagt der Vater. Er geht zur Haustür. Ein SS-ler mit gezückter Pistole steht vor ihm. Der zweite grinst. Die Mutter und Felix stellen sich dahinter. Es sind diesmal andere.
„Da haben wir ihn ja", sagt der Grinsende.
„Sie sind verhaftet", knurrt der mit der Pistole.
Der Vater zeigt seine leeren Hände.
„Sie können mich jetzt erschießen, es wäre keine Heldentat."
Die Mutter will Felix die Situation nicht zumuten, schiebt ihn zur Haustür hinaus. Er sieht die Waffe auf seinen Vater gerichtet. Es stockt ihm der Atem, er hat in dieser Seelennot eine Blitzidee. Er atmet durch, rennt zum Gartentürchen, lässt es offen und rennt zu Marta.
„Tofan ist tot", ruft er keuchend schon auf der Straße, „Tofan ist tot."
Marta rollen Tränen ins Gesicht. „Ich weiß es schon, der liebe Tofan", schluchzt sie.
„Jetzt ist mein Vater in Gefahr", haspelt Felix, „du musst mitmachen, musst unbedingt mitmachen."
„Was mitmachen?"
„Wir beide laufen zu mir nach Hause und rufen schon am Gartentürchen, dann an der Haustür: Die Amerikaner sind da, die Panzer kommen." Marta schüttelt verwirrt den Kopf.
„Weil mein Vater verhaftet oder erschossen wird. Weil wir ihn versteckt hatten. Wir rufen: Die Amerikaner sind da! Weil die SS-ler bei uns sind. Verstehst du? Vielleicht erschrecken sie und hauen ab."
Gesagt, getan! Sie rennen los. Felix voraus, bleibt plötzlich stehen, sodass Marta auf ihn aufläuft und: „Was ist, warum bremst du ab?" ruft.
„Die Volkssturmmänner, wo sind die Volkssturmmänner?", stammelt er. „Wenn die Amis kommen, schießen die mit den Panzerfäusten. Sie haben nicht umsonst die Gräben geschaufelt."
„Die bleiben hoffentlich zu Hause", gibt Marta als Antwort, „denk an deinen Papa. Die Amerikaner kommen." Sie laufen weiter.
„Es sind diesmal andere SS-ler", keucht Felix, als sie durch das offene Gartentürchen stürmen, zur Haustüre, mit den Händen über dem Kopf

fuchtelnd, brüllen: „Die Amerikaner sind da, die Panzer kommen, die Amerikaner sind da."

Der Vater war mit den SS-lern in Streit geraten. „Ein bisschen Vernunft im Kopf, die wäre wichtig", hielt er den Uniformierten mit den SS-Runen auf den Schultern vor. „Jeder hat das Ende kommen sehen bei diesem Wahn des totalen Krieges. Jetzt geht es um einen letzten Rest Menschlichkeit. Eine Spur davon hat doch jeder in seinem Herzen, auch zwei Männer der Waffen-SS. Vermutlich haben Sie zu Hause Frau und Kinder."

„Aber die Führertreue, der Treueschwur", setzt einer dagegen und stockt und stutzt und hört den Alarmruf *Die Amerikaner sind da, die Panzer kommen.*

„Was ist los?"

„Die Kinder waren auf der Straße, da haben sie wohl die Amerikaner kommen sehen", erklärt die Mutter. Schon im nächsten Augenblick ist die Warnung vor der Haustür, laut und gehetzt: „Die Panzer kommen, die Amerikaner sind da."

Die SS-ler stutzen.

„Von dorther kommen sie", setzt Felix keuchend hinzu und tritt ein paar Schritte zurück und zeigt in die östliche Richtung.

Die SS-ler schauen sich erschrocken an. Der eine steckt seine Pistole weg, der andere zischelt: „Ab in die Berge, in den Bergen beißen sie sich die Zähne aus, die Amis. Das haben sie nicht gelernt, in den Bergen zu kämpfen."

„Von dieser Seite kommen sie, vom Osten", ereifert sich Felix nochmals. Und schon laufen die verlorenen Helden zum offenen Gartentürchen, springen in ihr Militärauto und fahren in Richtung Schule weg.

Vater und Mutter schauen die zwei Kinder fragend an. Sie grinsen, lachen, lachen hellauf und umarmen einander.

„Ihr zwei Retter", jubelt die Mutter. „Schade, dass ich keine Bonbons für euch habe, als Belohnung für eine so witzige, rettende Idee."

„Ob's witzig weitergeht?", fragt der Vater. „Wir werden es heute und morgen erleben."

36. Weißer Stern und schwarze Gesichter

Im Glaszimmer schlägt Felix einen Nagel ins Fensterbrett, hämmert ihn schräg und klemmt den Besenstiel mit der weißen Fahne fest. Er kriegt sie nicht so hin, wie er es will, der Besenstiel sackt nach unten, die Fahne hängt schief. Felix muss ihren Absturz verhindern und schlägt einen zweiten, längeren Nagel als Stütze schräg ins Fensterbrett. Er schaut auf die Straße, von rechts werden die Amis kommen, denkt er, atmet durch und legt sich dann so auf den Boden, wie Tofan neben den zwei Bäumen im Gras gelegen hatte. Die Hände über dem Kopf, die Beine auseinander, und er sucht mit den Fingern neben sich Tofans Hand.

„Tofan."

Er schließt die Augen, fantasiert, hört Motorengedröhn, Kettengeräusche. Er springt auf, eilt zum Fenster und sieht hinter dem jungen Blattgrün der Apfelbäume des eigenen Gartens einen weißen Stern erscheinen, einen großen weißen Stern – und gleich dahinter ein Kanonenrohr. Seltsame Gestalten hocken davor. Aus dem ratternden Geschehen, das hinter den Blättern heranwälzt, wird ein Panzer. Der weiße fünfzackige Stern ist das Zeichen der Amerikaner, weiß Felix. Kurz vor dem Gartentürchen hält das eiserne Ungetüm. Die seltsamen Gestalten mit schwarzen Gesichtern unterm Helm sind mit Maschinenpistolen ausgerüstet, um die schwarze Hände greifen.

„Neger", flüstert Felix.

Ein zweiter Panzer rollt auf langsam walzenden Raupen heran. Auch darauf hocken schwarze Soldaten. Dahinter halten zwei Militärfahrzeuge, Jeeps. Felix kennt den Ausdruck schon. Er pustet durch, springt die Stiege hinunter, steckt den Kopf in die Stube.

„Sie sind da, jetzt sind sie wirklich da."

Vater und Mutter sind mit Essensvorbereitung beschäftigt, Radiomusik spielt, deshalb hatten sie die Panzer nicht gehört. Aufgeschreckt lassen sie alles liegen, schauen aus dem Fenster und beglückwünschen sich gegenseitig, umarmen einander und küssen sich.

„Jetzt ist es vorbei. Erst jetzt glaube ich es", jubelt die Mutter und setzt klopfenden Herzens hinzu: „So sehen also amerikanische Panzer aus." und sieht, dass Felix hinausläuft.

„Felix."

„Lass ihn", sagt der Vater. „Er ist doch immer auf der Straße."

„Was werden die Sieger mit dir tun?", fragt die Mutter besorgt ihren Mann.

Felix rennt zum Gartentürchen mit einem Gefühl, das er bisher nicht kannte. Es war immer Krieg. Seit er denken konnte, war Krieg. Frieden ist ein Wort, das sie in der Schule nie geschrieben hatten. Die Panzer sind riesige Eisenkolosse, übermächtig. Die schwarzen Soldaten, die vor der Kanone hocken, springen herab, jeder mit einer Maschinenpistole bewaffnet.

Ein wenig zittrig ist Felix. Er schaut zu seiner weißen Friedensfahne hoch und zeigt auf sie. Ziemlich schief hängt sie, jeden Moment könnte sie abstürzen. Aber sie ist sein gültiges Friedenszeichen.

Auch Schickl hat die weiße Fahne gehisst. Am Feik-Haus fehlt sie.

Plötzlich steht ein schwarzer Soldat vor Felix, die Maschinenpistole quer vor seinem Körper. Felix muss an ihm hochschauen. Alle Soldaten, auch die aus den Jeeps, sind schwarz, alle sind von der Division Black Cats, wie er später erfährt.

„Sie sind die Sieger", flüstert Felix vor sich hin.

Inzwischen sind ein paar Frauen und alte Männer aus dem Dorf auf der Straße. Schickl steht bei einem Amerikaner, deutet auf Felix, deutet auf dessen weiße Fahne.

„Felix, gilt die überhaupt, so schief?", witzelt er.

„Natürlich gilt sie, natürlich."

Diese Bestätigung entspannt Felix. Er deutet nochmals auffällig zur weißen Fahne, was einer der Soldaten bemerkt, der ihn mit „Hello boy"

anspricht und über sein strubbeliges Haar streichelt, was Felix nötigt, einen Scheitel links zu kratzen und eine Weile seine Hand darauf zu drücken, damit er auch hält.
„Hällo“, antwortet er verspätet und hebt dabei ein Stückchen seine rechte Hand, nicht so hoch wie bisher.
Kaugummi kauend oder Zigarette rauchend stehen die Amerikaner herum. Felix schlängelt sich an ihnen vorbei, geht zum zweiten Panzer, umkreist den ersten Jeep und trifft auf den Polen, der ihm ebenfalls freundlich über den Kopf streichelt und „Bist ein guter Junge“ sagt.
Es war so, als habe sich gerade die ganze Welt versöhnt.
Als ein Amerikaner auf den Polen zugeht, weist der sich als Gefangener aus.
„I am a prisoner. From Poland.“
Schickl fragt Felix: „Wer war denn eigentlich in eurem Haus versteckt?“
Felix stutzt. Darf er es sagen? Hat sich die Zeit wirklich verändert?
„Mein Papa.“
„Das hättest du dir so gewünscht. Der ist gefallen, fürs Vaterland.“
„Nein, Deserteur, weil er nicht mehr töten wollte.“
„Deserteur? Und die Heldenehrung? Bloß ein Spiel?“
„Die war echt. Das Überleben war ein Wunder“, antwortet Felix, „es steckt ein Geheimnis dahinter.“
Schickl schüttelt den Kopf und schaut sich weiterhin um.
Anna und Bernd wagen sich vor das Haus. Bernd will sich noch nicht so recht zeigen, aber da sieht er Feik fliehen, seitlich an seinem Haus vorbei will Feik davonlaufen. Dabei ist er mit seinem Hinkebein an schneller Flucht gehindert. Bernd eilt zur Straße, am vorderen Panzer vorbei. Einer der Soldaten greift nach ihm. Bernd deutet auf den fliehenden Feik, gibt „Nazi“ zu verstehen und läuft weiter, ruft: „Feik, sei nicht feige, Herr Ortsgruppenleiter, ich bin der, den du gesucht hast, der Deserteur, Annas Mann.“
Feik bleibt stehen. Er kann nicht wirklich denken, dass er entkommt. Wohin auch? Der Amerikaner hatte „Deserteur“ gehört und blickt neugierig herum.

Feik ist verwirrt, haspelt, an Bernd gerichtet: „Du bist tot, ich hab die Heldenehrung gehalten, wirklich als Ehrung."
„Feik, stell dich, das gehört sich für einen Deutschen", sagt Bernd und gesteht nochmals dem neugierigen Amerikaner: „I am a deserter."
„Feik, es geht nicht um Rache. Es geht um Einsicht und Frieden."
Der Amerikaner deutet auf Bernd und fragt Feik: „He is a deserter?" Feik ist so hilflos und ehrlich, dass ihm nichts anderes bleibt als zu sagen: „A deserter."
„Hidden in my house. Not discovered from the SS and this Nazi", ergänzt Bernd.
„Nazi?", reagiert der Amerikaner und packt Feik am Arm: „You must come with us." Er führt ihn zum ersten Jeep und setzt ihn hinein. Feik lässt es über sich ergehen.

Immer noch drückt sich Schickl zwischen den Panzern und den Leuten umher, geht auf den Jeep mit Feik zu und ruft anklagend: „Vorbei deine Dorfherrschaft, deine Dorftyrannei. Sag mir wenigstens, wo mein Sohn Franz ist. Hast du ihn umbringen lassen?"
„In einer psychiatrischen Anstalt untergebracht. Ich habe angeordnet, dass ihm nichts Schlimmeres geschieht. Vielleicht kann ich für seine Befreiung etwas tun."
„Aber sofort. Franz ist immer für den Frieden gewesen, du hast ihn als Trottel bezeichnet. Du wirst Zeit haben zu begreifen, wer die Dummen und die Trottel waren, nämlich die politischen Führer, die Mörder, die fanatischen Schreier und ein Ortsgruppenleiter."
Bernd und Anna stehen in der Nähe, hören es und stimmen zu.
Schickl spricht Bernd an, fragend: „Deserteur? Dich habe ich nicht im Heu vermutet. Du bist offiziell tot, für das Vaterland gefallen."
Anna antwortet schmunzelnd: „Offiziell, alles andere ist einem Wunder ähnlich, die gibt es nämlich, wie es auch Geheimnisse gibt."
„Eine Lok auf den Gleisen konnte ich führen, aber hier fehlt mir das Gleis im Kopf, um es zu begreifen, soll heißen, ich verstehe es nicht. Anna, ist er wirklich dein Mann?"

Sie umarmt Bernd und gibt ihm einen Kuss. Felix kommt hinzu. Sie beziehen ihn in die Umarmung ein. Aber der Vater kommt nicht umhin zu sagen: „Die nehmen natürlich auch mich mit. Ich bin deutscher Soldat gewesen und habe gegen die Amerikaner gekämpft.“
Felix regt sich auf: „Nein, die dürfen dich nicht mitnehmen, du bist schließlich ein Deserteur, der nicht mehr töten wollte.“ Er hängt sich an seinen Vater. „Du musst dableiben.“
„Als Deserteur werden sie mich schon nicht so lange hinterm Zaun einsperren.“
„Hinter welchem Zaun?“
„Der das Lager umschließt, hinter dem die ehemaligen deutschen Soldaten bis zu einer Sortierung Nazi oder Nicht-Nazi festgehalten werden. Könnte ja auch ein echter Kriegsverbrecher dabei sein.“
Das Wort *Kriegsverbrecher,* vom Vater gesprochen, kommt Felix erschreckend vor. Krieg und Verbrecher in einem Wort, Kriegsverbrecher. Es schaudert ihn. Er begreift ein wenig mehr.

Frau Feik kommt auf die Straße. Sie hat ein Kopftuch umgebunden, blickt ziemlich beschämt drein. Sie bringt ihrem Mann einen Koffer voller Wäsche und Kleidung. Von Karri ist nichts zu sehen. Doch, da kommt er an den Zaun, ohne Helm, ohne Luftgewehr.
Er winkt seinem Vater, lehnt sich dann ziemlich düster dreinschauend an die Hausmauer.
Frau Feik begrüßt Anna, umarmt sie und spricht aufrichtig: „Jetzt ist der Tag da, ab dem ihr nicht mehr Versteck spielen müsst. Ist es wirklich dein Mann?“ Sie schaut Bernd prüfend an: „Ich verstehe es nicht, aber jetzt ist alles anders.“
„Auch die Nachbarschaft“, antwortet Anna, „auch die Nachbarschaft soll friedvoll sein.“
Bernd muss sich den Amerikanern gegenüber ausweisen. Sie schieben ihn in den Jeep, in dem Feik sitzt.
„Am Ende des 12-jährigen tausendjährigen Reiches sitzen der ehemalige Ortsgruppenleiter der NSDAP und der Deserteur nebeneinander, zum

Abtransport bereit", sagt Bernd und fügt hinzu: „zur Gewissensreinigung bereit."
Feik bleibt wortlos. Bernd fühlt sich herausgefordert weiterzusprechen: „Wie gibt es das, dass Menschen mit Hirn im Kopf, mit Augen und Verstand, Menschen mit Herz, wo die Liebe daheim ist, nicht unterscheiden können zwischen Gut und Böse, zwischen Liebe und Hass? Feik, hast du wirklich Hitlers Untaten nicht begriffen?"
Feik schweigt.
„Die Soldaten hier, dunkelhäutig sind sie, kommen als Befreier aus einer anderen Welt. Demokratie herrscht dort, freie Meinungsäußerung und sogar das Streben nach Glück ist verbrieft. Sie haben uns besiegt, sie haben die Gefahren auf sich genommen, jetzt kauen sie entspannt Kaugummi. Und was kaust du? Woran kaust du herum?"
Felix steht neben dem Jeep, spitzt die Ohren, um zu hören, was der Vater sagt. Er fängt fast zu weinen an. Seine Mutter kommt hinzu. Sie hat einen Koffer bei sich.
„Du warst doch bisher immer so tapfer", sagt sie und drückt ihn an sich. „Papa kommt bald wieder. Hier, im Koffer, habe ich schnell die nötigsten Sachen eingepackt."
Bernd winkt um Verständnis bittend einem Amerikaner und steigt vom Jeep. Er umarmt nochmals seine Frau und Felix. Es entsteht ein Moment der Nähe und Liebe, der Sehnsucht und Warmherzigkeit. Sie blicken sich in die Augen.
„Wir gehören zusammen", sagt die Mutter. Da greift ein Amerikaner nach Bernd und schiebt ihn in den Jeep.
„Papa", ruft Felix. Der Fahrer des Jeeps wirft ihm ein Päckchen Kaugummi zu. Felix ist geschickt genug, es aufzufangen.
„Danke, danke", ruft er, *thank you* wird er bald lernen. Er hantiert nebenbei mit dem Kaugummipäckchen, müht sich, es achtsam aufzureißen und hätte beinahe übersehen, dass der Jeep wegfährt, rückwärts. Er stand ja hinter den Panzern, an denen er auf der schmalen Dorfstraße nicht vorbei konnte. Er musste wenden. Felix holt bei dem Manöver den Jeep ein. Er ist immer noch dabei, irgendwie die Packung Kaugummi

mit gewissem Respekt aufzureißen, schafft es und wirft seinem Papa den ersten Streifen zu. Der muss hochspringen, rempelt dabei Feik heftig an, bekommt aber den Streifen in die Finger.
„Danke, Felix, danke für dieses amerikanische Geschenk", ruft er – und an Feik gewandt knurrt er nicht ohne Witz: „Ich werde Kaugummi kauen, die neue Welt erspüren."
Felix winkt. Die Mutter steht neben ihm. Er packt für sie den zweiten Streifen aus, für sich den dritten. Sie kauen Kaugummi und winken. Der Jeep mit Papa und Feik fährt weg. Die Mutter wischt sich Tränen aus den Augen und zieht Felix an sich.

37. Kaugummi und die neue Freiheit

Wie schmeckt nun diese andere Welt, zu der auch Kaugummi gehört? Felix erforscht die neuen Reize auf der Zunge, kaut und spürt etwas von Lässigkeit und denkt, sie ist schon O. K., die neue Welt. O. K. hatte er nämlich von einem der schwarzen Männer gehört. Es hieß *alles in Ordnung, alles wird gut.* O. K. kann man sich als neuen Wortgebrauch gut angewöhnen.

Die Leute, die um die Panzer herumstanden, sind inzwischen heimgegangen. Karri lehnt am Gartenzaun, auf der Innenseite. Felix geht hin.
„Na, gefallen dir die Panzer?“, fragt er nicht ohne Hohn und aus ganzer Überzeugung. Denn die Panzer brachten gewissermaßen den Frieden.
„Vorbei dein *Jetzt zählt Hitler,* deine nachgesagten Sprüche. Tofan ist tot. Sollst ewig an ihn denken müssen.“
Er streckt Karri, über den Zaun hinweg, den vierten Streifen aus dem Päckchen entgegen.
„Friedensmerkmal“, sagt er, was Karri irgendwie falsch versteht. Er wischt nervös über den Narbenstern auf seiner Stirn, der ein Mahnzeichen bleibt, ein Stempel, für das ganze Leben auf die Stirn gedrückt. *Tut mir leid,* will Felix sagen, aber er sagt es nicht. Er denkt an Marta, die nicht auf die Straße gekommen ist. Für sie muss auf jeden Fall ein Streifen Kaugummi übrigbleiben. Karri reißt seinen auf und kaut. Das ist seine Antwort.
Im Abendlicht hocken Marta und Felix im Sternenglitzer des Glaszimmers.
„Mein Papa ist wirklich tot“, klagt Marta.
„Es macht mich traurig“, antwortet Felix und drückt ihr einen Streifen Kaugummi in die Hand.

Mit einem Danke auf den Lippen schaut Marta Felix in die Augen.
„Du lachst so gern, tanzt so gern“, ermuntert er sie.
Sie dreht den Kaugummistreifen in ihren Fingen. Felix greift zum Akkordeon und spielt eine selbst erfundene Melodie, einem Walzer ähnlich. Woraufhin Marta näher an ihn heranrückt, den Kaugummi auspackt und in den Mund steckt.
„Na?“, fragt Felix grinsend.
Marta verdreht genießerisch die Augen.
„Schmeckt irgendwie ... wie?“
Beide erforschen bei neugieriger Mimik, bei schaukelnden Bewegungen mit Zunge und Gaumen und Geist das unbekannte neue Erlebnis.
„Na?“
„Irgendwie amerikanisch“, rätselt Marta – und nickt und grinst und Felix spielt schräge Akkorde, so, wie er sich die Musik aus Amerika vorstellt.

„Tofan ist tot, er kommt nie mehr in dein Glaszimmer“, sagt Marta und erzählt, als glaube sie es wirklich, als wäre es kein Märchen, als habe sie es nicht geträumt. In Wirklichkeit hatten es ihr andere Kinder erzählt. Sie erzählt im Geflüster, Tofan sei in einen gläsernen Sarg gelegt worden. Wie Schneewittchen. Damit er wieder lebendig werde.
Felix will es glauben. Er weiß nicht, wo Tofans Grab sein könnte, weil doch seine Mutter aus Siebenbürgen kommen wird, weil sie mit dem Opa weiterziehen will, von hier weg. Und so könnten sie Tofan im gläsernen Sarg, der einer Hoffnung entspricht und einem steten Erinnern, mitnehmen und ihn immer bei sich haben und sehen.
Eine liebevolle Vorstellung, die Felix ein wenig erschaudern lässt. War Tofans Gesicht verbrannt oder zerfetzt?
Er zieht Marta an sich, gibt ihr einen kleinen Kuss auf die Wange und fragt: „Kennst du das Märchen vom goldenen Schlüsselchen?“
Sie schüttelt den Kopf.
Felix untermalt seine Frage mit anschmiegsamen Tönen, die er gefühlvoll sucht. „Kennst du das Märchen vom goldenen Schlüsselchen?“

„Nein, nicht."
„Vom goldenen Schlüsselchen, das die Tür zu den schönsten Abenteuern des Lebens öffnet?"
Marta schüttelt den Kopf.
„Das Märchen vom goldenen Schlüsselchen, das zu einem vergrabenen Kistchen gehört."
„Das ich ausgraben muss und mit dem goldenen Schlüsselchen öffnen kann?"
„Ja, das du aber erst finden musst."
„Wo?"
Felix zieht Marta an sich und küsst sie auf die Stirn.
„In meinem Kopf?"
Felix tastet nach einzelnen hüpfenden Tönen. Marta atmet aufgeregt, schaut Felix in die Augen. Er flüstert: „In deinem Kopf, wo deine Träume wohnen, mit denen du den Wind fangen kannst, der dich zu den schönsten Abenteuern des Lebens trägt."
Felix greift nach einem Akkord und sinkt zurück und zieht Marta mit auf den Boden nieder.
Die zwei Kinder liegen glücklich nebeneinander, die Zukunft atmend. Sie tasten mit ihren Händen zur Seite und finden sich.

Was ich noch sagen will – Rückblick des Autors

Vor allem will ich sagen, dass ich als zehnjähriger Junge die Ereignisse so erlebt habe, wie sie in meiner Geschichte dargestellt werden. Im Buch bin ich Felix, Anna ist meine Mutter, Bernd mein Vater. Es gab auch Marta und Karri und Tofan und auch Herr Feik.

Meine Mutter stammte aus Niederbayern, wo auch ich geboren wurde. Ihr fiel nach dem Bombenangriff auf München die Rückkehr nicht schwer, obgleich sie als Schlittschuhläuferin im Prinzregentenstadion Pirouetten gedreht hatte, worauf ich sehr stolz war.

Kaum war im neuen Zuhause das glitzernde Glaszimmer entdeckt, tauchte auch schon der Besitzer mit dem Mietbüchlein auf, um 15 Mark „Zins" zu kassieren. Er schaute sich im Obstgarten um. Das Fallobst durften wir auflesen, die pflückreifen Früchte erntete er. Er umkreiste vor sich hin schimpfend jeden Stamm, auch wenn er bei uns bloß so „vorbeischaute". Die erkennbare Absicht war, man möge daraus deuten, dass ein solcher

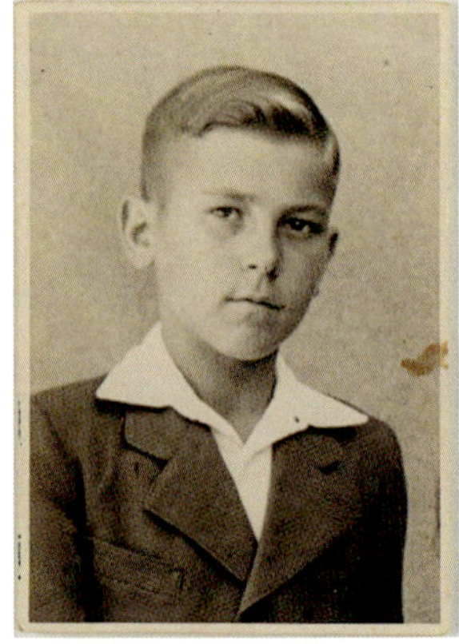

Kopf für die Wehrmacht zu schwach sei. Mit dieser Masche entkam er dem Einrükken an die Front.

Der kleine Ort war uns fremd. Feik trat so herrisch auf, dass meine Mutter ihn fürchtete. „Lass die Finger vom Radio“, befahl sie mir, „Feik würde die Tapser entdecken“. Es ging um die Suche nach „Feindsendern“, worauf höchste Strafe drohte. Nessl, einen Mann im wehrfähigen Alter, beobachtete ich besonders. Wenn ich zur Schule lief, kam ich an seinem Haus vorbei. Sein Merkmal war eine unsichtbare rechte Hand. Die steckte in einem dicken Fäustling. Ich stellte mir die Hand nicht ohne Grund runzelig vor, mit einem

Loch in der Mitte. „Heimatschuss", munkelten die Leute, die Hand aus dem Schützengraben zum Durchschuss hochgestreckt.

Im Buch fehlt der Hamburg-Kurt, von uns Kindern so genannt. Ein ausgebombter Junge aus Hamburg. Seine Oma besuchte ihn und auch uns. Sie nahm mit meiner Mutter einen Briefwechsel auf, im Inhalt traurig genug, um die Geschichte des Hamburg-Kurt an richtiger Stelle fertig zu erzählen.

Marta hatte drei Geschwister. Im Buch schrieb ich, ihr Vater sei im Krieg umgekommen. Die Wahrheit ist, er wollte nach dem letzten Urlaub nicht mehr „einrücken". Er erhängte sich auf dem Dachboden. Ich wollte Marta diese Schmach nicht antun.

Der Krieg war zu Ende, die Hungerzeit nicht. Wir Kinder standen mit hängenden Armen und leeren Augen herum, bis zwei Laster den Staub der Dorfstraße aufwirbelten. Die Amerikaner hatten im nahen Simbach ihr Quartier eingerichtet. Sie hatten Zeit und Appetit, nach dem Sieg gut zu essen. Da blieben nicht ganz leer gekratzte Dosen und nicht ganz leer gegrapschte Kartons übrig. Fortan warteten wir von Tag zu Tag, bis die zwei Laster mit dem Übriggebliebenen auftauchten. Wir rannten hinterher. Sie kippten ihre Fracht am Rand der Innauen ab. Wir stürzten uns darauf, zerrissen die Kartons, fanden Kekskrümel, auch ganze Kekse, fanden Dosen mit restlichem Käse oder fremder Kost, die wir erst erschmecken mussten. Jedes Mal entstand ein Kampf um Kartons und Dosen. Mit dabei war der Hamburg-Kurt, dabei war auch Nessl. Er boxte mit der Fäustlingfaust die Kinder nieder. Er war mit einem Karren gekommen und als Hamburg-Kurt einen halbvollen Karton Kekse gefunden hatte und sich Zeit nahm, sich darüber zu freuen, riss ihm Nessl den Karton aus den Händen. Ich wünschte, Nessl würde bei dem Gerangel den Fäustling verlieren und ich würde das runzelige Loch sehen, aber der Fäustling war am Handgelenk festgebunden. Nessl knallte damit dem Hamburg-Kurt eine Ohrfeige, schlimmer, er riss ihm mit der linken guten Hand ein Ohr halb ab. Blut rann an Kurts Hals herunter. Ich schimpfte Nessl einen Wüstling, er scherte sich nicht darum, warf den Kekskarton auf seinen Karren und zog damit ab. Am nächsten Tag sah ich Hamburg-Kurt mit halbseitig verbundenem Kopf. Er reiste mit seiner Oma nach Hamburg. Wochen später bekam meine Mutter die briefliche Nachricht, Kurt sei in der Ruine des ehemaligen Wohngebäudes herumgestiegen. Eine hochragende Mauer sei eingestürzt, sie habe ihn erschlagen.

Die Amerikaner hatten in den Auen zwischen kleinem und großem Inn an einer geräumigen Wegkreuzung eine Wagenburg aufgebaut. Mehrere Jeeps und Laster waren im Kreis aufgestellt. Marta und ich kannten den Platz. Wir hatten dort für die deutschen Soldaten von den stacheligen Sanddornsträuchern die Beeren gepflückt. Die Mütter erlaubten, dass wir auf Beutezug nach Essbarem gingen. Wir schlichen uns an, hatten einen Plan, kannten aber außer „yes“ und „no“, „chewing gum“ und „Jeep“ kein amerikanisches Wort. Die würden uns den Hunger schon ansehen, glaubten wir. Fremde Musik dröhnte. In der Mitte des Camps brannte ein großes Feuer, schwarze Soldaten hockten drum herum. Wir fassten den Mut, uns zwischen zwei Fahrzeugen anzuschleichen. Da sprang ein Ami auf, die MP im Griff. Er stürmte auf uns zu. Ich vorne, Marta hinter mir. Ich riss die Hände hoch. Der Feind, er wurde mir zum Feind, schrie mich an, drückte den Lauf seiner Waffe an meinen Bauch, zupfte damit das Hemd aus der Hose und drängte mich ins Gebüsch. Ich glaubte, das Feuerrohr am nackten Bauch, an mein Ende, taumelte rückwärts und dann – rief der Feind „husch, husch“ und lachte und grinste, und ich spürte hinter mir nicht mehr Marta und rannte ihr nach.
„Habt ihr etwas Essbares gekriegt“, fragte die Mutter? Ich zeigte ihr die leeren Hände, sagte nichts vom Feuerrohr an meinem Bauch, sagte nichts von meiner Todesangst.

Am nächsten Tag herrschte im Dorf Aufruhr. Frauen und Kinder liefen umher, alle mit einem Schuh in der Hand oder zwei nicht zusammengehörende in beiden Händen. Alles glich einem verrückten, aufgeregten

Spiel. Was war geschehen? Es gab im Dorf ein Haus, in dessen Gartenwiese vor Kriegsende ein gar nicht kleiner Holzschuppen gezimmert wurde. Ordentlich mit Dach, aber ohne Fenster. Ein geheimnisvolles, kleines Holzhaus. Alle rätselten, was in dem Bau versteckt sein könnte. Das Rätsel wurde zur herausfordernden Frage, die Frage wollte Antwort. Die Leute rissen nachts die Bretterwände auf. Dahinter waren hunderte Kartons gestapelt, alle voll mit nagelneuen Schuhen. Die Leute, jung und alt, plünderten, rissen die Kartons auf, zerrten im Streit die Paare auseinander und stritten auf der Straße weiter. Und konnten sich nicht einigen, ganz abgesehen von der Frage: „Passt mir der Schuh überhaupt?" Niemand konnte sich vorstellen, wie der Nachbar so viele Schuhe horten konnte, seine Absicht begriffen alle. Nach dem Krieg ließe sich mit einem Lager voller Schuhe guter Handel treiben.
Auch meine Mutter hatte einen Schuh ergattert. Ich nicht, ich hatte ein anderes Ziel. In Simbach waren Telegrafenamt und Bahnhof bombardiert worden, die Rangier- und Abstellgleise waren verschont geblieben. Es waren Versorgungszüge der deutschen Wehrmacht abgestellt. Ich war spät dran für das Ausräubern, schlich mich an, niemand sonst war in den Waggons. In allen Abteilen lagen aufgerissene Kartons herum. Ich wühlte mich durch und fand einen Schatz. Eine nagelneue Maschine mit Kurbeln und Tasten. Es war keine Schreibmaschine, es war ein Rechenapparat. Ich hob die wertvolle Maschine aus dem Karton, trug sie vor der Brust. Nicht auf der Straße, sondern auf dem Auweg ging ich, der zur Schlucht führte, wo sich Bach und Straße ohne Brücke querten. Ich war noch oben vor dem Abstieg, die kostbare Last vor der Brust, da erschreckte mich ein Mann. „Die Maschine hast du aus dem Zug geklaut", so sein Ruf. „Stell sie unter's Gebüsch, damit dich niemand als Dieb erwischt." Ich stutzte, schob den kostbaren Schatz unter's Gebüsch und wollte ihn in der Dunkelheit holen. Der Mann war verschwunden. Ich erzählte alles der Mutter, die gleich die Antwort wusste. Der Mann wollte die Rechenmaschine selber haben. Fortan habe ich tausendmal den Verlust dieser wertvollen Maschine mit den Kurbeln und Tasten betrauert, auch mit Ärger, weil ich mich überlisten ließ.

Die Amerikaner waren mit Übermacht in unsere Gegend gekommen. Mit dabei die Panzerdivision *Black Cats.* Unüberschaubar die Zahl der Panzer, Laster und Jeeps, die irgendwann abziehen mussten. Der militärische Aufmarsch sei so groß gewesen, wusste Schickl, weil die Sieger glaubten, Hitlers Geburtsort Braunau würde mit letzter Gegenwehr verteidigt werden. Tatsächlich sprengten die Deutschen noch die historische Brücke, tatsächlich wurde mit Kanonen geschossen und tatsächlich lagen wir Kinder am Straßenrand, als die amerikanischen Fahrzeuge abzogen. Nicht durch unser abseitiges Dorf ratterten sie, sondern auf der nahen Landstraße nach München. Eine schier endlose Kette von Panzern, Jeeps und Lastern. Über Tage und Wochen, immer wieder. Ich lag mit anderen Buben am Straßenrand, staunend über eine solche Übermacht, erwartungsvoll, weil die siegreichen Amerikaner nicht nur Kaugummi kauten, sondern auch Zigaretten rauchten. Die Kippen warfen sie an den Straßenrand. Gierig sprang ich nach jedem Zigarettenstummel, im Wettbewerb mit anderen. Ich fingerte aus den Stummeln den Tabak hervor und stecke ihn in ein Blechdöschen. Ein Schatz für mich und Marta. Denn in der alten Mühle waren neuerdings Flüchtlinge aus Ungarn untergebracht. Ein Ehepaar mit Sohn Gintschi. So nannten wir ihn, wie von seinem Vater gehört, der in Ungarn ein Süßwarengeschäft hatte. Er wollte aber lieber selbstgedrehte Zigaretten rauchen, statt Bonbons zu lutschen, wovon er mehrere volle Säcke auf dem Pferdekarren mitgenommen hatte. Ich tauschte also mit Gintschis Vater Tabak gegen bunte Bonbons, wovon ich Marta jedes zweite zusteckte.

Ich spielte mit Marta und ihren Geschwistern Verstecken. Im kleinen Hof vor Martas Zuhause war freistehend ein runder Turm aus Holzscheiten aufgebaut, luftig, zum Trocknen des Holzes, über zwei Meter hoch. Marta und ich kletterten hinauf, duckten uns in das Nest. Wir waren allein, die Sucherin fand uns nicht. Dieses Stillsein und Verweilen empfand ich später schmerzlich als Abschied von Marta.

Übrigens, Karri, der so aufgeregt gegen die Flüchtlinge gewettert hatte, verliebte sich in ein hübsches Flüchtlingsmädchen und heiratete sie.

Und Tofan, der feinsinnige Tofan? Warum hatte ich ihn nicht gewarnt?

Ich hätte sagen müssen, geh nicht zu den Volkssturmmännern, dort liegen Waffen herum. Ich tat es nicht. Die märchenhafte Geschichte, er sei in einen Glassarg gebettet worden, um sichtbar in der Welt zu bleiben, hatte mir Marta erzählt. Dieses schöne letzte Erinnerungsbild von Tofan wurde in mir wahr.
Feik hat bald vergessen, dass er ein fanatischer Nazi war und die Nachbarn drangsaliert hatte. In sein Haus mit dem italienisch anmutenden Walmdach quartierten sich amerikanische Soldaten ein. Für ein Jahr oder etwas länger. Ich hatte gewünscht, Feik müsse als ehemaliger fanatischer Nazi eine Strafe absitzen. Nichts dergleichen geschah. Er kehrte, als die Amis sein Haus verlassen hatten, mit Frau und Karri ins Dorf zurück, war ein braver Bürger und konnte es sich leisten, ins kriegszerstörte München zu fahren, um sich im neu eröffneten Kaufhaus *Hertie* umzusehen. Worin es eine Rolltreppe gab, eine bestaunte Neuigkeit. Auf der Rolltreppe nach oben, zu den Waren seines Begehrens, ist er zusammengebrochen und gestorben.

Ich war längst der Kindheit entrissen, vergaß nicht die Mutter, vergaß nicht den Vater, mit dem ich bei seinem letzten Urlaub unter einem Apfelbaum stand. Er pflückte einen Apfel, halbierte ihn mit seinem Taschenmesser und zeigte mit der Messerspitze auf die braunen Kerne, sagte „reif und süß, die Frucht“ und gab mir eine Hälfte. Ich biss ins Süße meiner Hälfte, er biss in seine Hälfte.
Ich vergaß auch nie, dass mein Vater mit Feik laut disputierend am Gartentürchen stand. An der Haustür lehnend hörte ich ihn sagen: „Das geht zu weit, wenn wir in Russland Frauen und Kinder zusammentreiben …“ Feik schrie dazwischen: „Was bist du für ein deutscher Soldat? Eines sage ich dir, Dachau ist nicht weit.“
Wir Kinder wussten, dass es in Dachau ein Konzentrationslager gab. Die Hölle war in meiner Kindheit nie weit weg.

Unser Kaplan, dessen Messdiener ich war, hatte mir schon vor ein paar Jahren eine unglaubliche Mitgift geschenkt: Vertrauen im Moment der

Todesangst zu haben. „Weißt du, was Vertrauen ist?“, hatte er mich gefragt. Vielleicht war ich stumm geblieben (in der Nazi-Zeit Vertrauen?). „Komm mit“, sagte er. Wir stiegen im Kirchturm hoch, ich voraus, er hinterher. Auf vom Taubenmist verschmutzte Bretterstufen stiegen wir, auf von Spinnweben überzogene Leitern, vorbei an der einzigen vom Einschmelzen verschont gebliebenen Glocke, hinauf zur Turmkammer mit großen Bogenfenstern in alle Himmelsrichtungen. Den Inn sah ich und die Gipfel des Gebirges. Ich staunte, ich war glücklich. „Hab Vertrauen“, sagte der Kaplan und fasste mich mit seinen starken Händen, hob mich hoch und streckte mich waagerecht zu einem Turmfenster hinaus. „Vertraue mir!“ Ich blickte in die Tiefe, sah unten die Grabreihen. Er hob mich wieder zu sich.

Im Herbst 1945 habe ich das Dorf mit den neunzehn Häusern, in dem die ganze Welt abgebildet schien, verlassen. Das kam so: Der Kaplan sprach in unserer Stube mit meiner Mutter. Ich hörte schweigend zu, saß am Tisch, über den eine Decke mit blauen und weißen Karos gelegt war, über die ich den Zeigefinger der rechten Hand wandern ließ, als schritte ich ein Labyrinth ab. „Der Bub könnte ein Gymnasium besuchen“, hörte ich den Kaplan sagen und ich ahnte, dass der Gedanke meiner Mutter gefiel.
Ein Gymnasium gab es in der Gegend nicht, gab es nur in einer fernen Stadt oder einem fernen Kloster. Also kam ich mit zehn Jahren in ein mit Mauern umschlossenes Kloster, lernte Latein, spielte Geige und hörte Sokrates auf der Agora in Athen zu.

Und die liebenswerte Marta? Nach Jahren stand ich ihr überraschend bei einer Beerdigung gegenüber, einer schönen jungen Frau, schwarz gekleidet. Unsere Vertrautheit war augenblicklich erweckt. Wir hielten eine Weile unsere Hände. Sie erzählte mir, ihr Mann habe sich von ihr scheiden lassen, weil sie keine Kinder gebären könne. Sie tat mir leid. Wir wünschten uns Glück. Im Herzen war ich ihr nahe und dankbar. Wir begegneten uns nie wieder.

Interview mit

JOSEF EINWANGER

(Autor)

Warum ist es Ihrer Meinung nach wichtig, Zeitzeugenberichte zu dokumentieren?
Ein Zeitzeuge war mit seinem Gewissen, seinen Gefühlen, mit seiner Information eingebunden in die sozialen Umstände der Zeit, bedrängt von politischen Geschehnissen, der ideologischen Propaganda, in Kriegszeiten von Meinungseinschränkung, existenzieller Bedrohung bis hin zur Todesbedrohung. Zeitzeugen wissen, wie damals gefühlt, gedacht, gelitten, gesprochen wurde, wie informiert oder manipuliert wurde, wie man zum eigenem Schutz ideell leben konnte.
Zeitzeugenberichte müssen gewissenhaft dokumentiert werden. Es geht um historische Wahrheit.

Sind Sie als Autor schon vorher mit Drehbüchern in Berührung gekommen?
Mein erstes Drehbuch schrieb ich zum Film TONI GOLDWASCHER, das zweite zum Film DAS GLAZIMMER. Zwei weitere Drehbücher sind fertig geschrieben.

Was waren die größten Herausforderungen, Ihre Berichte in ein Drehbuch umzuschreiben?
Die Herausforderung war, eine erste Buchfassung von DAS GLASZIMMER ins Genre Film dramaturgisch zu übersetzen. Aussagetreu, wahrhaftig, spannend.

Wie würden Sie die Beziehung zwischen den beiden Hauptcharakteren Felix und Karri beschreiben?
Karri wirft mit einer Flasche auf Felix, der wirft eine Scherbe zurück. Karri verfehlt, Felix trifft Karri auf der Stirn. Die Narbe bleibt für immer. Karri hat ein Luftgewehr, Felix ein Holzgewehr. Karri zwingt ihn, beim Anschlag auf Tofans Wohnzelt mitzumachen, zwingt ihn beim Sägewerk ins Gleisbett und überrollt ihn mit der Lore. Felix ist gefangen in seinem „Mitmachspiel“ Er muss seinen versteckten Vater (Deserteur) „schützen“.

Wie würden Sie in eigenen Worten Ihre persönliche Erinnerung an das Ende des Krieges beschreiben?
Kettengeräusche. Blick auf die Dorfstraße. Ein mächtiges Panzerungetüm erscheint. Um die Kanone herum große Männerkörper mit schwarzen Gesichtern, mit schwarzen Händen an Maschinenpistolen. Ein zweiter Panzer rückt heran. Schwarze Gesichter, schwarze Hände, Maschinenpistolen. Niemand ist auf der Straße. Der Atem stockt. Eine Stunde später verteilen die fremden Gestalten Kaugummi. Ich bin auf der Straße, berühre einen Panzer, zeige mit ausgestreckter Hand auf meine weiße Fahne, die aus dem Giebelfenster hängt. Kaue Kaugummi, völlig leer.

Fotos © lieblingsfilm / Jürgen Olczyk

Interview mit
XARI WIMBAUER

(Rolle: Felix)

Wie und wann hast du von dem Drehbuch zum Film erfahren?
Ich wurde von der Agentur angerufen, dass Christian Lerch einen Film, der im 2. Weltkrieg spielt, plant und er gerne möchte, dass ich zum Casting vorbeikomme. Dort habe ich dann bereits Szenen aus dem Drehbuch zum Lesen bekommen.

Wolltest du von Anfang an dabei sein?
Klar, ich hab mich total gefreut, als ich erfahren habe, dass ich als Felix ausgewählt worden bin. Und ich war sehr neugierig darauf, wie es ist, in einem historischen Film zu spielen.

Wie hast du dich auf die Rolle von Felix vorbereitet?
Ich hab mir das Drehbuch mehrfach durchgelesen und mir überlegt, wie ich mich wohl in Felix‘ Situation verhalten hätte.

Der Film spielt im Jahr 1945, als der Zweite Weltkrieg endet. Kanntest du dich mit dem Thema schon gut aus oder musstest du viel über die Geschichte lernen?

Natürlich hab ich schon einiges aus Büchern oder von meinen Eltern über den Zweiten Weltkrieg gewusst, aber wir haben das Thema noch nicht in der Schule durchgenommen, deswegen war vieles neu für mich. Aber wir haben viele Gespräche mit dem Regisseur und auch mit einem Lehrer geführt, der uns viel über die Zeit erzählt hat.

Im Film sind Felix und Karri erst Feinde und werden dann zu Freunden. Ist dir das auch schon mal passiert?
Nein, alle meine Freunde hab ich eigentlich von Anfang an gemocht.

Was hat an den Dreharbeiten am meisten Spaß gemacht?
Sich in eine andere Zeit hineinzufühlen, andere Klamotten zu tragen. Aber auch mit den anderen Kindern zusammen zu sein und eine spannende Zeit zu verbringen.

Was hat am wenigsten Spaß gemacht?
Als wir in einer Szene durch ein riesiges Brennnesselfeld laufen mussten. Und die ganzen Schulsachen nachzuholen, die ich durch die Dreharbeiten verpasst hab.

Hast du vorher schon mal so ähnliche Rollen gespielt oder war es für dich das erste Mal?
Ich habe schon einmal eine kleine Rolle in einem Kinofilm gehabt, der war aber nicht historisch. Bei DAS GLASZIMMER hab' ich zum ersten Mal eine Hauptrolle gespielt.

Wie würdest du deine Rolle beschreiben?
Der Felix will halt, wie eigentlich alle Kinder, vor allem Spaß haben, Freunde treffen und Abenteuer erleben. Durch den Krieg die Flucht aufs Land und dadurch, dass sein Vater schon lange im Krieg ist, muss er sich aber mit viel ernsteren Themen beschäftigen. Deswegen ist der Felix mir zwar irgendwie ähnlich, aber halt dann auch wieder gar nicht, weil er unter ganz anderen Umständen lebte wie ich.

Fotos © lieblingsfilm / Jürgen Olczyk

Interview mit

LISA WAGNER

(Rolle: Anna, Mutter von Felix):

Wie haben Sie von dem Projekt erfahren und warum wollten Sie Teil davon sein?
Ich kenne Christian, den Regisseur, seit langer Zeit, und wer will da nicht mitmachen?! An dieser Stelle eine kleine Hymne: Vielen Dank, Christian, für deine kreative, uneitle, vertrauensvolle Arbeitsweise. Jederzeit wieder!

Wie haben Sie sich auf die Rolle von ANNA vorbereitet?
Erstmal rede ich immer mit dem Regisseur, frage, was er vorhat. Und wenn ich dann im besten Fall wie bei DAS GLASZIMMER inspiriert bin, trage ich diese Figur mit mir rum. Das heißt, ich überlege mir beim Einkaufen oder Spazieren, was das für ein Mensch sein könnte bzw. was mir Spaß macht zu spielen.

Was ist für Sie die größte Herausforderung, einen historischen Film zu drehen, der auf Zeitzeugenberichten basiert?
Ich weiß gar nicht, ob sich das so von jedem anderen Film unterscheidet. Ich versuche immer, verantwortungsvoll mit der Vision eines Autors

umzugehen. Genau zu überlegen, was er will, worauf will er hinaus – und kann ich das auch moralisch mittragen usw.

Wie würden Sie Ihre Rolle beschreiben?
Anna ist eine Frau, die Engstirnigkeit und Unfreiheit hasst. Ich glaube, sie lässt sich nicht gerne vorschreiben, was sie zu denken und wie sie zu leben hat und versucht, das ihrem Sohn mitzugeben.

Warum ist es Ihrer Meinung nach wichtig, auch Kinderfilme zu drehen, die sich mit dem Thema Krieg auseinandersetzen?
Ich finde es wichtig zu besprechen, was in der Vergangenheit schief gelaufen ist. Dann hat man vielleicht die Möglichkeit, nicht dieselben Fehler zu machen. Es wird Kindern meiner Meinung nach zu wenig zugetraut und im besten Sinne zugemutet.

Fotos © lieblingsfilm / Jürgen Olczyk

Interview mit
HANS LÖW

(Rolle: Bernd, Vater von Felix):

Wie haben Sie von dem Projekt erfahren und warum wollten Sie Teil davon sein?
Auf ganz normalem Wege eigentlich. Über die Agentur habe ich das Buch gelesen und fand das sehr spannend. Hinzu kommt, dass ich als Student den Regisseur Christian Lerch sehr oft auf und neben der Bühne der Münchener Kammerspiele gesehen habe. Das waren nur gute Erinnerungen.

Wie haben Sie sich auf die Rolle von Bernd vorbereitet?
Leider nicht sehr spektakulär. In diesem Fall habe ich im Genre nach Filmen gesucht, um für mich herauszufinden, welche Erzählweise ich richtiger und welche ich falsch finde. Und mit dem Begriff „Desertierter" habe ich mich beschäftigt.

Was ist für Sie die größte Herausforderung, einen historischen Film zu drehen, der auf Zeitzeugenberichten basiert?
Naja, es ist nicht nur eine Floskel, dass die Verantwortung gegenüber einer Erzählung größer wird. Auf einem Gastspiel in Brasilien hatten wir

einmal eine Geschichte im Gepäck, die von Personen und deren sozialen und politischen Umfeld handelte, die zu Teilen auch im Parkett saßen. Sagen wir es so: Man hat uns unsere Verantwortung bewusst gemacht. Im DAS GLASZIMMER hat die Tatsache, dass es ein wirklicher Zeitzeugenbericht ist, für mich einen direkteren emotionaleren Zugang zum Stoff ermöglicht. Eben nicht die Möglichkeit zu haben, es als losgelöste Geschichte vor der Schablone des zweiten Weltkrieges abtun zu können.

Wie würden Sie Ihre Rolle beschreiben?

Bernd ist eine Künstlerseele. Ein liebender Ehemann und Vater. Er vertritt Werte, die denen des Nationalsozialismus diametral entgegenstehen. Durch die Perspektive des Jungen, die der Film einnimmt, ist er durch seine Rückkehr ein Prüfstein in dieser Hinsicht. Darf ein Vater feige sein? Ist Desertieren feige oder mutig?

Warum ist es Ihrer Meinung nach wichtig, auch Kinderfilme zu drehen, die sich mit dem Thema Krieg auseinandersetzen?

Es ist wichtig. Wird vielleicht immer wichtiger. Weil es grundsätzlich Fragen aufwirft. Fragen, die uns in der sich weiter spaltenden Gesellschaft täglich direkt betreffen. Die Kinderperspektive schafft einen viel direkteren Zugang zu diesen Fragen. Der Umgang damit lässt ein Kind wachsen. Es war auch für mich spannend in der Vorbereitung, den einen oder anderen Film mit meinen Kindern zusammen zu sehen. Allein ihr sich wiederholendes Staunen darüber, was alles möglich war hier „zuhause". Toll auch der Moment, als eines der Kinder Roberto Benigni in *Das Leben ist schön* anschrie: „Jetzt sag dem Jungen doch die Wahrheit. Das ist kein Spiel!" In diesem Sinne: Es ist wichtig!

Foto © lieblingsfilm / Jürgen Olczyk

Interview mit
HANNAH YOSHIMI HAGG

(Rolle: Martha)

Wie und wann hast du von dem Drehbuch zum Film erfahren?
Wir hatten ungefähr einen Monat vor Drehbeginn zwei Probewochenenden. Zu dieser Zeit haben wir das Drehbuch zugeschickt bekommen.

Wolltest du von Anfang an dabei sein?
Meine Mutter und ich wollten zu der Zeit in Urlaub fahren, doch die Produzenten meinten, dass ich so gut in die Rolle passen würde und somit stand fest, dass ich bei dem Film mitmachen würde.

Wie hast du dich auf die Rolle von Martha vorbereitet?
Die drei Jungs und ich wurden von dem Regisseur zwei Wochenenden auf seinen Hof eingeladen, um uns näher kennenzulernen, ein paar Szenen schon mal vorzuspielen und natürlich über den Film zu reden. Außerdem hatten wir am Set einen Lehrer, der uns darüber viel erzählt hat.

Der Film spielt im Jahr 1945, als der Zweite Weltkrieg endet. Kanntest du dich mit dem Thema schon gut aus oder musstest du viel über die Geschichte lernen?
Am Set waren mehrere Leute, die uns das erklärt hatten und auch eine Sozialbetreuerin, die uns genau über die Szenen, wo zum Beispiel jemand erschlagen oder umgebracht wird, aufgeklärt hat.

Im Film sind Felix und Karri erst Feinde und werden dann zu Freunden. Ist dir das auch schon mal passiert?
Nein, zum Glück nicht.

Was hat an den Dreharbeiten am meisten Spaß gemacht?
Ich habe mich mit den anderen Darstellern super verstanden, und wir haben heute immer noch Kontakt. Generell war es total spannend, an dem Film mitarbeiten zu dürfen, gerade weil der Film im Krieg spielt. Außerdem finde ich es total toll, andere Menschen kennenzulernen.

Was hat am wenigsten Spaß gemacht?
Der Dreh war total aufregend. Mir fällt gerade nichts besonders Negatives dazu ein.

Hast du vorher schon mal so ähnliche Rollen gespielt oder war es für dich das erste Mal?
Im Film bin ich ja eine der Hauptrollen, sowas hatte ich davor noch nie gemacht. Doch einmal war ich Komparsin bei *Mein Lotta Leben.*

Wie würdest du deine Rolle beschreiben?
Marta ist ja im Film die Rolle, die das mit dem Krieg gar nicht gut findet. Außerdem ist sie die beste Freundin von Tofan, dem Ausländer, den sie und ihre Mutter auf ihrem Hof aufgenommen haben. Gerade durch den Tod ihres Vaters wird sie immer mehr zur Rebellin und hat am Ende ja auch die Idee mit dem Brief.

Fotos © lieblingsfilm / Jürgen Olczyk

Interview mit

LUIS VORBACH

(Rolle: Karri)

Wie und wann hast du von dem Drehbuch zum Film erfahren?
Ende 2018 habe ich eine Einladung zum Casting in München für die Rolle „Karri" bekommen.

Wolltest du von Anfang an dabei sein?
Ja, natürlich, weil mich die Geschichte von Anfang an interessiert hat – und ich gerne ein Teil davon sein wollte.

Wie hast du dich auf die Rolle von Karri vorbereitet?
Die Vorbereitung fiel mir ziemlich leicht, da ich schon viel über diese Zeit von meinen Eltern und Großeltern wusste und ich schon einmal in einem historischen Film, der auch das Thema des Zweiten Weltkrieges aufgriff, mitgespielt habe. Außerdem wurde auch in der Vorbereitung und am Set mit uns darüber geredet.

Der Film spielt im Jahr 1945, als der Zweite Weltkrieg endet. Kanntest du dich mit dem Thema schon gut aus oder musstest du viel über die Geschichte lernen?

Nein, musste ich nicht, da meine Großeltern Sudetendeutsche sind und nach dem Zweiten Weltkrieg vertrieben wurden, und ich daher von daheim auch schon sehr viel über diese Zeit wusste.

Im Film sind Felix und Karri erst Feinde und werden dann zu Freunden. Ist dir das auch schon mal passiert?
Ja, mit meinem besten Freund. Wir konnten uns anfangs überhaupt nicht leiden.

Was hat an den Dreharbeiten am meisten Spaß gemacht?
Das Drehen natürlich! Vor allem aber auch die Zusammenarbeit mit dem Team war cool, da ich einige schon von anderen Filmen her kannte.

Was hat am wenigsten Spaß gemacht?
Wüsste ich nichts! Die Dreharbeiten haben richtig Spaß gemacht.

Hast du vorher schon mal so ähnliche Rollen gespielt oder war es für dich das erste Mal?
Ich habe schon in historischen Filmen wie *Die Himmelsleiter* und anderen Filmen mitgespielt, aber immer komplett andere Rollen, deswegen fand ich die Rolle „Karri“ auch von Anfang an interessant.

Wie würdest du deine Rolle beschreiben?
Karri, der sehr auf seinen Vater fixiert ist und ihm nacheifert, macht im Laufe des Films eine positive Entwicklung durch und erkennt schließlich, dass das, was er macht, nicht richtig ist. Aber mehr verrate ich nicht, schaut euch den Film einfach an!

Fotos © lieblingsfilm / Jürgen Olczyk

Interview mit
PHILIPP HOCHMAIR

(Rolle: Ortsgruppenleiter Feik)

Wie haben Sie von dem Projekt erfahren und warum wollten Sie Teil davon sein?
Die Rolle wurde mir angeboten und nachdem ich das Buch gelesen hatte, habe ich zugesagt, weil ich finde, dass dieser Teil unserer Geschichte immer wieder erzählt werden muss und nicht vergessen werden darf. Und die Idee, das Ende des Zweiten Weltkrieges aus Kinderperspektive zu erzählen, fand ich wirklich spannend.

Wie haben Sie sich auf die Rolle von Feik vorbereitet?
Das ist nicht der erste Nazi, den ich spiele. Einen Nazi zu spielen ist immer etwas seltsam. Es wird einem schon mulmig, wenn man die Uniform mit den Hakenkreuzen anzieht. Das besondere an DAS GLASZIMMER war, diesen Teil der Geschichte aus einer Kinderperspektive zu erzählen. Wie stellt man einen eher plumpen ländlichen Blockwart für Kinder dar? Was mich persönlich inspiriert hat: Mein Vater hat den Zweiten Weltkrieg auch als Kind erlebt.

Was ist für Sie die größte Herausforderung, einen historischen Film zu drehen, der auf Zeitzeugenberichten basiert?
Das ist ein schmaler Grat. Wie kann ich mich als heutiger Mensch in die wahre Geschichte einbringen? Aber Dank der sehr persönlichen Erinnerungen meines Vaters an diese Zeit, sowie Fotos meiner Großeltern, konnte ich mich gut in diese Situation hineinfühlen.

Wie würden Sie Ihre Rolle beschreiben?
Feik ist ein Nazi durch und durch. Für ihn gibt es nur seine bzw. die Regeln der Nationalsozialisten. Er stilisiert sich selbst zu einem kleinen Dorf-Diktator, der sich und seine Prinzipien sehr wichtig nimmt und dadurch trotz aller Tragik eine gewisse Komik entwickelt.

Warum ist es Ihrer Meinung nach wichtig, auch Kinderfilme zu drehen, die sich mit dem Thema Krieg auseinandersetzen?
Gerade die jetzt heranwachsenden Generationen haben oft keine Familienangehörigen mehr, die von dieser Epoche berichten können. Umso wichtiger wird weiterhin sein, in Filmen über diese Zeit zu erzählen und dadurch aufzuklären. In DAS GLASZIMMER bringen die Erlebnisse der Kinder einen ganz eigenen Blick auf den Zweiten Weltkrieg. Kinder können sich dann mit diesen Filmfiguren identifizieren und sich fragen, wie sie sich vielleicht damals verhalten hätten. Ich würde empfehlen, diesen Film mit der Familie zu schauen und danach ausführlich darüber zu sprechen.

BERND LINDT

DIE HISTORISCHEN EREIGNISSE HINTER DER GLASZIMMER-GESCHICHTE

Die im Glaszimmer dargestellte Geschichte beruht auf Tatsachen. Die folgenden Ausführungen wollen und können nicht das historische Wissen zum Nationalsozialismus auf wenigen Seiten vermitteln. Wohl werden zum besseren Verständnis der historischen Zusammenhänge einige ausgewählte Aspekte der Geschichte des Nationalsozialismus dargestellt. Als Zielgruppe stehen dabei vor allem jugendliche Leserinnen und Leser im Vordergrund.

So werden neben der Beschäftigung mit der nationalsozialistischen Weltanschauung vor allem die Erziehungsvorstellungen der Nazis thematisiert. Welche Ziele verfolgten sie mit der Erziehung der Kinder und Jugendlichen und wie sollten diese Ziele erreicht werden? Der Satz von Hitler: „und sie werden nicht mehr frei sein ihr ganzes Leben" zeigt, welch großen Einfluss die nationalsozialistische Erziehung für jeden einzelnen – jungen – Menschen haben sollte. Für das Erreichen der Ziele der Nazis waren Kinder und Jugendliche besonders wichtig. Ihre Kriegsverwendbarkeit, ihr Gehorsam und ihre Loyalität zum System, ihre Verführbarkeit für die „braune" Gesinnung mit dem rassistischen, antisemitischen, antidemokratischen … Gedankengut war für das verbrecherische Nazisystem unverzichtbar. Ebenfalls wird innerhalb einer kurzen Darstellung des Zweiten Weltkriegs besonders der am Ende des Krieges einberufene Volkssturm thematisiert.

Nationalsozialistische Weltanschauung

Die Weltanschauung der Nationalsozialisten war stark von den Anschauungen Adolf Hitlers geprägt. Schon früh hatte er in seinem Buch „Mein Kampf" sowie in zahlreichen Reden seine Vorstellungen verkündet.

Im Wesentlichen setzt sich die nationalsozialistische Ideologie aus folgenden drei Hauptbestandteilen zusammen:

Rassismus / Antisemitismus

Kernpunkt der Rassenlehre stellte die Vorstellung dar, dass einzelnen Menschenrassen bestimmte Eigenschaften zugeschrieben wurden. So wurde nach höherwertigen und minderwertigen Rassen unterschieden und eine Rangordnung aufgestellt. Die „arische" (deutschblütige) Rasse nahm dabei den höchsten Rang ein: „Herrenrasse". Die Juden standen am Ende dieser Skala: „Untermenschen". Sie sollten gehorchen und arbeiten oder sogar ausgerottet werden. Aufgrund der Rassenlehre kam es zum Mord an Millionen Juden, Sinti und Roma sowie anderen Angehörigen fremder Völker.

Führerprinzip

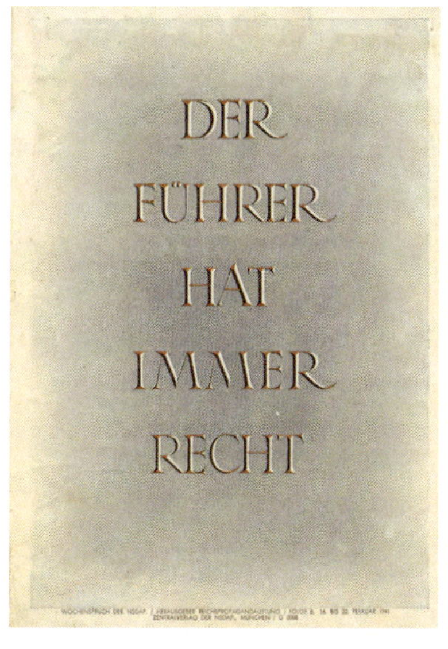

Zum Führerprinzip gehörte der Grundsatz der unbedingten Führerautorität. Was der Führer befahl, hatten die Untergebenen kritiklos zu tun: „Führer befiehl – wir folgen!"

„Wer Führer sein will, trägt bei höchster unumschränkter Autorität auch die letzte und schwerste Verantwortung. Wer dazu nicht fähig ist oder für das Ertragen der Folgen seines Tuns zu feige ist, taugt nicht zum Führer." (Hitler)

Der Führerstaat des Deutschen Reiches war von oben nach unten durchorganisiert und durch eine Anzahl von „Unterführern" gegliedert.

Bis in die kleinste menschliche Gemeinschaft hinein war der Staat vertreten.

Lebensraumschaffung im Osten

Nach der nationalsozialistischen Weltanschauung konnten Wohlstand und Macht des deutschen Volkes nur gesichert werden, wenn Deutschland in seiner Rohstoff- und Nahrungsmittelversorgung vom Ausland unabhängig sein würde („Nutzung" des Ostens als „Kornkammer").

Ebenfalls müssten für die wachsende deutsche Bevölkerung neue Siedlungsgebiete gewonnen werden – und zwar hauptsächlich im Osten Europas. Zu diesem Zweck, so Hitler, müssten die dort ansässigen Völker vertrieben oder ausgerottet bzw. als Arbeitssklaven ausgebeutet werden. Der deutsche Lebensraum sollte sich dabei bis zum Ural in der Mitte der Sowjetunion ausdehnen.

Das Endziel war die Weltherrschaft.

> Man begriff nie, dass die Stärke einer politischen Partei keineswegs in einer möglichst großen und selbstständigen Geistigkeit der einzelnen Mitglieder liegt, als vielmehr im disziplinierten Gehorsam, mit dem ihre Mitglieder der geistigen Führung Gefolgschaft leisten. Das Entscheidende ist die Führung selbst. Wenn zwei Truppenkörper miteinander kämpfen, wird nicht derjenige siegen, bei dem jeder Einzelne die höchste strategische Ausbildung erhielt, sondern derjenige, der die überlegenste Führung und zugleich die disziplinierteste, blindgehorsamste bestgedrillte Truppe hat.
>
> Das ist eine grundsätzliche Einsicht, die wir bei der Überprüfung der Möglichkeit, eine Weltanschauung in die Tat umzusetzen, uns stets vor Augen halten müssen.
>
> Wenn wir also, um eine Weltanschauung zum Sieg zu führen, sie zu einer Kampfbewegung umzustellen haben, so muss logischerweise das Programm der Bewegung auf das Menschenmaterial Rücksicht nehmen, das ihr zur Verfügung steht. So unver-

rückbar die Schlussziele und die leitenden Ideen sein müssen, so genial und psychologisch richtig muss das Werbeprogramm auf die Seele derjenigen eingestellt sein, ohne deren Hilfe die schönste Idee ewig nur Idee bleiben würde." (aus: Adolf Hitler: Mein Kampf, München, 1942, 514. – 518. Aufl., S. 510)

Man vergesse niemals, daß alles wirklich Große auf dieser Welt nicht erkämpft wurde von Koalitionen, sondern daß es stets der Erfolg eines einzelnen Siegers war. Koalitionserfolge tragen schon durch die Art ihrer Herkunft den Keim zu künftigem Abbröckeln, ja zum Verlust des schon Erreichten. Große, wahrhaft weltumwälzende Revolutionen geistiger Art sind überhaupt nur denkbar und zu verwirklichen als Titanenkämpfe von Einzelgebilden, niemals aber als Unternehmen von Koalitionen.

So wird auch vor allem der völkische Staat niemals geschaffen werden durch das kompromisshafte Wollen einer völkischen Arbeitsgemeinschaft, sondern nur durch den stahlharten Willen einer einzigen Bewegung, die sich durchgerungen hat gegen alle." (aus: Adolf Hitler: Mein Kampf, München, 1942, 514. – 518. Aufl., S. 578)

Die Person Adolf Hitler

Auch heute, rund neunzig Jahre nach der Machtübernahme der deutschen Politik durch die Nazis und ihren Führer Adolf Hitler, ist das Bild von diesem Menschen sehr vielschichtig. Von vielen als Monster verachtet, als größter Kriegsverbrecher und menschenverachtender Tyrann gebrandmarkt, wird er nach wie vor von einigen Unbelehrbaren als eine Art Idol verehrt. Sie sehen in ihm den Retter Deutschlands, der diesem Land und den Menschen die ihnen zustehende Bedeutung und Anerkennung in der Welt verschafft habe und vor allem für ein „reines" Deutschland sorgen würde.

Obwohl viele Fakten aus dem Leben Hitlers bekannt sind, ist seine Persönlichkeit nach wie vor nur schwierig zu fassen. Zu stark hat Hitler Zeit seines Lebens an einer Schönfärberei vor allem seines familiären Hintergrundes gearbeitet. So ist zum Beispiel bis heute seine Herkunft nicht eindeutig geklärt. Er hatte jüdische Vorfahren in seiner Familie, was Hitler immer zu verheimlichen versuchte. Für ihn, der doch die Juden so hasste und deren Vernichtung er sich zu einer Art Lebensaufgabe gemacht hatte, ein kaum zu ertragender Makel in der Biografie.

Hitler: Vom Versager zum Tyrannen

Sebastian Haffner, einer der besten Kenner der Person Hitlers und des Nationalsozialismus, schreibt in seinem Buch „Anmerkungen zu Hitler“:

„Hitler lebte vom 20. April 1889 bis 30. April 1945, also ziemlich genau sechsundfünfzig Jahre, weniger als die normale Lebensspanne. Zwischen den ersten dreißig und den folgenden sechsundzwanzig Jahren scheint eine unerklärliche Kluft zu liegen. Dreißig Jahre lang ein obskurer Versager; dann fast sofort eine politische Lokalgröße und am Ende der Mann, um den sich die Weltpolitik dreht. Wie reimt sich das zusammen? ... In diesem Leben fehlt – ‚nachher‘ wie ‚vorher‘ – alles, was einem Menschenleben normalerweise Schwere, Wärme und Würde gibt: Bildung, Beruf, Liebe und Freundschaft, Ehe, Vaterschaft. Es ist, von der Politik und der politischen Leidenschaft einmal abgesehen, ein inhaltloses Leben, und daher ein zwar gewiß nicht glückliches, aber eigentümlich leichtes, leicht wiegendes, leicht wegzuwerfendes. Ständige Selbstmordbereitschaft begleitet denn auch Hitlers ganze politische Laufbahn. Und am Ende steht wirklich, wie selbstverständlich, ein Selbstmord.“ (aus: Sebastian Haffner: Anmerkungen zu Hitler, Frankfurt 1981, S. 7–9)

Sebastian Haffner wertet auch Hitlers Charakter mit klaren und unmissverständlichen Worten: „Es gibt bei Hitler keine Entwicklung und Reifung seines Charakters und seiner persönlichen Substanz. Sein Charakter ist früh festgelegt – ein besseres Wort wäre vielleicht: arretiert – und bleibt sich auf eine erstaunliche Weise immer gleich; nichts kommt hinzu. Kein einnehmender Charakter. Alle weichen, liebenswürdigen, versöhnlichen Züge fehlen, wenn man nicht seine Kontaktscheu, die manchmal wie Schüchternheit wirkt, als einen versöhnlichen Zug gelten lassen will. Seine positiven Eigenschaften – Willenskraft, Wagemut, Tapferkeit, Zähigkeit – liegen alle auf der ‚harten Seite‘. Die negativen erst recht: Rücksichtslosigkeit, Rachsucht, Treulosigkeit und Grausamkeit.

Dazu kommt, und zwar ebenfalls von Anfang an, ein totaler Mangel an Fähigkeit zur Selbstkritik. Hitler war sein ganzes Leben lang ganz außerordentlich von sich eingenommen und neigte von seinen frühesten bis zu seinen letzten Tagen zur Selbstüberschätzung." (aus: Haffner, ebd., S. 11/12)

Frühes Versagen – Hitlers Kindheit

Adolf Hitler wurde als Sohn des österreichischen Zollbeamten Alois Hitler und dessen dritter Frau Klara am 20.4.1889 in Braunau am Inn / Österreich geboren. Er hatte noch sechs Geschwister, von denen drei schon früh starben. Hinzu kamen ein Halbbruder und eine Halbschwester aus der zweiten Ehe des Vaters.

Hitlers Familie musste wegen des Berufs des Vaters häufiger umziehen. Als Volksschüler zeigte Adolf Hitler gute Leistungen. Doch später, auf der Realschule in Linz, versagte er. Er verließ schließlich die Realschule 1905 ohne Abschluss. Dieses Versagen Hitlers in der Realschule hatte nicht zuletzt damit zu tun, dass sein Vater den Berufswunsch seines Sohnes, Kunstmaler zu werden, rigoros ablehnte. Hitlers Vater wollte, dass aus seinem Sohn ein Beamter mit gesichertem Einkommen werden würde. Dieser Konflikt war mit ein Grund für Hitlers Verhalten sowie für seine schlechten Leistungen in der Schule. Dass Hitler durchaus begabt und intelligent war, geht unter anderem aus der Aussage einer seiner Lehrer, Eduard Huemer, hervor: „Hitler war entschieden begabt, wenn auch einseitig, hatte sich aber wenig in der Gewalt, zumindest galt er auch für widerborstig, eigenmächtig, rechthaberisch und jähzornig, und es fiel ihm sicherlich schwer, sich in den Rahmen der Schule zu fügen. Er war auch nicht fleißig; denn sonst hätte er bei seinen unbestreitbaren Anlagen viel bessere Erfolge erzielen können."

Das Versagen in der Schule verfolgte und prägte Hitler sein ganzes Leben lang. Er schrieb in seinem Buch „Mein Kampf“: „... Sicher war zunächst nur mein ersichtlicher Mißerfolg in der Schule. Was mich freute, lernte ich, vor allem auch alles, was ich meiner Meinung nach später als Maler brauchen würde. Was mir in dieser Hinsicht bedeutungslos erschien oder mich auch sonst nicht so anzog, sabotierte ich vollkommen.“ (aus: Adolf Hitler: Mein Kampf, München 1942, 514. – 518. Aufl., S. 8)

Hitler stellte also sein Versagen auf der Realschule als eine Trotzreaktion auf den Versuch des Vaters hin, ihm eine Beamtenlaufbahn aufzuzwingen. Allerdings muss bezweifelt werden, dass dieser Konflikt der entscheidende Grund für sein Schulversagen war. Hitlers Vater soll sehr streng gewesen sein. Seine Mutter dagegen war eher gütig, was Adolf Hitler ihr schließlich als Schwäche ausgelegt hat. Allerdings versuchte er auch, seine Mutter gegen die brutale Behandlung durch seinen Vater zu schützen. Zu Spannungen mit seinem Vater kam es vor allem, nachdem dieser sich mit 58 Jahren frühpensionieren ließ. Durch die ständige Anwesenheit seines Vaters fühlte sich Hitler in seiner Bewegungsfreiheit stark eingeschränkt, zumal der Vater deutlichen Respekt und Disziplin von seinem Sohn verlangte. Dass dies viel eher der Grund für Hitlers Schulversagen war, zeigte sich allein schon durch die Tatsache, dass der Vater nur den Anfang der Realschulzeit seines Sohnes erlebte. Denn 1903 starb der Vater, Adolf war erst 14 Jahre alt. Von seinem Vater bezog der junge Adolf eine Halbwaisenrente, durch die er, einschließlich der Unterstützung durch seine Mutter, schon früh finanziell ziemlich unabhängig war.

Zum Künstler berufen – Hitlers Jugendzeit

Schon früh entdeckte Hitler sein Interesse an der Kunst, an der Malerei. Auch lernte er kurze Zeit Klavierspielen. Er fühlte sich zum Künstler berufen. So war es nur konsequent, dass er sich 1907 an der Allgemeinen Malerschule der Wiener Kunstakademie bewarb. Doch er bestand die Aufnahmeprüfung nicht. In der Zwischenzeit hatte er von der unheilbaren Krankheit seiner Mutter erfahren. Daraufhin kehrte er nach Linz, wo seine Familie zu diesem Zeitpunkt lebte, zurück. Als die Mutter Ende 1907 an Brustkrebs starb, zog Adolf Hitler sich immer stärker von seiner Familie und seinen Verwandten zurück. Wieder in Wien wohnhaft, besserte Hitler seinen Lebensunterhalt mit dem Verkauf selbstgemalter Bilder und Postkarten auf. Ein zweiter Anlauf, doch noch an der Kunstakademie angenommen zu werden, scheiterte erneut. Er bemühte sich demnach in der Folgezeit nicht darum, eine Berufsausbildung zu beginnen oder irgendeiner beruflichen Tätigkeit nachzugehen.

Während seiner Zeit in Wien kam er mit den Schriften des Rassenideologen und Antisemiten Jörg Lanz von Liebenfels in Kontakt. Ebenfalls lernte er die antisemitischen Gedanken des Führers der Alldeutschen Bewegung, Georg von Schönerer und des Wiener Bürgermeisters Karl Lueger kennen. Hier entwickelten sich Hitlers Vorstellungen von der Überlegenheit der arischen Herrenrasse gegenüber allen anderen Rassen und sein ausgeprägter Antisemitismus. Allerdings beschäftigte er sich zur damaligen Zeit noch nicht direkt mit politischen Fragen, sondern interessierte sich mehr für die Opern Richard Wagners.

Im Laufe der Zeit verschlechterte sich die wirtschaftliche Lage Hitlers immer mehr, sodass er schließlich in ein Obdachlosenasyl und 1910 in ein Männerheim in Wien einzog. Seinen Lebensunterhalt bestritt er weiterhin mit dem Verkauf selbstgemalter Bilder, die vor allem die Sehenswürdigkeiten Wiens darstellten. Da er zu dieser Zeit noch ziemlich menschenscheu war, übernahmen andere den Verkauf seiner Bilder. Zu diesen Leuten gehörten auch mehrere Juden.

Hitlers finanzielle Lage verbesserte sich, als er im Jahre 1913 das Erbe seines Vater ausgezahlt bekam. Er zog nach München und wohnte dort bei dem Schneider Josef Popp zur Untermiete. Durch seinen Umzug nach Deutschland wollte er auch dem Militärdienst in Österreich entgehen. Allerdings meldete er sich Anfang 1914 in Salzburg zur Musterung, wo er als waffenunfähig beurteilt und somit vom Waffendienst in Österreich zurückgestellt wurde. Im Ersten Weltkrieg jedoch meldete er sich freiwillig zum Kriegsdienst. Er wurde Meldegänger an der Westfront. Dabei brachte er es nicht über die Position eines einfachen Gefreiten hinaus. Führungsschwäche wird als Grund angeführt, dass Hitler beim Militär nicht in Führungspositionen hineingekommen ist. Gegen Ende des Krieges wurde er durch einen Senfgasangriff der britischen Truppen verwundet. Bereits im Mai 1918 erhielt er für hervorragende Tapferkeit ein Regimentsdiplom und im August 1914 das Eiserne Kreuz I. Klasse.

Während seines Aufenthaltes in München las er die rassistischen Schriften des Engländers Houston Stewart Chamberlain.

Festungshaft und Parteikarriere – Hitlers Aufstieg bis 1933

In den folgenden Jahren wurde Adolf Hitler immer politischer. Seine antisemitischen Gedanken und seine Ablehnung der Weimarer Republik und damit der Demokratie bestimmten sein politisches Denken.

1919 schloss sich Hitler der kleinen politischen Gruppierung der Deutschen Arbeiterpartei (DAP) an. Als sich diese Partei am 24. Februar 1920 in Nationalsozialistische Deutsche Arbeiterpartei (NSDAP) umbenannte, wurde Hitler Mitglied Nr. 505. Da die Zählung im offiziellen Parteiverzeichnis erst mit der Nummer 501 begann, war Hitler das fünfte Parteimitglied. Schon bald machte er Karriere in dieser Partei und wurde ihr Vorsitzender. Bis zum Jahre 1923 wuchs die Mitgliederzahl auf 56 000 an. Nach dem gescheiterten Putsch gegen die Weimarer Republik am 8. / 9. November 1923 in München wurde die NSDAP verboten. Adolf Hitler wurde zu fünf Jahren Festungshaft verurteilt, kam allerdings vorzeitig wieder frei. Während dieser Zeit entstand sein Buch „Mein Kampf", in dem er seine weltanschaulichen Vorstellungen und konkreten politischen Ziele deutlich machte. Er diktierte seinem späteren Stellvertreter, Rudolf Heß, den Text. In der ersten Zeit verkaufte sich das Buch nur sehr schleppend. Kaum jemand hatte es gelesen, kaum jemand nahm den Inhalt ernst. Ein großer Fehler, wie sich später herausstellte. Im Laufe der nächsten Jahre baute Hitler die NSDAP zu einer straff geführten Organisation unter seiner Führerschaft aus. Vor allem sein Redetalent ermöglichte es ihm, seine Gedanken und Absichten einem breiten Publikum zu vermitteln und viele auch zu überzeugen. Dabei kamen ihm die politischen und wirtschaftlichen Verhältnisse entgegen, die damals in Deutschland herrschten: Ablehnung der Demokratie durch viele Menschen in der Weimarer Republik, schwierige Regierungsbildungen aufgrund des Mehrheitswahlrechts, erbitterte Kämpfe der Kommunisten gegen die Nationalsozialisten, angespannte wirtschaftliche Verhältnisse aufgrund der Belastungen durch den Versailler Vertrag, die Weltwirtschaftskrise im Jahre 1929 und die sich dadurch ergebende hohe Zahl der Arbeitslosen.

Das Dritte Reich – die Zeit der nationalsozialistischen Herrschaft

Auf legalem Wege an die Macht – Hitlers Machtergreifung

Am 30. Januar 1933 sind in Deutschland, wie Adolf Hitler später sagte, „die Würfel gefallen". Was er damit meinte und wie sich das auswirkte, sollte die Zeit noch allzu deutlich zeigen. Hitler war am 30. Januar 1933 auf legalem Wege zum Reichskanzler ernannt worden. An diesem Tag übernahm er die Regierung in Deutschland. Der 30. Januar wird als Tag der Machtergreifung bezeichnet, obwohl noch einige andere Ereignisse und Maßnahmen die nationalsozialistische Machtübernahme, also die Alleinherrschaft in Deutschland, kennzeichnen. So zog sich diese Phase bis zum 1. August 1934 hin, als Hitler nach dem Tod des bisherigen Reichspräsidenten Hindenburg auch dessen Funktion übernahm.

Hitler hatte es sich zum Ziel gemacht, die höchsten deutschen Staatsämter auf legalem Wege zu erreichen. Dies wurde auch durch seine Wortwahl deutlich, wenn er im Zusammenhang mit der Übernahme der Macht im Staate von einer „nationalen Erhebung" sprach.

Mit sogenannten Notverordnungen, die nicht vom Parlament erlassen werden mussten, beseitigte er grundlegende verfassungsmäßige Bestimmungen. So wurden durch eine Notverordnung vom 1. Februar 1933 wichtige Grundrechte – wie zum Beispiel die Freiheit der Person, das Briefgeheimnis, die Meinungsfreiheit oder auch die Versammlungsfreiheit – außer Kraft gesetzt. Nach dem Reichstagsbrand in der Nacht vom 27. auf den 28. Februar 1933, für den die Kommunisten verantwortlich gemacht wurden, wurde am 28. Februar die Notverordnung zum Schutz von Volk und Staat erlassen, mit der Demokratie und Rechtsstaatlichkeit in Deutschland beseitigt wurden. Schließlich erließ am 24.3.1933 der Reichstag das sogenannte *Ermächtigungsgesetz,* mit dem er sich faktisch selbst entmachtete. Mit diesem „Gesetz zur Behebung der Not von Volk und Reich" gab das Parlament das Recht zur Gesetzgebung in die Hände der Regierung und damit in die Hände Hitlers.

Nationalsozialismus in allen Lebensbereichen – Die Gleichschaltung

Hitler und die Nationalsozialistische Deutsche Arbeiterpartei (NSDAP) hatten das Ziel, alle Lebensbereiche der Menschen mit dem Nationalsozialismus zu durchdringen. Alle sollten nationalsozialistisch denken und handeln, überall, in Staat, Gesellschaft, Wirtschaft, Kultur, Sport usw. sollte das Leben vom Nationalsozialismus bestimmt sein.

Die bestehenden Parteien wurden verboten sowie eine Neugründung untersagt, die freien Gewerkschaften wurden zerschlagen. Es gab nur noch die nationalsozialistische Deutsche Arbeitsfront (DAF), die an die Stelle der Gewerkschaften und der Arbeitgeberorganisationen trat. Ebenfalls wurden die Länder mit dem Reich gleichgeschaltet. So wie alle Lebensbereiche wurde auch die Freizeit, wurden Kultur und Kunst, der Sport, vom Nationalsozialismus durchdrungen und gleichgeschaltet.

Ebenso geschah dies auch mit der Jugend. In der Schule waren die Kinder und Jugendlichen schon einer Erziehung ausgesetzt, die vom Nationalsozialismus bestimmt war. Aber auch in der Freizeit sollten die jungen Leute nationalsozialistisch geprägt werden. Dazu wurden die freien oder kirchlichen Jugendgruppen verboten oder stark unterdrückt. Die Hitler-Jugend wurde ab März 1939 verpflichtend. Die Veranstaltungen der Hitler-Jugend erklärte man zum „Ehrendienst am Deutschen Volke". Damit stand sie gleichgeordnet neben dem Reichsarbeitsdienst und der Wehrpflicht.

Dunkelstes Kapitel der NS-Herrschaft: Die Judenverfolgung

Eines der dunkelsten Kapitel in der Geschichte des Dritten Reiches stellt sicherlich die Verfolgung und Vernichtung der Juden dar. Nach Hitlers bzw. der nationalsozialistischen Weltanschauung standen die sogenannte Rassenideologie und der Antisemitismus im Vordergrund.

Schon früh begannen die Nationalsozialisten mit Maßnahmen gegen die Juden. Bereits 1933 begannen sie damit, die Juden aus dem öffentlichen Leben auszuschließen. Beispielsweise wurden jüdische Geschäfte oder Ärzte boykottiert. In den sogenannten „Nürnberger Gesetzen" („Reichsbürgergesetz" und „Gesetz zum Schutze des deutschen Blutes und der deutschen Ehre") von 1935 wurden die Rechte von Juden in Deutschland radikal beschnitten, u. a.: Verbot von Ehen zwischen Juden und Ariern, Juden waren keine Bürger mehr, nur noch Staatsangehörige. Diese Bestimmungen wurden ergänzt durch das „Gesetz zum Schutz der Erbgesundheit des deutschen Volkes", ebenfalls aus dem Jahre 1935. Nach diesem Gesetz durften Deutsche nicht heiraten, wenn nicht einwandfrei festgestellt worden war, dass es keine Erbkrankheiten in der Familie gab. Dieses Gesetz wurde die Grundlage für das spätere Euthanasie-Programm, nach dem die Nationalsozialisten unter anderem missgebildete Kinder, die unter Gehirnfehlbildungen litten und erwachsene geistig Behinderte systematisch töteten. Die Nazis nannten ihre Maßnahmen „Tötung unwerten Lebens".

Einen vorläufigen Höhepunkt erreichte die Verfolgung der Juden in der sogenannten Reichspogromnacht vom 9. auf den 10. November 1938. In dieser Nacht wurden jüdische Geschäfte demoliert und geplündert, Synagogen in Brand gesteckt, zwischen 25 000 und 30 000 Juden wurden verhaftet, 91 getötet. Es folgten Massenverhaftungen und Massendeportationen, Einweisungen in Konzentrationslager und massiver Besitzverlust.

Auf der Wannseekonferenz am 20. Januar 1942 wurde der endgültige Beschluss zur Vernichtung der europäischen Juden gefasst. Mit dem Begriff der „Endlösung" war der Mord an den Juden umschrieben worden. Die Begriffe „Holocaust" oder „Schoah" stehen für den nationalsozialistischen Völkermord an über sechs Millionen europäischer Juden. Die Konzentrationslager wurden zu Massenvernichtungseinrichtungen, in denen die Menschen häufig in Gaskammern geschickt und dort getötet wurden.

Kindheit und Jugend im Nationalsozialismus

Für Hitler und die Nationalsozialisten spielte die Beeinflussung der Kinder und Jugendlichen eine große Rolle, waren sie es doch, die die Zukunft des diktatorischen, nationalistischen, rassistischen und antisemitischen Staates darstellen sollten.

„Wer die Jugend hat, hat die Zukunft." Nach diesem Wahlspruch hat der Nationalsozialismus gehandelt, danach hat er seine Pädagogik ausgerichtet. Am Tag der Machtübernahme endete in Deutschland eine reiche Schultradition, wurden die fortschrittlichen Vorstellungen der Reformpädagogik zerstört.

Die Jugend wurde von den Nazis rücksichtslos unter ihre Machtansprüche gestellt und für die eigenen Interessen missbraucht. Schon früh sollten sie zu willigen Vollstreckern der nationalsozialistischen Weltanschauung bzw. politischen Ziele gemacht werden. Vor allem ihre Wehrtauglichkeit stand von Anfang an im Blick der damaligen Machthaber. Unkritisches Denken, totale Unterwerfung unter das Diktat des Nationalsozialismus bestimmte den Umgang der Machthaber mit der nachfolgenden Generation. Deutlichster Ausdruck dieser Gleichschaltung war die vollständige Ausrichtung der Schulen und der Unterrichtsinhalte auf den Nationalsozialismus und die vollständige Durchdringung der Jugendorganisationen durch den Nationalsozialismus. Selbst die Familien, die Eltern, mussten sich hinter die Ansprüche des Staates stellen, auch in der Erziehung ihrer Kinder. Und nicht selten wurden Eltern und ihre Kinder zu Gegnern bei der Frage nach der Richtigkeit der nationalsozialistischen Politik.

Die Jugend im nationalsozialistischen Deutschland stand jahrelang völlig unter der Kontrolle des Staates. So waren Bildung und Erziehung in den Schulen strikt nationalsozialistisch ausgerichtet. Außerhalb der Schule folgte nach der Hitler-Jugend der Reichsarbeitsdienst und schließlich für die Jungen die Wehrmacht.

Und sie werden nicht mehr frei sein ihr ganzes Leben – Aussagen Hitlers über die Jugend:

> Diese Jugend, die lernt ja nichts anderes als deutsch denken, deutsch handeln. Sie kommt vom

Jungvolk in die Hitler-Jugend, und dort behalten wir sie wieder vier Jahre, und dann geben wir sie erst recht nicht zurück in die Hände unserer alten Klassen- und Standeserzeuger, sondern dann nehmen wir sie sofort in die Partei oder in die Arbeitsfront, in die SA oder in die SS, in das NSKK und so weiter. Und wenn sie dort noch nicht ganz Nationalsozialisten geworden sein sollten, dann kommen sie in den Arbeitsdienst und werden dort wieder sechs und sieben Monate geschliffen, alle mit einem Symbol, dem deutschen Spaten. Und was dann nach sechs oder sieben Monaten noch an Klassenbewußtsein oder Standesdünkel da oder da noch vorhanden sein sollte, das übernimmt die Wehrmacht. Dann nehmen wir sie, damit sie auf keinen Fall rückfällig werden, sofort wieder in SA, SS und so weiter. Und sie werden nicht mehr frei, ihr ganzes Leben." (Rede in Reichenberg am 2.12.1938. In: Völkischer Beobachter v. 4.12.1938)

Neue Erziehung für neue Menschen

Unmittelbar nach der Machtergreifung wurden die Schulen nationalsozialistisch ausgerichtet. Die pädagogisch fortschrittlichen Tendenzen der sogenannten Reformpädagogik hatten seit ca. 1900 sehr erfolgreich die Bildung und Erziehung in den deutschen Schulen bestimmt. Sie wurden mit der Machtübernahme durch die Nazis von heute auf morgen beseitigt. An ihre Stelle trat ein Erziehungs- und Bildungssystem, das auf Disziplin und Härte gerichtet war. Körperertüchtigung wurde vor geistiger Bildung betrieben. Vor allem wollten die Nazis kriegstaugliche Menschen heranbilden. Die jungen Menschen wurden auf einen Krieg vorbereitet, der Hitler und den Nazis die Weltherrschaft bringen sollte. Neben der Körperertüchtigung standen weltanschauliche Fächer im Vordergrund des Unterrichts. Dies waren Fächer wie „Deutschkunde", „Geschichte" oder „Biologie". Durch diesen Unterricht sollten die Schülerinnen und Schüler im Sinne der nationalsozialistischen Weltanschauung beeinflusst werden. Sie sollten nationalsozialistisch denken und handeln lernen. Das heißt, Angehörige fremder Rassen wurden abgelehnt, die eigene arische Rasse als besonders wertvoll dargestellt. Menschen, die nicht in das Bild der Nationalsozialisten hineinpassten, wurden schlecht gemacht, verfolgt, vernichtet. Sie wurden als „unwertes Leben" bezeichnet. Hierzu gehörten zum Beispiel auch Behinderte, Geisteskranke etc.

Hitlers Erziehungsvorstellungen

Hitler hatte sich bereits in seinem Buch „Mein Kampf" ausführlich über seine Erziehungsvorstellungen geäußert. Dabei kritisierte er besonders stark die Erziehung der Vergangenheit, der er eine Reihe von Versäumnissen vorwarf. Er wandte sich damit vor allem gegen die Reformpädagogik, die in unterschiedlicher Weise den freien, selbstbestimmten Menschen erziehen wollte und dabei eine Vielzahl von pädagogischen Ansätzen realisierte.

„Sie (die Jugend. Anm. d. Verf.) wächst in eine große Zeitwende hinein, und was die Trägheit und Gleichgültigkeit ihrer Väter verschuldeten, wird sie selbst zum Kampfe zwingen. Die deutsche Jugend wird dereinst entweder der Bauherr eines neuen völkischen Staates sein, oder sie wird als letzter Zeuge den völligen Zusammenbruch, das Ende der bürgerlichen Welt erleben." (aus: Adolf Hitler: Mein Kampf, München, 1942, 514–518. Aufl., S. 450)

„Der völkische Staat hat in dieser Erkenntnis seine gesamte Erziehungsarbeit in erster Linie nicht auf das Einpumpen bloßen Willens einzustellen, sondern auf das Heranzüchten kerngesunder Körper. Erst in zweiter Linie kommt dann die Ausbildung der geistigen Fähigkeiten. Hier aber wieder an der Spitze die Entwicklung des Charakters, besonders die Förderung der Willens- und Entschlusskraft, verbunden mit der Erziehung zur Verantwortungsfreudigkeit, und erst als letztes die wissenschaftliche Schulung." (aus: ebd., S. 452)

„Auch der Geist wird, wenn er gesund ist, in der Regel und auf die Dauer nur in gesundem Körper wohnen." (Adolf Hitler)

Hitler formulierte seine Vorstellungen von Erziehung auf der Grundlage seiner gesamten Weltanschauung. Dabei spielte selbstverständlich seine Idee der Weltherrschaft bzw. zunächst einmal der Ausdehnung des eigenen Herrschaftsraumes nach Osten („Lebensraumschaffung im Osten") eine wichtige Rolle. Er wollte die Jugend für seine Interessen, für die Ziele der nationalsozialistischen Ideologie und Politik nutzen, die jungen Leute möglichst „kriegsverwendungsfähig" machen.

„Der völkische Staat muß dabei von der Voraussetzung ausgehen, daß ein zwar wissenschaftlich wenig gebildeter, aber körperlich gesunder Mensch mit gutem, festem Charakter, erfüllt von Entschlußfreudigkeit und Willenskraft, für die Volksgemeinschaft wertvoller ist als ein geistreicher Schwächling. Ein Volk von Gelehrten wird, wenn diese dabei körperlich degenerierte, willensschwache und feige Pazifisten sind, den Himmel nicht erobern, ja nicht einmal auf dieser Erde sich das Dasein zu sichern vermögen. Im schweren Schicksalskampf unterliegt selten der, der am wenigsten weiß, sonder immer derjenige, der aus seinem Wissen die schwächsten Konsequenzen zieht und sie am kläglichsten in die Tat umsetzt. Endlich muß auch hier eine bestimmte Harmonie vorhanden sein. Ein verfaulter Körper wird durch einen strahlenden Geist nicht im geringsten ästhetischer gemacht, ja, es ließe sich höchste Geistesbildung gar nicht rechtfertigen, wenn ihre Träger gleichzeitig körperlich verkommene und verkrüppelte, im Charakter willensschwache, schwankende und feige Subjekte wären.“ (aus: ebd., S. 452/453)

Vom Wert des Sportes

„Die Schule als solche muß in einem völkischen Staat unendlich mehr Zeit frei machen für die körperliche Ertüchtigung. Es geht nicht an, die jungen Gehirne mit einem Ballast zu beladen, den sie erfahrungsgemäß nur zu einem Bruchteil behalten, wobei zudem meist anstatt des Wesentlichen die unnötigen Nebensächlichkeiten hängenbleiben, da das junge Menschenkind eine vernünftige Siebung des ihm eingetrichterten Stoffes gar nicht vorzunehmen vermag. Wenn heute, selbst im Lehrplan der Mittelschulen, Turnen in einer Woche mit knappen zwei Stunden bedacht … wird, so ist dies, verglichen zur rein geistigen Ausbildung, ein krasses Missverhältnis. Es dürfte kein Tag vergehen, an dem der junge Mensch nicht mindestens vormittags und abends je eine Stunde lang körperlich geschult wird, und zwar in jeder Art von Sport und Turnen. Hierbei darf besonders ein Sport nicht vergessen werden, … das Boxen. Es ist unglaublich, was für falsche Meinungen darüber in den ‚gebildeten‘ Kreisen verbreitet sind. Daß der junge Mensch fechten lernt und sich dann herumpaukt, gilt als selbstverständlich und ehrenwert, daß er aber boxt, das soll roh sein! Warum? Es gibt keinen Sport, der wie dieser den Angriffsgeist in gleichem Maße fördert, blitzschnelle Entschlußkraft verlangt, den Körper zu stählerner Geschmeidigkeit erzieht.“ (aus: ebd., S. 454)

Für Hitler ist die körperliche Ertüchtigung mit dem Ende der Schulzeit längst nicht abgeschlossen. Auch nach der Schulentlassung müsste der junge Mensch, vor allem der junge Mann, weiter körperlich geschult werden. Anschließend soll der „junge Mann“ seinen Militärdienst ableisten. Dort wird seine körperliche Entwicklung vorangetrieben. Darüber hinaus wird er zum Soldaten, das heißt, er lernt neben dem Exerzieren vor allem den Dienst an der Waffe. Schließlich, so formuliert es Hitler in seinem Buch, „soll der Knabe zum Mann gewandelt werden; und in dieser Schule soll er nicht nur gehorchen lernen, sondern dadurch auch die Voraussetzung zum späteren Befehlen erwerben. … Er soll weiter, gefestigt durch den Glauben an seine eigene Kraft, erfasst von der Stärke des gemeinsam empfundenen Korpsgeistes, die Überzeugung von der Unüberwindlichkeit seines Volkstums gewinnen.“ (aus: ebd., S. 459)

Kraft des Selbstvertrauens

„Dieses Selbstvertrauen aber muß schon von Kindheit an dem jungen Volksgenossen anerzogen werden. Seine gesamte Erziehung und Ausbildung muß darauf angelegt werden, ihm die Überzeugung zu geben, anderen unbedingt überlegen zu sein. Er muß in seiner körperlichen Kraft und Gewandtheit den Glauben an die Unbesiegbarkeit seines ganzen Volkstums wiedergewinnen. Denn was die deutsche Armee einst zum Siege führte, war die Summe des Vertrauens, das jeder einzelne zu sich und alle gemeinsam zu ihrer Führung besaßen.“ (aus: ebd., S. 456)

Charakterbildung

Wie Hitler es ja schon zu Beginn seiner Ausführungen über seine Erziehungsvorstellungen formulierte, stand die Charakterbildung hinter der Körperertüchtigung an zweiter Stelle. Er nennt hierbei verschiedene Tugenden, die unbedingt mit einer Charakterbildung im völkischen Sinne verbunden sind: Treue, Opferwilligkeit, Verschwiegenheit.

„Treue, Opferwilligkeit, Verschwiegenheit sind Tugenden, die ein großes Volk nötig braucht, und deren Anerziehung und Ausbildung in der Schule wichtiger ist als manches von dem, was zur Zeit unsere Lehrpläne ausfüllt. Auch die Aberziehung von weinerlichem Klagen, von wehleidigem Heulen usw. gehört in dieses Gebiet. Wenn eine Erziehung vergisst, schon beim Kinde darauf hinzuwirken, daß auch Leiden und Unbill einmal schweigend ertragen werden müssen, darf sie sich nicht wundern, wenn später in kritischer Stunde, z. B. wenn einst der Mann an der Front steht, der ganze Postverkehr einzig der Beförderung von gegenseitigen Jammer- und Winselbriefen dient.“ (aus: ebd., S. 461/462)

Ausbildung von Willens- und Entschlusskraft sowie Pflege der Verantwortungsfreude

Hitler sieht in einer mangelnden Entschlusskraft der handelnden Personen im 1. Weltkrieg mit einen Grund für die Niederlage der Deutschen.

> Die Seuche der heutigen feigen Willens- und Entschlußlosigkeit ist aber hauptsächlich das Ergebnis unserer grundsätzlich verfehlten Jugenderziehung. In die gleiche Linie fällt auch die heute grassierende Feigheit vor Verantwortung. Auch hier liegt der Fehler schon in der Jugenderziehung. Schon in der Schule legt man leider mehr Wert auf das reumütige Geständnis und das

zerknirschte Abschwören des kleinen Sünders als auf ein freimütiges Bekenntnis. Letzeres erscheint manchem Volksbildner von heute sogar als sichtbarstes Mittel einer unverbesserlichen Verworfenheit, und so manchem Jungen wird unglaublicherweise der Galgen wegen Eigenschaften prophezeit, die von unschätzbarem Werte wären, bildeten sie das Gemeingut eines ganzen Volkes."
(aus: ebd., S. 463)

Weltanschauliche Bildung und Erziehung

In den meisten Schulbüchern aus der NS-Zeit wurde den Schülerinnen und Schülern direkt oder indirekt nationalsozialistisches Gedankengut vermittelt. Hierzu waren Deutsch-, Geschichts-, Erdkunde- und Biologiebücher besonders geeignet. Aber auch in Mathematikbüchern zum Beispiel wurde die nationalsozialistische Weltanschauung in die Aufgabenstellungen (z. B. in den Textaufgaben) „eingebaut".

Ziel des Deutschunterrichts war die Entwicklung von „Deutschbewusstsein". In diesem Zusammenhang ist von der neuen „Geistesrichtung der Nation für die Jugend" die Rede. Bei der neuen Geistesrichtung handelte es sich um gleichförmiges Denken der Jugendlichen im Sinne der nationalsozialistischen Weltanschauung. Es war die Gleichschaltung der Jugend, die durch das Fach Deutsch sich ihres Deutschtums bewusst, die selbstsicher, wehrhaft und tatbereit werden sollte: „Nicht der beschauliche, sondern der tätige Mensch ist das Ziel." Der Deutschunterricht sollte „Sehnsucht und Tatendrang" des jungen Menschen erfassen, ihn zu politisch-gesellschaftsbezogenem Handeln veranlassen. Es sollte nicht analytisches Denken und Verstehen gefördert werden.

Da der Deutschunterricht für die Vermittlung des natinalsozialistischen Denkens so wichtig war, war es auch nur folgerichtig, dass dies in den Lesebüchern für den Deutschunterricht besonders deutlich wurde. So waren in ihnen zum Beispiel Texte von Autoren als Lesetexte enthalten, die zu ideologischen Zwecken eingesetzt wurden, auch wenn sie ursprünglich nicht als solche gedacht waren.

In dem Lesebuch „Ewiges Volk", Bd. 7, ist ein Text des Reformators Martin Luther enthalten, der für die antijüdische Propaganda bestens genutzt werden konnte. Luther ging in seinem Text „Von den Juden und ihren Lügen" mit den Juden äußerst scharf und rücksichtslos ins Gericht. Juden bezeichnete er als „das boshaftige, halsstarrige Volk, das sich durch kein Predigen, Schelten, Lehren der Propheten von bösen zu guten Werken hat bekehren lassen". Er nannte die Juden „die rechten Lügner", bestimmt durch „blutdürstige, rachgierige, mörderische Begier und Hoffnung, … aller Bosheit voll, voll Geizes, Neides, Hasses untereinander, Hochmuts, Wuchers, Stolzes, Fluches wider uns Heiden, … dürstige Bluthunde und Mörder der ganzen Christenheit." In seinem Text empfahl Luther, sich gegen die Juden zu wehren, indem man „ihre Synagoge oder Schule mit Feuer anstecke, … ihre Häuser desgleichen zerbreche und zerstöre, … all ihre Betbrüder und Talmudisten nehme, ihren Rabbinern bei Leib und Leben verbiete, hinfort zu lehren". (alle Zitate aus: Ewiges Volk, Bd. 7, S. 44/45).

Aufgaben und Ziele der Schule

Weltanschauliche Erziehung durch den Deutschunterricht:

- Vermittlung von Deutschbewusstsein

- Entwicklung eines Verständnisses der deutschen Volksseele

- Hinwendung zu einem Leben aus dem völkischen Lebensgrund

- Kennenlernen des ganzen völkisch-geschichtlichen Lebens, vom germanischen Altertum an bis in die jüngste Gegenwart

- Pflege der echten Mundart als kostbares rassisches Erb- und Heimatgut

- Behandlung von Dichtung, in der der deutsche Mensch sein Volkstum wesenhaft verkörpert

- Vermittlung sogenannten deutschen Fühlens (Treue, Opfermut, Gehorsam, Kampfbereitschaft, Nationalstolz, Familiensinn …)

- alle Literatur dient der politischen Lehre, indem sie sich mit Begriffen wie Heimat, Boden, Scholle, deutsch, völkisch, Rasse … beschäftigt

- Empfehlung von Lesestoff, der politisch-patriotische Gefühle weckt und den neuen, den nationalsozialistischen Staat bewundert:

  - „Kühne deutsche Männer und Frauen, Jungen und Mädel in alter und neuer Zeit"

  - „Bilder aus dem Volksleben im neuen Staat, Jungvolk, Jungmädel, Feste"

- Erzählungen aus der deutschen Geschichte, besonders aus dem Weltkrieg:

  – „Germanische Götter. Germanische und antike Helden“

  – „Weltkrieg und Kampfzeit“

  – „Feldherrn und Soldaten, Freiheitskämpfe … Deutsche Kämpfe um eigenen Boden und eigenes Recht“

Geschichtsunterricht im Dienste des NS-Regimes

Auch der Geschichtsunterricht sollte in erster Linie nationalsozialistisches Gedankengut vermitteln. Nicht Faktenwissen stand im Mittelpunkt. Es sollten nicht die vielfältigen historischen Geschehnisse analysiert, miteinander in Beziehung gesetzt werden. Das Ziel war nicht, dem Schüler ein differenziertes Geschichtsbewusstsein zu vermitteln. So heißt es: „Aus dem Glauben der nationalsozialistischen Bewegung an die Zukunft des deutschen Volkes ist ein neues Verständnis der deutschen Vergangenheit entstanden. Der Geschichtsunterricht muss aus diesem lebendigen Glauben hervorgehen, er muss die Jugend mit dem Bewusstsein erfüllen, einem Volke anzugehören, das von allen europäischen Nationen den längsten und schwersten Weg bis zu seiner Einigung zurückzulegen hatte, das aber heute, am Beginne eines neuen Zeitalters, voller Zuversicht auf das Kommende blicken darf.“ (aus: Erziehung und Unterricht in der Höheren Schule. Amtliche Ausgabe des Reichs- und Preußischen Ministeriums für Wissenschaft, Erziehung und Volksbildung. Berlin, 1938)

Die Aufgabe des Geschichtsunterrichts bestand darin, die Grundlage zu schaffen „für das Rassenbewußtsein, das Verständnis für den nordischen Ursprung unseres Volkes und seiner Kultur, für Nationalstolz und nordisch-deutsche Haltung." (aus: Erziehung und Unterricht in der Höheren Schule, ebd., S. 76)

Bezeichnend für den Geschichtsunterricht in der NS-Zeit war der Personenkult, der damals betrieben wurde. So beschäftigte man sich mit Persönlichkeiten aus der Geschichte, denen man einen Heldenstatus zuerkannte. Als Erster in der Reihe stand Adolf Hitler, gefolgt von Personen wie Bismarck, Friedrich der Große, Otto I., Heinrich der Löwe ...

Hitlers Meinung über Lehrer

Hitler hatte keine gute Meinung von Lehrern. Während eines Tischgesprächs am 12. April 1942 äußerte er sich sehr negativ über Lehrer, sie seien unfähig zum Lebenskampf und unfähig, aus eigener Kraft schöpferisch zu wirken:

„Lehrer werden leider nur ein bestimmter Typ von Menschen, der sich für den Kampf in freien Lebensberufen nicht eigne. Menschen, die das Zeug in sich fühlten, aus eigener Kraft etwas zu leisten und zu gestalten, würden nicht Lehrer, zumindest nicht Volksschullehrer. An die Lehrer, die durch seine Jugend gegangen seien, habe er überwiegend unerfreuliche Erinnerungen. Schon in ihrem Äußeren seien sie schmutzig gewesen und durch dreckige Kragen, ungepflegte Bärte und dergleichen aufgefallen ... Wenn man die Geisteserzeugnisse von Volksschullehrern lese, von ihren politischen Ansichten höre oder ihre Beschwerden zu Gesicht bekomme, dann könne man nur immer wieder feststellen, daß es sich bei ihnen um ein ganz besonders dummes und unselbstständiges geistiges

Proletariat handele, so richtig dazu geschaffen, eine Säule des, Gott sei Dank, überwundenen Systems darzustellen. Wenn diese Leute sich dann noch einbildeten, nicht gut genug vom Staat bezahlt zu werden, dann müsse man ihnen entgegenhalten, dass jeder Feldwebel unserer Wehrmacht bessere Erziehungsarbeit leiste als sie. Denn kleinen Jungen und Mädchen das Abc beizubringen, sei ja wirklich kein Kunststück." (aus: Henry Picker: Hitlers Tischgespräche im Führerhauptquartier, Stuttgart, 1977, S. 217/218)

Während dieses Gespräches äußerte sich Hitler auch über die Rolle der Frau und dass sie besonders geeignet für den Beruf des Volksschullehrers seien: „Dabei müsse man sich wundern, daß diese Volksschullehrer es überhaupt aushalten, alljährlich vor ihren Schülern dasselbe zu exerzieren. Für solch ständige Wiederholungen sei sowohl physisch als auch psychisch an sich ja nur die Frau geeignet. Die Frau empfinde es nicht als Belastung, als Mutter ein Kind nach dem anderen auf dieselbe Weise zur Welt zu bringen und großzuziehen. Die Frau finde sich als Stenotypistin mit den ständigen Wiederholungen einer überwiegend mechanischen Arbeit ab. Die Frau sei deshalb auch am ehesten geeignet, den Abc-Schützen in den Schulen die Anfangsgründe des Lesens und Schreibens beizubringen. Man solle deshalb dafür sorgen, daß von den 2 Millionen Frauen, die in Deutschland unverheiratet durchs Leben gingen, möglichst viele die Möglichkeit erhalten, als Lehrerinnen einen ihren mütterlichen Empfindungen entsprechenden Lebensberuf zu erhalten." (aus: ebd., S. 218)

Umerziehung der Lehrer

In der Schule musste die Erziehung zum neuen Menschen erfolgen und zu diesem Zweck auch die „Umerziehung" der Lehrer.

„Staat und Partei setzten alles daran, das Denken der Lehrer umzuformen, d. h., sie mit dem nationalsozialistischen Gedankengut, ihren politischen und pädagogischen Zielvorstellungen vertraut zu machen. Man enthob sie nicht ihres Amtes, sofern sie nicht Juden oder Kommunisten waren, ersetzte sie nicht durch linientreue Kollegen, sondern ‚erzog' sie ‚um' im nationalsozialistischen Sinne. Außerdem kontrollierten staatliche Instanzen fortan unentwegt ihr Tun wie ihre politische Einstellung. Der Nationalsozialistische Lehrerbund – NSLB – und das Leipziger ‚Zentralinstitut für Erziehung' führten Lehrgänge in Schulungslagern durch und veranstalteten zur Weiterbildung aller Lehrer … gemeinsame Fahrten und Informationskurse." (aus: Kurt-Ingo Flessau: Schule der Diktatur, München, 1977, S. 17/18)

Hitler-Jugend

Hitler-Jugend war die Bezeichnung für die gesamte nationalsozialistische Jugendorganisation. Sie war bereits 1926 als Jugendorganisation der NSDAP gegründet und nach der Machtübernahme 1933 zur Staatsjugendorganisation geworden. In der Hitler-Jugend wurden die jungen Leute weltanschaulich geschult. Daneben gab es zahlreiche Sportveranstaltungen, eine vormilitärische Ausbildung der Jungen, berufliche Leistungswettkämpfe und Fahrten.

Ziel der Hitler-Jugend war es, die Jugendlichen durch „weltanschauliche Erziehung und die haltungsmäßige Ausrichtung in der Mannschaft“ auf Führer und Partei auszurichten. Gleichzeitig sollten sie dadurch vom Elternhaus entfremdet werden.

Mit zehn Jahren kamen die Jungen in das Deutsche Jungvolk (DJ) und die Mädchen in den Jungmädelbund (JM). Für männliche Kinder bzw. Jugendliche vom 14. bis zum 18. Lebensjahr gab es die Hitler-Jugend (HJ), für die Mädchen den Bund Deutscher Mädel (BDM).

Die Jungen und Mädchen trugen zu den Veranstaltungen eine vorgeschriebene Uniform, die von den Eltern bezahlt werden musste.

Reichsarbeitsdienst (RAD)

Der Reichsarbeitsdienst war seit 1935 eine staatliche Einrichtung, durch die alle Jugendlichen ab 18 Jahren zu einem sechs Monate dauernden Arbeitseinsatz verpflichtet wurden. Er wurde als Ehrendienst am Deutschen Volke angesehen. Die Jugend sollte durch diesen Dienst im Geiste des Nationalsozialismus zur Volksgemeinschaft und zur wahren Arbeitsauffassung (vor allem durch den Respekt vor der Handarbeit) erzogen werden. In den ersten Jahren wurde die Pflicht zum Arbeitsdienst nur auf die männlichen Jugendlichen angewandt. Erst in den späteren Jahren waren auch die Mädchen davon betroffen. Während des Arbeitsdienstes wurden die jungen Männer als Arbeitsmänner und die jungen Frauen als Arbeitsmaiden bezeichnet. Sie trugen braune Uniformen mit einer Hakenkreuz-Binde am Ärmel. Die Männer wurden hauptsächlich bei Erd- und Forstarbeiten, beim Straßenbau und Moorentwässerungen eingesetzt. Die Frauen dagegen arbeiteten meist auf Bauernhöfen zur Unterstützung der Landfrauen. Die Männer erhielten gleichzeitig eine vormilitärische Ausbildung. Nach Beginn des 2. Weltkrieges wurden die Männer nach dem Arbeitsdienst zur Wehrmacht eingezogen. Ab Juli 1941 wurden die Frauen nach ihrem Arbeitsdienst zum Kriegshilfedienst verpflichtet. Das bedeutete, dass sie für ein weiteres halbes Jahr in Dienststellen der Wehrmacht, in Krankenhäusern oder Rüstungsbetrieben als sogenannte Kriegshilfsdienstmädchen arbeiten mussten.

Der Zweite Weltkrieg

Hitler hatte bereits kurz nach seiner Machtübernahme im Januar 1933 mit der Vorbereitung seiner Expansionspolitik (Ausbreitung der deutschen Herrschaft, Lebensraumschaffung im Osten, Raum für die „Herrenrasse") begonnen. So wurde, entgegen den Bestimmungen des Versailler Vertrages, die allgemeine Wehrpflicht wieder eingeführt und mit der Aufrüstung begonnen.

Besonders die deutsche Wehrmacht war erfreut über die geistige und militärische „Wiederwehrhaftmachung" Deutschlands. Unter dem Motto „Alles für die Wehrmacht" wurde der erste wirtschaftliche Vierjahresplan auf die Bedürfnisse der militärischen Aufrüstung ausgerichtet. Offiziell stand der Plan für die Beseitigung der Massenarbeitslosigkeit. So stiegen die Rüstungsausgaben in Deutschland in der Zeit zwischen 1935 und 1939 von 5,15 Mrd. Reichsmark auf 32,2 Mrd., Ausgaben in anderen Bereichen stiegen dagegen nur gering.

Im Oktober 1933 trat Deutschland aus dem Völkerbund aus. Der Völkerbund hatte als eine Art „Parlament der Staaten" dafür zu sorgen, dass Streitigkeiten auf friedlichem Wege beigelegt werden sollten.

Bereits im August 1934, unmittelbar nach dem Tod des Reichspräsidenten von Hindenburg, wurde das Amt des Reichskanzlers mit dem des Reichspräsidenten vereinigt: „Infolgedessen gehen die bisherigen Befugnisse des Reichspräsidenten auf den Führer und Reichskanzler Adolf Hitler über." (aus: Gesetz über das Staatsoberhaupt des Deutschen Reichs vom 1.8.1934)

Am 2.8.1934 wurde folgende Eidesformel für die Soldaten der Wehrmacht festgelegt: „Ich schwöre bei Gott diesen heiligen Eid, daß ich dem Führer des deutschen Reiches und Volkes Adolf Hitler, dem Oberbefehlshaber der Wehrmacht, unbedingten Gehorsam leisten und als tapferer Soldat bereit sein will, jederzeit für diesen Eid mein Leben einzusetzen."

Mit dieser Vereidigung eines jeden Soldaten war eine besonders starke Verpflichtung und Bindung der Soldaten an Hitler verbunden.

Im März 1935 wurde die Wehrpflicht wieder eingeführt. Zum gleichen Zeitpunkt erfolgte die sogenannte „Enttarnung", bei der es sich um die bis dahin geheim aufgebaute Luftwaffe handelte. Hitler stellte dies als eine Anpassung an die inzwischen erfolgten Entwicklungen dar.

In dem britisch-deutschen „Flottenabkommen" von Juni 1935 stimmte die britische Regierung dem Ausbau der deutschen Flotte auf 35 Prozent der britischen Flotte zu. Dieses Abkommen stellte eine Umgehung der Bestimmungen des Versailler Vertrages dar.

In seiner Rede vor dem Reichstag am 21.5.1935 verkündet Hitler seinen Friedenswillen: „Wir wollen von unserer Seite aus alles tun, um mit dem französischen Volk zu einem wahren Frieden und zu einer wirklichen Freundschaft zu kommen. Wir anerkennen den polnischen Staat als die Heimstätte eines großen national fühlenden Volkes mit dem Verständnis und der herzlichen Freundschaft aufrichtiger Nationalisten.

Wenn wir aber dem deutschen Volk ein weiteres Blutvergießen ersparen wollen, selbst dort, wo dies mit einem Opfer für uns verbunden ist, dann denken wir nicht daran, unser Blut wahllos für fremde Interessen zu verpfänden. … Deutschland hat bei keinem europäischen Krieg etwas zu gewinnen. Was wir wollen ist Freiheit und Unabhängigkeit. Aus diesen Absichten heraus waren wir auch bereit, mit all unsern Nachbarn Nichtangriffspakte abzuschließen.“ (aus: Eupener Zeitung, Nr. 118 v. 22.5.1935, S. 1)

Hitler beendete seine Rede mit den Worten:

> Ich kann die heutige Rede nicht besser schließen als durch die Wiederholung unseres Bekenntnisses zum Frieden. Wer in Europa die Brandfackel des Krieges erhebt, kann nur das Chaos wünschen. Wir aber leben in der festen Überzeugung, daß sich in unserer Zeit nicht erfüllt der Untergang des Abendlandes, sondern seine Wiederauferstehung. Daß Deutschland zu diesem großen Werk einen unvergänglichen Beitrag liefern möge, ist unsere stolze Hoffnung und unser unerschütterlicher Glaube." (aus: ebd., S. 2)

Durch dieses Täuschungsmanöver Hitlers sollte das Ausland über die eigentlichen Ziele im Unklaren gelassen werden. Hitlers wahre Ziele standen schon längst fest und waren mit einer Politik der Schaffung neuen Lebensraums im Osten zutreffend umschrieben.

1936 befahl Hitler den Einmarsch ins entmilitarisierte Rheinland. Von 1918 an waren das linksrheinische Gebiet sowie die Städte Köln, Koblenz, Mainz und Kehl von alliierten Truppen besetzt gewesen. Von 1923 bis 1925 kam auch das Ruhrgebiet hinzu. Als die alliierte Besatzung 1930 endete, blieb das Rheinland entmilitarisierte Zone.

Hitler verstieß mit all diesen Maßnahmen klar gegen die Bestimmungen des Versailler Vertrages. Doch die damaligen Siegermächte, die den Vertrag mit ausgehandelt hatten, griffen nicht ein.

In den folgenden Jahren setzte Hitler seine Erweiterungspolitik zur „Lösung der Raumnot" fort. So wurden im März 1938 Österreich und im September 1938 das Sudetenland „heim ins Reich" geholt.

Erst mit dem Münchener Abkommen vom 29. / 30.10.1938 zwangen die Westmächte Hitler zur vertraglichen Zusicherung, dass damit die Revision des Versailler Vertrages abgeschlossen sei.

Am 1.9.1939 löste Hitler mit dem Überfall auf Polen den 2. Weltkrieg aus.

„Seit 4 Uhr 45 wird zurückgeschossen!" Mit diesen wenigen Worten wurde der Ausbruch des 2. Weltkrieges eingeleitet. Die Deutschen wollten damit zum Ausdruck bringen, dass die Polen die Deutschen angegriffen hätten. Tatsächlich aber hatte die deutsche Wehrmacht um 4.45 Uhr des 1. Septembers 1939 ohne Kriegserklärung das Feuer auf polnische Stellungen eröffnet.

Drei Tage später erklärten England und Frankreich dem Deutschen Reich den Krieg. Ein weltweiter kriegerischer Konflikt, ein Weltkrieg, war nicht mehr zu vermeiden.

Angriff auf die Sowjetunion

Im Nicht-Angriffspakt mit der Sowjetunion hatten sich die Sowjetunion und Deutschland zu einem gegenseitigen Gewaltverzicht verpflichtet:

„Artikel I. Die beiden vertragschließenden Teile verpflichten sich, sich jeden Gewaltakts, jeder aggressiven Handlung und jeden Angriffs gegeneinander, und zwar sowohl einzeln als auch gemeinsam mit anderen Mächten, zu enthalten.

Artikel II. Falls einer der vertragschließenden Teile Gegenstand kriegerischer Handlungen seitens einer dritten Macht werden sollte, wird der andere vertragschließende Teil in keiner Form diese dritte Macht unterstützen." (aus: Deutsch-sowjetischer Nichtangriffspakt vom 23.8.1939. In: Walter Hofer (Hrsg.): Der Nationalsozialismus. Dokumente 1933–1945, 1957, 24. Aufl., S. 229/230)

In einem „Geheimen Zusatzprotokoll" zu diesem Vertrag wurde im Falle einer „territorial-politischen Umgestaltung" Polens quasi eine Teilung Polens zwischen der Sowjetunion und Deutschland vereinbart:

„... 2. Für den Fall einer territorial-politischen Umgestaltung der zum polnischen Staate gehörenden Gebiete werden die Interessenssphären Deutschlands und der UdSSR ungefähr durch die Linie der Flüsse Narew, Weichsel und San abgegrenzt. Die Frage, ob die beiderseitigen Interessen die Erhaltung eines unabhängigen polnischen Staates erwünscht erscheinen lassen, und wie dieser Staat abzugrenzen wäre, kann endgültig erst im Laufe der weiteren politischen Entwicklung geklärt werden. In jedem Falle werden beide Regierungen diese Frage im Wege einer freundschaftlichen Verständigung lösen." (aus: Geheimes Zusatzprotokoll zum deutsch-sowjetischen Nichtangriffspakt vom 23.8.1939. In: Walter Hofer (Hrsg.): Der Nationalsozialismus. Dokumente 1933–1945, 1957, 24. Aufl., S. 231)

Der Vertrag mit der Sowjetunion war auf zehn Jahre festgelegt. Auch Stalin gegenüber nannte Hitler in einem Telegramm vom 20.8.1939 das Bündnis „eine Festlegung der deutschen Politik auf lange Sicht". Doch tatsächlich gab er sein Ziel auch gegenüber der Sowjetunion nie auf. Am 11.8.1939 hatte er noch erklärt: „Alles, was ich unternehme, ist gegen Rußland gerichtet; wenn der Westen zu dumm und zu blind ist, um dies zu begreifen, werde ich gezwungen sein, mich mit den Russen zu verständigen, den Westen zu schlagen, und dann nach seiner Niederlage mich mit meinen versammelten Kräften gegen die Sowjetunion zu wenden." (aus: Carl J. Burckhardt: Meine Danziger Mission 1937–1939, München, 1962, S. 272. In: Eberhard Aleff: Das Dritte Reich, Hannover, 1970, 6. Aufl., S. 174)

Gut eine Woche vor dem Angriff auf Polen hatte sich Hitler der höheren Generalität gegenüber folgendermaßen geäußert:

„Nun ist Polen in der Lage, in der ich es haben wollte. Jetzt ist die Wahrscheinlichkeit noch groß, daß der Westen nicht eingreift. Wir müssen mit rücksichtsloser Entschlossenheit das Wagnis auf uns nehmen ... Mit langer Dauer des Krieges rechnet niemand ... Ich habe nur Angst, daß mir noch im letzten Moment irgendein Schweinehund einen Vermittlungsplan vorlegt. ... Ich rechne mit Handelssperre, nicht mit Blockade, ferner mit Abbrechen der Beziehungen ... Vernichtung Polens im Vordergrund. Ziel ist die Beseitigung der lebendigen Kräfte ... Ich werde propagandistischen Anlaß zur Auslösung des Krieges geben, gleichgültig, ob glaubhaft ... Bei Beginn und Führung des Krieges kommt es nicht auf das Recht an, sondern auf den Sieg. Brutales Vorgehen ... Der Stärkere hat das Recht. Größte Härte." (aus: Niederschrift des Abwehrchefs Canaris. In: Michaelis, Schraepler (L 4) XIII, S. 480–483. Dazu: Winfried Baumgart: Zur Ansprache Hitlers vor den Führern der Wehrmacht am 22. August 1939. Eine quellenkritische Untersuchung. In: VfZG XVI/2, April 1968, S. 120–149. In: Eberhard Aleff: Das Dritte Reich, Hannover, 1970, 6. Aufl., S. 174)

Am Ende des 2. Weltkrieges hatten mehr als 50 Millionen Menschen ihr Leben verloren, weitaus mehr waren verletzt worden, teilweise so schwer, dass sie für ihr ganzes Leben schwer gezeichnet waren. Millionen Menschen verloren ihre Häuser, ihre Wohnungen, ihr Hab und Gut. Zahllose Menschen hatten Fürchterliches erlebt, das sie ihr ganzes Leben lang nicht mehr vergessen und oft auch nicht verarbeiten konnten. Schließlich wurde, nachdem der Krieg in Europa bereits zu Ende war, zum ersten Mal in der Geschichte der Menschheit, die Atombombe eingesetzt. Die grauenhafteste Waffe, die Menschen bis zu diesem Zeitpunkt entwickelt hatten, wurde auf zwei japanische Städte – Hiroshima und Nagasaki – geworfen. Hunderttausende wurden getötet, Millionen Menschen kämpften Jahre und Jahrzehnte mit den Spätfolgen.

Wehrmacht und Vernichtungskrieg

Die Stellung der Wehrmacht in der Zeit der NS-Herrschaft sowie ihre Rolle während des 2. Weltkrieges geben immer wieder Anlass zu kontroversen Diskussionen. Immer wieder geht es dabei um die Beteiligung der Wehrmacht an den Gräueltaten in den eroberten Gebieten:

- In einer Ansprache am 30.3.1941 hatte Hitler für den Überfall auf die Sowjetunion die Ermordung bolschewistischer Kommissare und der Intellektuellen gefordert.

- Am 13.5.1941 hieß es in einem „Erlass über die Ausübung der Kriegsgerichtsbarkeit im Gebiet Barbarossa“: „Für Handlungen, die Angehörige der Wehrmacht und des Gefolges gegen feindliche Zielpersonen begehen, besteht kein Verfolgungszwang, auch dann nicht, wenn die Tat zugleich ein militärisches Verbrechen oder Vergehen ist.“

- Im sogenannten „Kommissarbefehl“ vom 6.6.1941 wurde die Erschießung der gefangenen politischen Kommissare der Roten Armee durch die Wehrmachtstruppen „gestattet“.

Im Verlauf des Krieges wurde der von Hitler und der Wehrmachtsführung gegebene „rechtliche Rahmen“ durch die Befehlshaber an der Front erweitert. So forderten sie zum Beispiel Verständnis für ihre „harte Sühne am Judentum“. Auf ihren Befehl hin wurden gefangene Partisanen und Verdächtige erschossen sowie Dörfer niedergebrannt. Spätestens mit dem Überfall der Wehrmacht auf die Sowjetunion wurden alle bis zu diesem Zeitpunkt bestehenden Beschränkungen ungezügelter Gewalt gegen den Gegner beseitigt. Der evangelische Theologe und Kriegsteilnehmer, Helmut Gollwitzer, schrieb in seinen Erinnerungen: „Bis zum Beginn des Rußlandfeldzuges war auf der Innenseite des Umschlags unseres Soldbuches (Ausweis des Soldaten, Nachweis für erhaltene Kleidung und Ausrüstungsgegenstände, Lohn und Verpflegung. Anm. d. Verf.) ein Blatt eingeklebt: ‚Zehn Gebote für den deutschen Soldaten.‘ Darin waren aufgezählt die Vorschriften der internationalen Konvention zur Bändigung der Kriegsbestie: Schonung des entwaffneten und gefangenen gegnerischen Soldaten, Schonung der Zivilbevölkerung, Verbot von Plünderung und Vergewaltigung. Mit Beginn des Rußlandfeldzuges wurde dieses Blatt aus den Soldbüchern entfernt – und jeder konnte wissen, daß nun die Barbarei unter Zustimmung der Wehrmachtsführung gesiegt hatte.“ (aus: DIE ZEIT v. 23.3.1984, S. 32)

Der Volkssturm – Hitlers letztes Aufgebot

Die Handlung des Romans spielt in den letzten Wochen des Zweiten Weltkriegs. Die deutsche Armee hatte an allen Fronten den Rückzug einleiten müssen. Für die meisten Menschen war klar, dass der Krieg für die Deutschen verloren war. Bereits im Herbst 1944 standen die alliierten Truppen an den Reichsgrenzen, sowohl im Westen als auch im Osten. Nur Hitler und seine Gefolgsleute wollten sich nicht damit abgeben, den Krieg verlorenzugeben. Daher sollten die letzten Kräfte an der Heimatfront mobilisiert werden. Die vorrückenden Alliierten und damit der Untergang Deutschlands sollte so noch aufgehalten werden. Im Oktober 1944 wurde der sogenannte „Volkssturm“ gebildet.

In insgesamt vier „Aufgebote“ wurde der Volkssturm unterteilt:

I. Aufgebot: Hierzu gehörten die 20- bis 60-Jährigen, die keine kriegswichtigen Aufgaben hatten. Sie konnten bis zu sechs Wochen lang einberufen werden.

II. Aufgebot: Alle Männer bis zum 60. Lebensjahr, die in „kriegswichtigen“ Berufen tätig waren und daher nur kurzfristig eingesetzt werden konnten.

III. Aufgebot: Hierzu gehörten die Jungen und Männer der Jahrgänge 1925 bis 1929, die für den eigentlichen Wehrdienst zu jung waren. Da allerdings noch die Jahrgänge 1927 und sogar teilweise 1928 zum Wehrdienst einberufen worden waren, blieben häufig nur noch die Jahrgänge 1929, also die 16-Jährigen, für den Volkssturm übrig.

IV. Aufgebot: Alle eigentlich Untauglichen, die für Wach- und Sicherungsaufgaben (zum Beispiel bei Eisenbahnbrücken) eingesetzt werden sollten.

Teilweise fehlten ärztliche Untersuchungen bei der Rekrutierung des Volkssturms, sodass sogar Menschen mit schweren gesundheitlichen Problemen in das I. Aufgebot aufgenommen wurden.

Der Führer ruft den Deutschen Volkssturm auf

Der Erlass des Führers über die Bildung des Volkssturms:

„Nach fünfjährigem schwersten Kampf steht infolge des Versagens aller unserer europäischen Verbündeten der Feind an einigen Fronten in der Nähe oder an den deutschen Grenzen. Er strengt seine Kräfte an, um unser Reich zu zerschlagen, das deutsche Volk und seine soziale Ordnung zu vernichten. Sein letztes Ziel ist die Ausrottung des deutschen Menschen.

Wie im Herbst 1939 stehen wir nun wieder ganz allein der Front unserer Feinde gegenüber. In wenigen Jahren war es uns damals gelungen, durch den ersten Großeinsatz unserer deutschen Volkskraft die wichtigsten militärischen Probleme zu lösen, den Bestand des Reiches und damit Europas für Jahre hindurch zu sichern. Während nun der Gegner glaubt, zum letzten Schlag ausholen zu können, sind wir entschlossen, den zweiten Großeinsatz unseres Volkes zu vollziehen. Es muß und wird uns gelingen, wie in den Jahren 1939 – 1941, ausschließlich auf unsere eigene Kraft bauend, nicht nur den Vernichtungswillen der Feinde zu brechen, sondern sie wieder zurückzuwerfen und so lange vom Reich abzuhalten, bis ein die Zukunft Deutschlands, seiner Verbündeten und damit Europas sichernder Frieden gewährleistet ist.

Dem uns bekannten totalen Vernichtungswillen unserer jüdisch-internationalen Feinde setzen wir den totalen Einsatz aller deutschen Menschen entgegen.

Zur Verstärkung der aktiven Kräfte unserer Wehrmacht und insbesondere zur Führung eines unerbittlichen Kampfes überall dort, wo der Feind den deutschen Boden betreten will, rufe ich daher alle waffenfähigen deutschen Männer zum Kampfeinsatz auf.

Ich befehle:

1. Es ist in den Gauen des Großdeutschen Reiches aus allen waffenfähigen Männern im Alter von 16 bis 60 Jahren der Deutsche Volkssturm zu bilden. Er wird den Heimatboden mit allen Waffen und Mitteln verteidigen, soweit sie dafür geeignet erscheinen.

2. Die Aufstellung und Führung des Deutschen Volkssturms übernehmen in ihren Gauen die Gauleiter. Sie bedienen sich dabei vor allen der fähigsten Organisatoren und Führer der bewährten Einrichtungen der Partei, SA, SS, NSKK und HJ.

4. Die Angehörigen des Deutschen Volkssturmes sind während ihres Einsatzes Soldaten im Sinne des Wehrgesetzes. Adolf Hitler." (aus: Potsdamer Tageszeitung v. 19. Oktober 1944, S. 1)

Der Reichsführer SS, Heinrich Himmler, beschwört in einer Rede an die neugebildeten Volkssturmkompanien den Widerstandsgeist und Kampfeswillen des deutschen Volkes:

„Jedes Dorf, jeder Busch wird verteidigt."

„Unsere Gegner müssen begreifen lernen: Jeder Kilometer, den sie in unser Land vordringen wollen, wird sie Ströme ihres Blutes kosten. Jeder Häuserblock einer Stadt, jedes Dorf, jedes Gehöft, jeder Graben, jeder Busch, jeder Wald wird von Männern, Knaben und Greisen und – wenn es sein muß – von Frauen und Mädchen verteidigt.

Auch in dem Gebiet, das sie glauben erobert zu haben, wird immer wieder in ihrem Rücken der deutsche Widerstandswille auflodern, und wie die Werwölfe werden todesmutige Freiwillige dem Feinde schaden und seine Lebensfäden abschneiden.

Unsere verfluchten Feinde werden es feststellen und einsehen müssen, daß ein Einbruch in Deutschland, selbst wenn er irgendwo gelänge, für den Angreifer Opfer kostet, die für ihn dem nationalen Selbstmord gleichkommen.

Das Volksaufgebot wird die Aufgabe übernehmen, in bedrohten Gebieten der Wehrmacht zu helfen, damit sie fähig ist, sich wieder für den eigenen Angriff zu rüsten und aufzustellen …

Treu dem Reich

„… 1. Wir schwören, daß wir so wie die Väter treu sein wollen. Treu dem Führer, den der Herrgott uns gesandt, treu dem Reich, das alle deutschen

Stämme nach Jahrhunderten geeint und das wie ehedem die Ordnungsmacht des europäischen Kontinents ist und sein wird, treu dem Volk und damit uns selbst, weil wir das Kostbarste, des deutschen germanischen Volkes ewiges Leben, seine Frauen, seine Kinder und damit sein Blut, das soviel Edles für die Menschheit geschaffen und geschöpft hat, verteidigen und bewahren werden.

2. Wir geloben, daß wir gehorsam sein werden allen Befehlen, die der Führer und unsere Vorgesetzten uns geben. Treue, Gehorsam und Tapferkeit begründen die Staaten und Reiche. Wenn Menschen von diesen Eigenschaften erfüllt sind, so wird durch sie auch das kleinste Häuflein unüberwindlich stark.

Tapferkeit und Fanatismus

3. Wir wissen, daß eines Volkes gewaltigste Kraft der Glaube seiner Herzen, die Standhaftigkeit seiner Männer und Frauen, die Tapferkeit seiner Jugend und das Vertrauen in die eigene Stärke ist.

Wir wissen, daß der deutsche Geist Wunder moderner Technik geschaffen hat, deren ‚V1' seit Monaten unbeirrbar ins Lebenszentrum unseres Gegners hämmert.

Wir wissen, daß genau so wie die erste dieser Waffen zum Einsatz kam, die nächste und alle folgenden kommen und zur rechten Zeit und Stunde gegen unsere Feinde Verwendung finden werden. Ebenso aber wissen wir, daß diese Waffen nur dann einen Erfolg bringen, wenn im Zusammenwirken mit ihnen des Deutschen Reiches stärkste Wunderwaffe eingesetzt wird: seines Volks Aufgebot voll Tapferkeit und Fanatismus. ..." (aus: Potsdamer Tageszeitung v. 19. Oktober 1944, S. 2)

In der Zeitung „Volk und Vaterland – Kriegsgefangenen-Zeitung der. Bewegung Freies Deutschland", die sich den antifaschistischen Widerstand auf ihre Fahnen geschrieben hatte, wurde die Bildung des Volkssturms scharf kritisiert:

Volkssturm gegen Hitler!

„Am 18. Oktober hat der Gestapochef Himmler den Erlass Hitlers zur Organisierung eines „Volkssturms" bekanntgemacht, in den alle 16- bis 60-jährigen Deutschen gezwungen werden. Diese „Volkssturmleute" werden nur mit einer Armbinde kenntlich gemacht. Die Führung des „Volkssturms" haben die Gauleiter, SA- und SS-Führer. Oberbefehlshaber ist der Henker Himmler selbst. Die Offiziere und Generäle der Wehrmacht sind ausgeschaltet. Es ist also ein reines Parteigeschäft mit dem Blut der Nation.

Es ist in der Tat das letzte Aufgebot. Frauen, Kinder und Greise sollen mit bloßen Händen den Panzer- und Bombenansturm der Alliierten aufhalten. Das aber ist glatter Selbstmord, den die untergehende Nazibande an unserem Volk vollzieht, während sie selbst nach Fluchtmöglichkeiten Umschau halten.

Hitler begründet die Bildung der Selbstmörderstürme zur Verteidigung jeder Stadt und jedes Hauses mit der Zwecklüge, die alliierten Mächte haben die Ausrottung des deutschen Menschen vor …

Wir aber rufen den deutschen Männern und Frauen, der deutschen Jugend zu: Deutschland kann und wird gerettet werden durch den wahren Volkssturm gegen Hitler! Hitler muss fallen, wenn Deutschland leben will. Deshalb alle Waffen gegen Hitler! In diesem Sinne, Kameraden, wendet euch in Aufrufen an die Kameraden, die noch den sinnlosen Kampf für Hitler an der Front führen." (aus: Volk und Vaterland, Nr. 1 (2. Jahrgang), S. 1)

„Die heutige Bekanntmachung, dass alle deutschen Männer von 16 bis 60 Jahren zum ‚Volkssturm' aufgerufen und in den Kampf geworfen werden sollen gegen die Panzer und Flugzeuge der Alliierten, bedeutet, was von Anfang an kaum anders zu erwarten war: dass Hitler und Himmler beschlossen haben, das ganze deutsche Volk mitzureißen in einen selbstmörderischen Untergang." (Hugh Carleton Green, britischer Journalist, am 18. 10. 1944 im Deutschen Dienst der BBC)

Zum Volkssturm wurden alle noch nicht kämpfenden waffenfähigen Männer Jugendlichen und Männer zwischen 16 und 60 Jahren verpflichtet. Sie sollten den „Heimatboden" verteidigen und für den deutschen „Endsieg" kämpfen.

„Der Führer wird dieses Schiff ‚Deutschland' mit seiner tapferen, getreuen, anständigen und sturmbewährten Besatzung glücklich in den Hafen des Friedens steuern …"

„Aber noch, meine Parteigenossen, ist Sturm! Sturm auf uns. Sturm auf alles, was uns teuer ist. Sturm auf Deutschland. Aber es ist auch Sturm unseres Volkes gegen und auf alles, was uns vernichten und auslöschen will. Es ist Volkssturm gegen die anbrandende Gefahr!" (Paul Giesler, Gauleiter von München-Oberbayern, bei der Vereidigung von „Volkssturm"-Männern am 9. 11. 1944 vor der Münchener Feldherrenhalle)

Die Jungen und Männer des Volkssturm sollten hauptsächlich für Bau- und Schanzarbeiten, Sicherungsaufgaben und zur Verteidigung von Ortschaften in der Heimat eingesetzt werden. So mussten sie Schützengräben ausheben, einzelne Gebäude oder Brücken sichern und verteidigen. Bei Angriffen auf kleine Ortschaften wurden Angehörige des Volkssturms herangezogen. Dabei waren sie nur notdürftig bewaffnet und waren kaum an den Waffen ausgebildet worden. In Schnellkursen lernten sie das Wichtigste über die Waffen, mit denen sie kämpfen sollten, kennen. Manchmal hatten sie Waffen, die während des Krieges erbeutet worden waren, sogenannte Beutegewehre. Doch oft fehlte dafür die Munition. Häufig kämpfte der Volkssturm mit der sogenannten Panzerfaust. Man nannte sie auch Panzerabwehrrohr. Wie der Name es schon sagt, wurde die Waffe hauptsächlich im Kampf gegen Panzer eingesetzt.

Sie war beim Volkssturm deshalb so beliebt, weil sie ein geringes Gewicht hatte, leicht zu bedienen war und dennoch eine hohe Durchschlagskraft besaß. Sie konnte auch von Jugendlichen und auch von Frauen gut transportiert und bedient werden.

Die Jungen und Männer des Volkssturms trugen keine Uniformen. Lediglich durch eine Armbinde mit der Aufschrift „Deutscher Volkssturm – Wehrmacht" waren sie als Angehörige des Volkssturms zu erkennen.

Der Volkssturm war militärisch fast bedeutungslos. Er konnte in den wenigsten Fällen die Gegner bei ihren Vormärschen aufhalten. Dadurch, dass im Volkssturm viele Jugendliche rekrutiert waren, wollte die NS-Führung ein Überlaufen der Jungen zum Feind verhindern. Letztlich zögerte der Einsatz des Volkssturms die Niederlage Deutschlands im Zweiten Weltkrieg nur hinaus.

Die Deutschen wurden bewusst über den Sinn eines Einsatzes des Volkssturms getäuscht. So gab es Propagandameldungen von angeblich erfolgreich eingesetzten „Wunderwaffen", die V-1 und die V-2. Auch wurden Falschmeldungen verbreitet, dass es angeblich noch zur Verfügung stehende Wehrmachtstruppen geben würde. Doch es war ganz klar, dass jeder weitere militärische Einsatz keinen Erfolg haben konnte. Die Niederlage der Deutschen war schon längst besiegelt. Daher hatten auch die

Einsätze des Volkssturms militärisch kaum einen Wert. Vielmehr wurden hier zahllose Menschenleben aufs Spiel gesetzt bzw. geopfert. Viele zum Volkssturm eingezogene Jungen und Männer glaubten allerdings der Propaganda der Nazis. Sie waren jahrelang vor allem im Hass auf den Feind im Osten erzogen worden. Die dortigen Menschen waren als „bolschewistische Untermenschen“ bezeichnet worden. Auch hatten die Menschen Angst vor der Rache der Roten Armee. Schließlich hatte die deutsche Armee hauptsächlich bei ihren Angriffen auf Russland die Menschen dort grausam behandelt.

Chronik des 2. Weltkriegs

23.8.1939	Deutsch-sowjetischer Nicht-Angriffspakt
1.9.1939	Angriff der deutschen Wehrmacht auf Polen
3.9.1939	Kriegserklärung Großbritanniens und Frankreichs gegen Deutschland
28.9.1939	Kapitulation der polnischen Hauptstadt Warschau
9.4.1940	Besetzung Dänemarks und Norwegens durch die deutsche Wehrmacht
10.5.1940	Beginn des Westfeldzugs mit dem Einmarsch deutscher Truppen in die neutralen Staaten Belgien, Niederlande und Luxemburg
11.5.1940	Die britische Regierung beschließt den Luftkrieg gegen Deutschland
14.6.1940	Einmarsch der deutschen Wehrmacht in Paris
22.6.1940	Waffenstillstandsabkommen zwischen deutschen und französischen Militärs
27.9.1940	Dreimächtepakt zwischen Deutschland, Italien und Japan (Achsenmächte), um die USA von einem Kriegseintritt abzuschrecken
6.4.1941	Beginn des Balkan-Feldzugs mit dem Angriff auf Jugoslawien

22.4.1941	Angriff auf die Sowjetunion
5.12.1941	Beginn einer Gegenoffensive der sowjetische Armee bei Moskau
7.12.1941	Angriff der japanischen Luftwaffe auf den US-Flottenstützpunkt Pearl Harbor
11.12.1941	Kriegserklärung Deutschlands und Italiens an die USA
20.1.1942	„Endlösung“ (= Vernichtung) der Judenfrage wird auf der Wannsee-Konferenz beschlossen
19.11.1942	Beginn der Gegenoffensive der sowjetischen Armee in Stalingrad (Einkesselung der 6. Armee der deutschen Wehrmacht)
31.1.1943	Kapitulation der 6. Armee der deutschen Wehrmacht in Stalingrad
28.11.1943	Konferenz der „Großen Drei“ (Churchill, Roosevelt, Stalin) in Teheran: Polen soll auf Kosten Deutschlands vergrößert werden
6.6.1944	Beginn der Alliierten-Invasion in der Normandie, sogenannter „D-Day“
20.7.1944	Attentat auf Hitler durch Graf von Stauffenberg gescheitert
4.2.1945	Konferenz der „Großen Drei“ in Jalta: Festlegung der künftigen deutsch-polnischen Grenze und Aufteilung Berlins in Besatzungszonen

30.4.1945	Selbstmord Hitlers in Berlin
8.5.1945	Bedingungslose Kapitulation Deutschlands
6. / 9.8.1945	US-amerikanische Atombombenabwürfe auf die japanischen Städte Hiroshima und Nagasaki
2.9.1945	Kapitulation Japans und damit Ende des 2. Weltkriegs

„Nie wieder Krieg!“ – Schlussbemerkungen

„Nie wieder!“ – das war und ist der Wunsch der Menschen nach dem verheerenden Zweiten Weltkrieg, bei dem mehr als 60 Millionen Soldaten und Zivilisten getötet wurden. Allein in Deutschland starben etwa sechs Millionen Menschen. Ungefähr ebenso viele Juden wurden von den Nazis ermordet. Russland hatte etwa 27 Millionen Tote zu beklagen. Millionen Menschen überlebten den Krieg schwer verletzt, waren ihr ganzes Leben gezeichnet. Familien wurden auseinandergerissen. Viele verloren ihr Hab und Gut, mussten aus ihrer Heimat fliehen.

„Nie wieder!“ – das ist auch die starke Botschaft der Deutschen nach der zwölfjährigen Naziherrschaft, nicht mehr antidemokratischen, faschistischen, rassenideologischen und antisemitischen Vorstellungen einer unheilvollen Weltanschauung zu folgen. Vielmehr soll Frieden und Freiheit jedes Einzelnen, soll eine menschliche Gesellschaft – in der der Einzelne nach seinen Vorstellungen leben und glücklich sein darf – geschaffen und gelebt werden. Eine Gesellschaft, in der Vielfalt nicht nur geduldet, sondern erwünscht ist, in der Solidarität und Gemeinsamkeit, Verantwortung für den Nächsten und für die Umwelt, für unsere Mitgeschöpfe, keine leeren Versprechen sind.

„Nie wieder!“ – ist die Forderung, Konflikte nie wieder durch einen Krieg lösen zu wollen. Im Krieg gibt es immer nur Verlierer, nie Gewinner! Menschen wollen in Frieden leben, wollen keinen Krieg. Und das gilt für alle Völker dieser Erde.

Manchmal geht es um schwindende Ressourcen (Nahrung, Energie, Territorium …), Religionen und Kulturen. Doch Krieg wollen immer nur Einzelne, wollen nur die, die hauptsächlich ihre eigenen Ziele verfolgen. Dies führt dazu, dass sie ihre Position den Angehörigen anderer, fremder „Volksgruppen" gegenüber mit Gewalt durchsetzen wollen. Sie streben nach mehr Macht, Einfluss oder Geld. Habsucht und Konkurrenz oder aber auch abwegige menschenverachtende ideologische Fantasien, religiöser Fanatismus etc. bestimmen ihr Denken und Handeln.

Die Geschichte vom „Glaszimmer" zeigt uns in einer deutlichen Sprache und in beeindruckenden „Bildern", was ein fehlgeleitetes, menschenverachtendes Denken und Handeln anrichten kann. Sie zeigt uns aber auch auf eine authentische und einfühlsame Art und Weise, dass wir immer noch Mensch bleiben können, aufrecht und verantwortungsbewusst.

Zum Autor

Josef Einwanger, geboren am 8. Februar 1935 in Bachham / Niederbayern, ist ein deutscher Schriftsteller.

Nach dem Besuch der Volksschule und eines Kloster-Gymnasiums bis zur 10. Klasse absolvierte er eine Lehre zum Industriekaufmann. Er übte den Beruf in München 13 Jahre lang aus, holte in einem Abendgymnasium das Abitur nach und studierte sechs Semester Pädagogik an der Pädagogischen Hochschule München. Er wirkte als Volks- und Sonderschullehrer in Altötting und Simbach am Inn. Ab 1979 veröffentlichte er literarische Werke und produzierte literarische Sendungen und Jugendsendungen für den Bayerischen Rundfunk. Er beendete den Lehrerberuf. 1980 wurde Einwanger von Hans Werner Richter zu dem von Günter Grass gestifteten Alfred-Döblin-Preis-Wettbewerb, Literarisches Colloquium Berlin, eingeladen, 1982 erhielt er den Förderpreis für Literatur der Stadt München. 1985 wurde er auf Vorschlag von Martin Gregor-Dellin zum Ingeborg-Bachmann-Wettbewerb in Klagenfurt eingeladen.

Einwanger veröffentlichte Romane, Kinder- und Jugendbücher und schrieb mehrere Drehbücher. Die Verfilmung von *Toni Goldwascher* erreichte in Festivals international Erfolge und gewann in Buenos Aires den *Golden Kite Award.*

2021 erschien das Buch *Das Glaszimmer und ein Brief an den Führer,* in dem Einwanger über seine Jugend in der NS-Zeit erzählt. Die Geschichte ist mit dem Titel *Das Glaszimmer* ebenfalls verfilmt.